पापा रिस्टार्ट न हुए...

आलोक पुराणिक

सत्साहित्य प्रकाशन, दिल्ली

प्रकाशक : सत्साहित्य प्रकाशन, 205–बी चावड़ी बाजार, दिल्ली–110006
सर्वाधिकार : सुरक्षित / संस्करण : प्रथम, 2015 / मूल्य : दो सौ पचास रुपए
मुद्रक : आर–टेक ऑफसेट प्रिंटर्स, दिल्ली ISBN 978-81-7721-249-5

PAPA RESTART NA HUE *satire* by Alok Punarik Rs. 250.00
Published by Satsahitya Prakashan, 205-B Chawri Bazar, Delhi-110006

इरा और रिद्धि के लिए

अनुक्रम

1. पापा रिस्टार्ट नहीं हुए… 11
2. मरने का फोटू 14
3. नेता 7.0 वर्जन 16
4. टाई में सेल्स 18
5. प्रतिशत में क्या रखा है 20
6. युगांडा भी तो है 22
7. घोषणा उर्फ पत्र ओनली 24
8. जुल्फों में संविधान 26
9. बेइज्जत सम्मानशुदा 28
10. स्टिंग प्रश्नावली 30
11. उफ्फ, ध्यान रखिएगा 32
12. अकबर का लिंग-लॉक 34
13. हाय बिन उल्लू 36
14. राष्ट्रीय तो कोल्ड ड्रिंक ही है 38
15. उफ्फ, इतना ईमान! 40
16. रिचार्ज का भंडारा 42
17. नेतागिरी मोबाइल वर्जन 7.0 44
18. थोड़ा सा सन-सेट 46
19. ज्ञान के खतरे 48
20. दंगा कैंप राहत में तीन मंत्री 50
21. डिलीट लव लेटर 52
22. बुरा ना मानो, स्टिंग है 54

23. च्यवनप्राश के सहारे 56
24. वोट बैंक के एटीएम 58
25. हवाई यात्रा को धाँसू-धमालयुक्त बनाएँ—आठ मिनट का क्रैश कोर्स 60
26. पतली गली से लुच्चत्व का हाईवे 63
27. अधेड़ावस्था उर्फ आलिया भट्ट कौन हैं? 65
28. कंप्यूटरेश्वर महाराज 68
29. रिश्वत प्रदीपिका 71
30. लेपार्टी और नोपार्टी की कथा 74
31. प्रेम मंत्रालय का प्रेम कर 77
32. पुनर्जन्म, आत्मा—कतिपय प्रश्नोत्तर 81
33. एसएमएस शो 84
34. एक लेखक की आदर्श वसीयत 87
35. अपने-अपने गांधीजी 90
36. धूप पर टैक्स 92
37. बोफोर्स से एक इंटरव्यू 94
38. दौड़ तो लें, मगर··· 96
39. सौ रुपए लीटर पेट्रोल पंप उर्फ पब्लिक की भलाई 98
40. बिजली चिंतन 100
41. टनाटन शव-यात्रा मैनेजमेंट 102
42. गांधीजी का संदेश 104
43. रेस्टरूम माने क्या? 106
44. महानगर में पानी 108
45. नालीमय शहर उर्फ इंडियन वेनिस 110
46. आइए कूल फोटू देखें 112
47. मोबाइल पर ललित निबंध 114
48. पल्स पोल 116
49. साड़ी संहिता 118
50. सत्यनारायण कथा—2016 121
51. शादी उर्फ रोजगार उर्फ सोल्यूशन 124
52. किस्सा ए-कोलस्ट्रोल 126
53. बिप्स के लिप्स की टिप्स··· 128
54. शुभ मंगल सावधान 130

55. कुछ फेयर और हैंडसम प्रश्नोत्तर 132
56. कजिन कलेश 134
57. सेन्सेक्सी माइक्रोसॉफ्टी··· 136
58. हम ही नीच नहीं गालिब 138
59. एकला चलो रे और फूँ-फाँ मोटरसाइकिल 140
60. इनवेस्टर और सेनसेक्स क्रैश गीता 142
61. अदा फोटू खिंचाने की 144
62. दिल्ली का बैड लक 146
63. स्टेट्स की बैटरी 148
64. हड़प्पा-काल का लाइव शो 150
65. बिजली-गीता का दर्शन 152
66. चाय न पीनेवालों का ईमान 154
67. फास्ट दिन और धीमे दिन 156
68. चीन का एप्पल, चीन का टमाटर 158
69. ड्रोन पर कटिया 160
70. गर्लफ्रेंड के सामने की महँगाई 161
71. मार्केटिंग के यक्ष-प्रश्न 163
72. शिष्टाचार की तारीफ रेखा 165
73. स्टे-ऑर्डर विद बेबी-केयर 167
74. फेसबुक पर मम्मी फ्रेंड 169
75. ट्विटर में यमराज 171
76. टमाटर टूरिज्म, प्याज विजिट 173
77. लव में सिंगल 175
78. एयरपोर्ट स्तर के खतरे 177
79. राहजनों का रजिस्ट्रेशन 179
80. सड़क-मुक्त गड्ढे 181

पापा रिस्टार्ट नहीं हुए...

"राजू की हाईट बहुत छोटी है, वह तो अपने पापा का लैपटॉप एडीशन दिखाई देता है।" एक बालिका एक बालक की हाईट के बारे में कमेंट कर रही है।

राजू के पापा की हाईट ठीक-ठाक है, सो वे हुए कंप्यूटर के डेस्कटॉप एडीशन।

परिभाषाओं का यह खेल आगे चला, तो मुझे लग रहा है कि एक दिन नए बच्चे अपने दादा-दादी को सर्वर कहेंगे, कंप्यूटर की भाषा में सर्वर ही मूल कंप्यूटर होता है। बाकी सब उसकी शाखाओं में शुमार किए जाते हैं।

"पापा, आपकी हार्ड डिस्क बहुत जल्दी 'नो रिस्पोंस' का सिग्नल देने लगती है।" बच्चे यह कहेंगे, उस हालत में, जब पापाजी बच्चों की तमाम फरमाइशों को सुनने से इनकार कर देंगे।

बहुत मुश्किल हो गया है नई कंप्यूटरवाली पीढ़ी से बात करना।

मेरी आठ साल की बेटी ने दादीजी से कुछ लाने के लिए कहा, दादीजी भूल गईं।

बेटी ने सवाल किया, "क्यों भूल गईं?"

दादीजी ने बताया, "बेटा, याद नहीं रहा।"

याद नहीं रहा, "दादीजी आप तो संस्कृत बोल रही हैं, प्लीज मुझे हिंदी में समझाइए ना।" बेटी ने पूछा।

मैंने समझाया कि बेटी समझ कि दादी की मेमोरी में नहीं रहा।

"अच्छा तो दादीजी की मेमोरी कम है, कितने जीबी की मेमोरी है दादीजी आपकी? आप हार्ड डिस्क का साइज बढ़ा क्यों नहीं लेतीं।" बेटी ने आगे पूछा। इन दिनों वह कंप्यूटर की क्लासेज फुलमफुल जोरदारी से ले रही है।

मैं डर रहा हूँ कि कुछ दिनों बाद अगर मेरा और पत्नी का झगड़ा हो जाए, तो वह इसे बाहर कुछ इस तरह से रिपोर्ट करेगी—

हमारे घर में नेटवर्किंग का प्रॉब्लम चल रहा है। कनेक्शन नहीं जुड़ पा रहा है।

कोई सोकर नहीं उठ रहा हो, तो उसके बारे में कहा जा सकता है कि इसे रिस्टार्ट करने के लिए रिबूट करो। बूट बोले तो जुतियाओ।

मामले टेंशनात्मक होते जा रहे हैं। शब्दावली तकनीकी होती जा रही है।

मैं डर रहा हूँ यह कल्पना करके कि अच्छी-अच्छी बातों का एक प्रवचन मैं अपनी बेटी को दूँ और वह पलटकर कहे कि बेकार की जंक फाइल मेरी हार्डडिस्क में डाऊनलोड मत किया करो। इस फाइल को मैं अभी डिलीट करती हूँ।

अभी मैंने एक कंप्यूटरी प्रेम-पत्र बरामद किया है। वह यूँ है—

'हाय,

जिसे मैं पेंटियम फोर की स्पीड का समझ रहा था, वह तो पेंटियम वन से भी धीमे निकली। अरे पहला लव लेटर देने में तुमने पाँच दिन लगा दिए हैं, तो आगे कैसे चलेगा? देखो, मुझे लगता है कि तुम्हारी प्रेम की प्रोग्राम फाइल में बहुत वायरस ऑपरेट कर रहे हैं। इसलिए रिस्पांस सही नहीं आ रहा है। तुम्हारे मेल बॉक्स से मेरी लव-मेल तीन बार वापस आ चुकी है। देखो, अगर तुम्हारा लव बॉक्स पहले ही फुल है, तो मेरा टाइम वेस्ट न करो। मैं कहीं और ट्राई करूँगा, दो दिन तुम पर जो समय वेस्ट किया है, उसे ट्रेश बॉक्स में डाल दूँगा।

मैं समझ रहा था कि तुम्हारा दिल 78 इंची कंप्यूटर स्क्रीन की तरह बड़ा है, पर तुम्हारा दिल तो लैपटॉप भी नहीं, पामटॉप की तरह छोटा निकला।

एक घंटे में अगर जवाब नहीं दिया, तो समझ लेना कि मैंने तुम्हारी फाइल अपने दिल से हटाकर दिल की फाइलों को पूरे तौर पर रि-फॉर्मेट कर लिया है।

बाय, हैप्पी सर्फिंग ऑफ न्यू हार्ट्स

तुम्हारा

पेंटियम सिक्स'

हालात बदल रहे हैं। भाषा भी बदल रही है।

मैं तो अब से बीस-तीस साल बाद का सीन सोचकर डर रहा हूँ। बीस-तीस साल अगर मैं टें बोलता हूँ, तो मेरी बेटियाँ मेरी डैथ की सूचना, शोकसभा की सूचना कुछ इस प्रकार देंगी—

कल शुक्रवार को हमारे पापा का सर्वर परमानेंटली डाउन हो गया है। वैसे तो कल रात तक उनके सारे प्रोग्राम ठीक-ठाक काम कर रहे थे। पर हार्ट का प्रोग्राम रिबूट होने में ट्रबल कर रहा था। डॉक्टरों ने यही कहा कि पुराने हार्डवेयर से ज्यादा छेड़-छाड़ नहीं की जा सकती। जब तक पुराना हार्डवेयर चल रहा है, चलाओ।

कुछ एक्सर्टों ने पेसमेकर लगाकर सेफ मोड में चलाने की कोशिश भी की। पर सिस्टम ने रिस्पांस देने से इनकार कर दिया।

आखिर में बैकअप सपोर्ट का पूरा जोर लगा लिया, फिर भी सिस्टम ने रिस्पांस नहीं दिया।

सो जैसी ऊपरवाले की इच्छा, कल रात को सोने के बाद पापा रिस्टार्ट नहीं हुए।

सो, आप सबको उनकी शोकसभा में आना है। कृपया शोक संदेश इ-मेल से न भेजें।

चार बंदे चाहिए ही चाहिए उठाने के लिए।

□

मरने का फोटू

यह निबंध उस छात्र की कॉपी से लिया गया है, जिसे फोटो-विषय पर आयोजित निबंध प्रतियोगिता में पहला पुरस्कार मिला है।

नई पीढ़ी समझती है कि फोटू का एकमात्र उद्देश्य है कि उसे फेसबुक आदि पर अपलोड कर दिया जाए। अगर फेसबुक पर अपलोड नहीं करना है, तो फोटू खींचो ही काहे को? जिस मोबाइल में कैमरे से फोटू खींचकर सीधे फेसबुक पर अपलोड करने की सुविधा ना हो, उसे मोबाइल तो माना जा सकता है, पर स्मार्ट नहीं माना जा सकता है।

सुविधाएँ बढ़ाते-बढ़ाते मोबाइल तो स्मार्ट हुए जा रहे हैं, पर उन्हें यूज करनेवाले बंदे कतई घोंचू हुए जा रहे हैं। ऐसी-ऐसी फोटो फेसबुक पर डाल रहे हैं कि समझ नहीं आ रहा है कि बंदा यह करता क्या है, सिवाय अपनी फोटू खेंचने के। हालाँकि यह चलन भी बहुत पॉपुलर हो चला है, जिसे 'सेल्फी' कहा जाता है। फेसबुक पर मार मची हुई है सेल्फी की। मैं नहाते हुए, मैं भुट्टा खाते हुए, मैं आलू के पराँठों को प्रेम-पूर्ण निगाह से देखते हुए। मैं डुमरियापुर में 'विश्व साहित्य शिरोमणि पुरस्कार' स्थानीय थानाध्यक्ष हाकिम सिंह से प्राप्त करते हुए। मैं अपने मित्र के कुत्ते की गोद में···। भाई लोग शमशान घाट तक में जाकर मोबाइल से अपनी सेल्फी खेंचे पड़े हैं—अपने दादा के संस्कार में भाव-विह्वल, शोकाकुल मैं···।

फेसबुक पर फोटुओं से मैं इत्ता आतंकित हो गया हूँ कि मुझे डर लगने लगा है कि फेसबुक प्रेमी मृतक मरने से पहले आग्रह कर उठे, ''कुछ कायदे के पोज ले लो न, मेरे निकलते ही मेरे स्टेटस पर डालकर अपडेट कर देना।'' यहाँ तक तो ठीक, इसके बाद वह भूत बनकर पूछने न आए क्यों बे लाइक क्यों ना किया मेरे मरने का फोटू?

मैं पहले ही कम ना थी, अब सेल्फी ने विकट मैं-मैं कर दी है।

तो फोटो का एक उद्देश्य यह है कि उसे फेसबुक पर अपलोड किया जाए और

दूसरा उद्देश्य है कि अपनी इतनी सेल्फी खेंची जाएँ, कि लोग देख-देखकर चीत्कार कर उठें। फोटो सिर्फ नेताओं की ही क्यों छपें, हमारी भी छपें, ऐसा आग्रह हो सकता है, पर कितनी, यह सवाल भी अहम् है। जवाहरलाल नेहरूजी की जितनी फोटू उनके पूरे जीवनकाल में ना छपी होंगी, उससे दोगुनी तो गुड्डू पंक्चरवाला अपनी फेसबुक पर एक महीने में छाप देता है। आज से पाँच सौ हजार साल बाद अगर महानता का आकलन छपी फोटू के आधार पर हुआ, तो गुड्डू पंक्चरवाला जवाहरलाल नेहरू से ज्यादा वड्डावाला महान् साबित होगा।

□

नेता 7.0 वर्जन

एक सेमिनार में था मैं, विद्वान् वक्ता ने कहा कि नेताओं को पॉलिटिक्स में कॉरपोरेट सेक्टर से सीखने की जरूरत है। मैं थोड़ा घबरा गया। कॉरपोरेट सेक्टर की हर बात सीख ली जाए यहाँ, तो आफत हो जाएगी। मेरा पुराना मोबाइल फोन ठीक-ठाक काम कर रहा है, पर उस कंपनी ने एक उस मोबाइल का नया वर्जन निकाल दिया है और इश्तहार अभियान के जरिए बताया है कि पुराना वापस दे जाओ, दस हजार में ले लेंगे, और नया ले जाओ करीब 65,000 रुपए का। मोबाइल के भाव इन दिनों बुजुर्गों को बताने में खतरा लगता है, उनका दिल झटका न खा जाए। बुजुर्ग बताते हैं कि एक दौर में इतनी रकम में मिडिल क्लास शादी हो जाती थी, अब मोबाइल आता है, इतनी रकम में। मैं कई बुजुर्गों को समझाता हूँ कि घर, मकान, शादी-ब्याह के खर्च के इंतजाम की जिम्मेदारी बुजुर्गों की है। नौजवानों की कमाई पर तो मोबाइल, पिज्जा, बाइक कंपनियों का ही हक है।

स्मार्ट नौजवान जितनी स्पीड से गर्लफ्रेंड नहीं बदल रहे हैं, उससे ज्यादा स्पीड से मोबाइल बदल रहे हैं। बंदे का कैरेक्टर ऐसे देखा जा सकता है कि वह किस तरह से मोबाइल के साथ बरताव करता है। पचास-पचपन हजार का मोबाइल है, तो चार-पाँच साल चला लो, यह बात मैंने एक नौजवान से कही, तो वह गुस्सा हो गया और बोला, ''आप बिलकुल दादाओं जैसी बात करते हो, यू आउटडेटेड। मोबाइल चार-पाँच साल चलेगा, तो मोबाइल कंपनियों का क्या होगा? मैं खुद मोबाइल कंपनी में काम करता हूँ। हर साल अगर मोबाइल न खरीदा नौजवानों ने, तो मोबाइल कंपनी तो ठप हो जानी है।''

''पर हम मोबाइल अपने लिए खरीदते हैं या मोबाइल कंपनियों के लिए?''

''हे, हे, हे, हे, आप समझते हैं कि आप अपने लिए खरीदते हैं, पर सच यह है कि आप मोबाइल कंपनियों के लिए खरीदते हैं।''

खैर, मसला यह था कि कॉरपोरेट सेक्टर के हिसाब-किताब अगर पॉलिटिक्स में

आ गए, तो विकट आफत हो जाएगी। नेता हम पाँच साल के लिए चुनते हैं, करोड़ों रुपए खर्च होते हैं चुनाव में। कॉरपोरेट सेक्टर, मोबाइल कंपनियों की मार्केटिंग रणनीति के हिसाब से चलें, तो हर साल एक नया मॉडल आ जाएगा। नेता वर्जन 1.0 से नेता वर्जन 7.0 तक पाँच ही सालों में आ जाएँगे।

पब्लिक चीखेगी, अरे अभी तो चुनकर भेजा है।

कंपनी कहेगी कि पुराने मॉडल का था, अब नए मॉडल का चुनकर भेजिए, खर्च थोड़ा ज्यादा है। पर यह बेहतर काम करेगा। आपने अगर नेता का नया मॉडल मंजूर न किया, तो हमारे यहाँ मार हो जाएगी। हर नेता को एमपी, मंत्री बनने का मौका मिलना चाहिए। हरेक को पद, अधिकार, दफ्तर, लालबत्ती मिलनी चाहिए, हर नेता का हक है इन आइटमों पर। सो प्लीज चुनिए, हर साल नए चुनिए, तो नेताओं का भला तेजी से हो जाए।

ओफ्फो, हम नेताओं को अपने भले के लिए चुनते हैं या नेताओं के भले के लिए?

"हे, हे, हे, हे, आप समझते हैं कि आप अपने लिए खरीदते हैं, पर सच यह है कि आप मोबाइल कंपनियों के लिए खरीदते हैं।"

समझ-समझ का फेर है। लोकतंत्र से लेकर मोबाइल कारोबार तक समझ के फेर ही हैं।

तरह-तरह के फीचरवाले मोबाइल फोन लिये जाइए, पचास हजार में, साठ हजार में। मोबाइल में ट्विटर लो, फेसबुक लो, व्हाट्स अप लो और दिन भर इन्ही में लगे रहो। पचास-साठ हजार की रकम फोन में लगाने की हैसियत दिन भर फेसबुक, व्हाट्स अप, ट्विटर पर लगकर तो नहीं आती, जब तक कि बंदा जम्मू-कश्मीर का चीफ मिनिस्टर उमर अबदुल्ला न हो।

खैर, उससे क्या, नया फोन तो लेना पड़ेगा, क्योंकि उसने, उसने, उसने और उसने भी ले लिया है।

आप क्या समझते हैं कि फोन सिर्फ अपने लिए खरीदा जाता है?

□

टाई में सेल्स

कुछ मित्र हैं, टीवी न्यूज-चैनलों में, जून की गरमी में भी सूट-टाई डाटे खबर पढ़ते हैं। जून में सूट-टाई पहनकर काम करना कुछ ऐसा है, जैसे भारी बर्फबारी में बनियान पहनकर काम पर जाना। दफ्तर से घर भी एंकर सूट-टाई में जाता है, कई बार पसीने-पसीने होकर। अबे जब टाई-सूट में पसीना आता है, तो काहे पहनते हो भाई? मौसम के हिसाब से कुछ पहनो।

पर टीवीवाले कई काम ऊल-जलूल करते हैं, उनमें से इसे एक मान सकते हैं।

मैंने एक टीवी एंकर से पूछा, 'इतनी गरमी में काहे सूट-टाई लगाकर आते हो?'

टीवी एंकर ने जवाब दिया, "ताकि लोग हमें सीरियसली लें।"

भई बात में दम है, टीवी एंकर को यह चिंता गहरी होती है कि उन्हें सीरियसली लिया जाए। मतलब आम तौर पर वह इस शक में गिरफ्तार रहता है कि उसे सीरियसली नहीं लिया जा रहा है। कइयों को तो वाकई नहीं भी लिया जाता है। कुछ दिन पहले देखा मैंने एक टीवी एंकर सूट-टाई पहनकर ही बता रहा था कि झूमरपुर गाँव की गायों का दूध अंतरिक्ष से आनेवाले भूत पी जाते हैं। उफ्फ, इस खबर को सीरियसली लें, तो सीरियस सवाल खड़े हो जाएँ। सवाल नंबर एक, अंतरिक्ष से आनेवाले भूत इतनी दूरी तय करके पृथ्वी पर झूमरपुर आते हैं, कितने दूध-प्रेमी हैं! अमूल दूधवाले इन दूध-प्रेमियों को अपना ब्रांड अंबेसडर क्यों नहीं बनाते? दूसरा सवाल यह उठता है कि अंतरिक्ष में भी भूत होते हैं क्या? एंकर की बात को सीरियसली नहीं लेने का मन होता है। अब झूमरपुर की गायों को अंतरिक्ष के भूतों से दूध पिलवाओगे, तो प्यारे कितने ही सूट-टाई पहन लो, कोई सीरियसली कैसे लेगा?

कई मामलों में हो यह गया है कि एंकर ऊल-जलूल कहे जा रहा है, सीरियसनेस पैदा करने का फुल, टोटल जिम्मा सूट-टाई के हवाले कर दिया गया है।

एक एंकर से पूछा मैंने, "इतनी गरमी में सूट-टाई क्यों पहनते हो? नॉर्मल शर्ट-

पैंट पहनकर संजीदा बातें करो। इतनी गरमी में टाई-सूट कंपलसरी तौर पर सेल्समैन पहनते हैं, तुम टीवी एंकर क्या सेल्समैन हो?''

एंकर बोला, ''सही पकड़ा, हमसे बड़ा सेल्समैन कौन? वे ही आइटम चलाते-बोलते हैं, जो बिकता है। चिरकुटई पर धर सबर, जो बिके है वही खबर। झूमरपुर में गायों का दूध भूत पी जाएँ, यह बात आपको चिरकुटई की भले ही लगे, पर यह खबर बिकती है। बिकती है, तो दिखती है। दिखती है, तो हम सूट-टाई लगाकर दिखा देते हैं।''

लीजिए, विकट कनफ्यूजन-सा हो रहा है, जिसे एंकर समझें, वह सेल्समैन निकलता है। जिसे सेल्समैन समझें, वह कहता है, क्षमा करें, मैं एंकर हूँ, मुझे सीरियसली लें। टाई के पुल के सहारे एंकर और सेल्समैन एक जगह जुड़ जाते हैं कि टाई में कोई बात कहो, तो विश्वसनीय सी मान ली जाएगी।

यह ठीक है की टाई लगाकर बंदे में एक खास किस्म की चुस्ती आ जाती है। पर चुस्त होकर भी बंदा झूमरपूर में भूतों की बात करता है! टाई-युक्त चुस्त सेल्समैन फर्जी आइटम बेच जाते हैं। एक इंश्योरेंस कंपनी का सेल्समैन बहुत धाँसू टाई लगाकर मुझे चुस्त-चौकस तरीके से बेकार की इंश्योरेंस पॉलिसी बेच गया। धीरे-धीरे टाई के प्रति मेरे मन में एक गहरा संशय पैदा होता जा रहा है। टाई-युक्त बंदा कुछ खेल करेगा, ऐसा संदेह मुझे होने लगा है। टाई पहनकर यह झूमरपुर के भूत बेच जाएगा, बेकार इंश्योरेंस पॉलिसी बेच जाएगा। यह बात मैंने एक टाईवाले एंकर को और एक टाईवाले इंश्योरेंस सेल्समैन को बताई, तो वे दोनों हँसने लगे और बोले, ''हमसे बचकर आप कहीं नहीं जा सकते। जिस दूसरे टीवी चैनल या इंश्योरेंस सेल्समैन के पास जाएँगे, वह भी टाई लगाकर ही माल बेच रहा है। आप बच नहीं सकते।''

उफ्फ, बच नहीं सकते।

□

प्रतिशत में क्या रखा है

कक्षा बारह के रिजल्ट जब आते हैं, तब गरमी का मौसम होता है। विकट गरमी और आग उन बच्चों के लिए हो जाती है, जिनके कक्षा बारह में अंक चालीस से साठ प्रतिशत के बीच कहीं आए हैं। ऐसे बच्चों को रिश्तेदारों के, परिजनों के इस सवाल का जवाब देने में विकट पसीना आ रहा है कि बताओ रिजल्ट क्या रहा? दिक्कत है, क्या जवाब दें! इस दौर में 99 प्रतिशत से नीचे का कोई भी प्रतिशत बहुत निम्न स्तरीय माना जाता है।

इस सीजन में कुछ बच्चे सीना चौड़ा करके घूमते हैं कि इतने परसेंट, उतने परसेंट मिले। जिनके उतने परसेंट नहीं हैं, वे मुँह छिपाते घूमते हैं, क्या बताएँ कितने परसेंट?

मेरा निवेदन है कि जिन बच्चों को 95 परसेंट से ज्यादा आ जाएँ, उनपर बंदिश होनी चाहिए कि वे अपन परसेंट सार्वजनिक तौर पर न बताएँ। बहुत बच्चे शर्मसार होते हैं। ऐसे शर्मसार बच्चों के उत्साहवर्धन के लिए कुछ कथाएँ तैयार की गई हैं, ये बच्चे इन कथाओं को पढ़ें और उत्साहित हो जाएँ—

प्रतिशत कथा एक—मेरे पास बाप है।

अर्जुन ने अपने सारे लक्ष्यों पर अचूक निशाना लगाया।

''शत-प्रतिशत निशाना सही है तुम्हारा अर्जुन, शत-प्रतिशत निशाना लगाकर तुमने बहुत शानदार उपलब्धि हासिल की है।'' गुरु द्रोणाचार्य बोले।

अर्जुन इतराता हुआ धनुष-बाण टाँगता हुआ निकला और दुर्योधन से कहा, ''मेरा रिजल्ट तो शत-प्रतिशत रहा, बता तेरा रिजल्ट क्या रहा?''

दुर्योधन बोला, ''अबे रिजल्ट को पूछ कौन रहा है!''

अर्जुन ने फिर कहा, ''अरे रिजल्ट ही तो सबकुछ है। मेरे पास शत-प्रतिशत रिजल्ट है। बता, तेरे पास क्या है?''

दुर्योधन मुसकराते हुए बोला, ''तेरे पास होगा शत-प्रतिशत रिजल्ट, मेरे पास बाप

है, जो हस्तिनापुर की गद्दी पर है। वही फैसला करेगा कि अगला राजा कौन होगा। रिजल्ट को तू जहाँ चाहे रख आ, राजा तो मुझे ही बनना है।

"गद्दी मेरी, मेरे बाप की। क्या करेगी शत-प्रतिशत की परसेंटेज आपकी?"

अर्जुन निराश-परेशान-हैरान सा निकल लिया। दुर्योधन खिलखिलाता हुआ गद्दी का हकदार हुआ। इस कहानी से हमें यह शिक्षा मिलती है कि परसेंट से कुछ खास नहीं होता। जिसका बाप सही जगह सेट हो, उसका खेल सुपर-सेट होने से कोई नहीं रोक सकता। जिसके बंदे का फादर सही जगह सेट नहीं है, तो उसे अपना कोई सही सा गॉडफादर सेट, माई-बाप सेट करना चाहिए। फिर रिजल्ट वगैरह की कोई ना पूछता।

प्रतिशत कथा नंबर दो—प्रतिशत से क्या होता है?

आईआईटी, आईआईएम के ग्रेजुएट एक नौजवान मेरिट प्रसाद अमरीका के एक बहुत ही महँगे होटल में चाय पी रहा था, उसके सामने एक बंदा बैठा था।

मेरिट प्रसाद ने हवाबाजी करते हुए कहा, "यू नो आईआईटी, आईआईएम में मैंने टॉप किया। शत-प्रतिशत परफॉरमेंस रही है मेरा हर इम्तहान में। तब यहाँ तक पहुँचा हूँ कि एक चाय का मैं पाँच हजार डॉलर दे सकूँ। यू नो, एक्जाम्स में परसेंट का बहुत रोल है।"

मेरिट प्रसाद के सामने बैठा बंदा जोर-जोर से हँसने लगा।

मेरिट प्रसाद ने चकराते हुए पूछा, "हे जेंटलमैन, तुम इस तरह से क्यों हँस रहे हो? क्या तुम्हें प्रतिशत के महात्म्य का कोई अनुमान नहीं है?"

सामनेवाला बंदा और जोर से हँसकर बोला, "शत-प्रतिशत परसेंट लाकर तुम्हारी औकात इस होटल में चाय पीने भर की हुई है। बेटे, कोई मुझसे मेरी परसेंट नहीं पूछता और यह होटल मेरा ही है। सबकुछ परसेंट से नहीं होता। परसेंट के पार और परे भी बहुत कुछ है इस दुनिया में बच्चे।"

मेरिट प्रसाद चकरायमान होकर उस बंदे को देखने लगा और बोला, "हे महानुभाव, कृपापूर्वक बताएँ कि परसेंट से पार और परे क्या है, जिसने आपको इस होटल का मालिक बना दिया है?"

उस बंदे ने बताया कि पाकिस्तान की प्रधानमंत्री मेरी पत्नी थीं और…।

मेरिट प्रसाद समझ गए कि यह होटल तो छोड़ो, आधा पाकिस्तान इस बंदे की प्रॉपर्टी है। सामनेवाले बंदे का नाम आसिफ अली जरदारी है, वह पाकिस्तान का प्रेजीडेंट रह चुका है और कोई भी उससे उसकी परसेंट तो दूर, क्वालिफिकेशन तक नहीं पूछता।

इस कहानी से हमें यह शिक्षा मिलती है कि कायदे के परसेंट लाने में टाइम वेस्ट करने की बजाय अगर बंदा सही सेट बीवी हासिल करने में समय-ऊर्जा लगाए, तो फिर परसेंट का कोई रोल नहीं बचता। परसेंट ही सबकुछ नहीं होता।

□

युगांडा भी तो है

अमरीका ने भारतीय उड्डयन सुरक्षा का स्तर बहुत घटिया पाया है। हवाई उड़ानों की सुरक्षा का भारतीय स्तर जिंबाब्वे और इंडोनेशिया के स्तर का है; अमरीका का ऐसा कहना है। अमरीका ने यह बात अब कही है, यह तो मैं बहुत पहले से जानता था। हर तरह के ट्रांसपोर्ट के मामले में इस मुल्क में बहुत लापरवाही बरती जा रही है। यह बात कोई भी कह सकता है, जिसने भारत में ड्राइविंग लाइसेंस प्रक्रिया को करीब से देखा हो। अपने शहर की ट्रांसपोर्ट लाइसेंसिंग अथॉरिटी के दफ्तर जाकर देख लें। कार का लाइसेंस लेने के लिए कार चलाना आए, यह जरूरी नहीं है। मुझे शक है कि हवाई जहाज चलाए बगैर, पायलट के लाइसेंस मिल रहे हैं। मैं अपने इलाके के ट्रांसपोर्ट-अथॉरिटी के दफ्तर में बाइक ड्राइविंग लाइसेंस लेने गया, तो मुझे बताया गया रकम खर्च करें, तो कार का और ट्रक का भी ले जाएँ।

मैंने कहा कि ट्रक चलाना मुझे आता कहाँ है?

जवाब मिला, "जो देश चला रहे हैं, उन्हें भी देश चलाना कहाँ आता है?"

चलाओ, भइया ट्रक चलाओ, देश चलाओ। देश चलाना ट्रक चलाने जैसा हो गया है। आए या न आए, चलाए जाओ। ट्रक का ताल्लुक मुझे राजनीति से यूँ लगता है कि ट्रकों के पीछे लिखा होता है—फिर मिलेंगे, यह मुझे तमाम राजनीतिक दलों के चुनाव जीतने के बाद की प्रतिक्रिया लगती है; जीत गए हैं, अब मिलने की क्या जरूरत? फिर मिलेंगे, बाद में पाँच साल बाद, अगले चुनावों में वोट माँगने आएँगे।

एक कार्टून अभी दिखाई दिया, राहुल गांधी एक ट्रक को देश के नक्शे पर धुआँधार दौड़ाए जा रहे हैं, ट्रक जा कहाँ रहा है, कुछ पता नहीं चल पा रहा है। ट्रक के पीछे मराठी में लिखा है—आई तुझा आशीर्वाद, यानी माँ तेरा आशीर्वाद। मेरा निवेदन है कि देश के हर ट्रक ड्राइवर की माँ से कि बेटे को आशीर्वाद देने से पहले वह बेटे का पक्का ड्राइविंग टेस्ट ले ले, फिर, आशीर्वाद दे। वरना बाद में अप्रशिक्षित ड्राइवर ट्रक

को कहीं ठोंक दे, पब्लिक को मार दे, तो ड्राइवर को गालियाँ पड़ती ही हैं, साथ में लोग यह भी पूछते हैं कि देखो, ट्रक पर लिखा है, 'माँ का आशीर्वाद', कैसी माँ है, कैसा आशीर्वाद दे रखा है, अपने नालायक ड्राइवर बेटे के हत्यारे ट्रक को? माँ के आशीर्वाद पर सवाल उठते हैं, माँ का नाम खराब होता है।

इस मुल्क की कई माँ की दिक्कत यह हो गई है कि आशीर्वाद देने से पहले बेटे का कायदे से, कड़ाई से टेस्ट नहीं लेतीं। ट्रक ड्राइवरों की माँओं की ही बदनामी ज्यादा होती है, क्योंकि ट्रकों के पीछे ही लिखा मिलता है—माँ तुझा आशीर्वाद। कोई हत्यारा, राहजन अपने पिस्तौल या चाकू पर नहीं लिखवाता—माँ तुझा आशीर्वाद। माँ का आशीर्वाद बहुत कीमती है, हर ट्रक को, नालायक ड्राइवर को नहीं मिलना चाहिए।

अभी दिल्ली में सरकारी बसें चलानेवाले कई ड्राइवर कलर-ब्लाइंड निकले। ऐसे कुछ ड्राइवरों से मैंने पूछा, "भइया कलर-ब्लाइंड होकर बस चला रहे हो, यह क्या है?" एक कलर-ब्लाइंड ड्राइवर बोला, "जी, हम तो सिर्फ कलर-ब्लाइंड हैं, पूरे तौर पर ब्लाइंड लोग देश का जहाज उड़ाए फिर रहे हैं।"

अमरीका ने जो बात बहुत बाद में समझी, वह मुझे पहले ही समझ में आ गई। एयर-सेफ्टी के मामले में इंडिया जिंबाब्वे के स्तर पर आ गया है। एक सीनियर नेता से इस संबंध में बात हुई तो वह हँसते हुए बोला, "सेफ्टी के इम्तिहाँ और भी हैं, जिंबाब्वे से आगे जहाँ और भी है, जिंबाब्वे से आगे चलकर सेफ्टी युगांडा के स्तर पर भी आ सकती है।"

युगांडा संभावना है, जिसे देखकर अभी की स्थिति पर खुश हुआ जा सकता है।

हमारे नेता किस स्तर के हैं, यह सवाल बहुत महत्त्वपूर्ण है।

हमारे नेता तो पक्के तौर पर चीन के स्तर के हैं, घटिया और बेकार। पर यह बात बताने के लिए अमरीका की जरूरत नहीं है।

खैर, एक पायलट ने मुझसे पूछा कि मन कर रहा है कि अपने हवाई जहाज के पीछे लिखवा दूँ—माँ तुझा आशीर्वाद। उड्डयन सुरक्षा पर अमरीका की चेतावनी मिलने के बाद मैंने पायलट से कह दिया है, "अबे क्यों माँ का नाम खराब करवाएगा?"

□

घोषणा उर्फ पत्र ओनली

बालक ने कहा कि एकेडमिक साल की शुरुआत में कि वह नब्बे परसेंट नंबर लेकर आएगा। नहीं आए इतने नंबर तो पापा ने बहुत शर्मिंदा किया और शर्मिंदा करे कोई, इससे पहले बालक खुद शर्मिंदा हो गया।

नेता इतने शर्मदार नहीं होते। पाँच साल में घोषणापत्र के जरिए लिखित घोषणा करते हैं कि बिजली, पानी, सड़क, अस्पताल, कॉलेज सब ले आएँगे। फिर पाँच साल बाद भी शर्मिंदा नहीं होते, फुल धुआँधारी से पुरानी घोषणाएँ करने लगते हैं। मुझे डर लगता है कि अगर अपनी घोषणाओं पर बच्चे नेताओं सरीखा सलूक करने लगें, तो क्या हो। एक सीन यह हो सकता है—

बेटा, तुमने कहा था कि तुम नब्बे परसेंट नंबर लेकर आओगे। यह क्या रिजल्ट है, सिर्फ चालीस परसेंट?

पापा, अगली बार देखेंगे, पक्का देखेंगे। वादा रहा मेरा, देखेंगे।

बेटा, ऐसे काम कैसे चलेगा कि तुम घोषणाएँ करते रहोगे और रिजल्ट नहीं आएँगे, तो कैसे काम चलेगा?

पापा, कैसी बात कर रहे हैं, पूरे देश का काम चल रहा है। कितनी घोषणाएँ, कितनी बार, कितनी पार्टियों ने की हैं। रिजल्ट नहीं आए हैं, फिर भी काम चल रहा है। कांग्रेस ने घोषणा की थी कि दस करोड़ लोगों को रोजगार देंगे, नहीं दिया। काम चल रहा है न! महँगाई कम होगी, ऐसी घोषणा कांग्रेस ने की थी, कम नहीं हुई। काम चल रहा है न! ये घोषणा को सिर्फ पत्र मानते हैं, जिसे इलेक्शन के बाद फाड़कर फेंक दिया जाता है। घोषणाओं को लेकर सीरियस हो जाएँगे, तो कइसे काम चलेगा पापा?

बेटा, तुम कतई नेताओं की सी बातें कर रहे हो।

पापा, जब देश का काम चल रहा है, तो हमारा-आपका काम क्यों रुकेगा घोषणा पूरी न होने से?

पापा पर कोई तार्किक जवाब नहीं है, देने को।

बिहार में एक बड़ी पॉलिटिकल पार्टी के डॉक्टर नेता अपने फिल्म स्टार और कतई निकम्मे सांसद को लेकर घोषणा कर रहे थे, ''जी अबकी बार जीतने के बाद उनके सांसद काम करेंगे, पक्का। इतना काम करेंगे कि अपने क्षेत्र में आया भी करेंगे।''

पब्लिक ने पूछा, ''जी, यह ही बात तो आपने पाँच साल पहले कही थी, कुछ काम नहीं किया उन्होंने?''

डॉक्टर नेता फिर कह रहे थे, ''करेंगे, जी अबकी बार करेंगे, मेरा प्रॉमिस है।''

मैं डर रहा हूँ कि इन डॉक्टर साहब ने अगर यही घोषणा-पत्री रवैया अपने डॉक्टरी कारोबार में अपना लिया, तो क्या होगा? एक सीन यह होगा—

डॉक्टर कहेंगे, ''ये बात सही है कि यह ऑपरेशन गलत हो गया, मुझसे। मैं ठीक तरीके से ऑपरेशन नहीं कर पाया। दरअसल मैं एक औजार ही लाना भूल गया था। कल रात ज्यादा पी गया था, सो भूल गया। फिर मैंने सोचा कि अब कौन लाए, सत्तर का तो था ही पेशेंट। जाने दो, अगली बार जब तुम्हारे यहाँ किसी का ऑपरेशन होगा, तो मैं औजार लाऊँगा और होश में भी रहूँगा। अगले ऑपरेशन का मौका दो, सब ठीक कर दूँगा।''

पेशेंट के घरवाले कहेंगे, ''डॉक्टर साहब क्या बात कर रहे हैं, कैसी बातें कर रहे हैं? कैसे काम चलेगा?''

डॉक्टर कहेंगे, ''आप कैसी बात कर रहे हैं, आप सिर्फ मेरे यहाँ हुई मौतों को गिनते हैं? सामनेवाले डॉक्टर का कुछ पता है आपको? यह विपक्षी डॉक्टर सिर्फ नशेबाज ही नहीं है, विकट जुएबाज भी है। मैं निकम्मापन सिर्फ नशेबाजी में करता हूँ, यह डॉक्टर तो अपने सारे औजार पिछले हफ्ते जुए में हार गया और औजार न होने के चलते इसने ऑपरेशन कायदे से न किए, इसलिए इसके दस पेशेंट पिछले हफ्ते मर गए। आप मुझे डाँट रहे हैं सिर्फ एक पेशेंट के मरने के लिए, विपक्षी डॉक्टर ने दस मार दिए? आप देखें न! आप भी देश की जनता की तरह मेच्योर्ड नहीं हैं।''

पेशेंट के घरवाले चीखेंगे-चिल्लाएँगे, ''कैसी बातें कर रहे हैं डॉक्टर साहब! ऐसे काम कैसे चलेगा?''

डॉक्टर बता देगा—''जी, पूरे देश का चल रहा है, सबका चल गया।

चल रहा है जी, चलता जा रहा है। चले ही जा रहा है।''

वैसे सच यह है कि यह मुल्क चल इसलिए रहा है कि अब भी कई लोग नेताओं के स्तर के पतित, निकम्मे और बेशरम नहीं हुए हैं।

□

जुल्फों में संविधान

महत्त्वपूर्ण, बहुत महत्त्वपूर्ण डिबेट चल रही थी मुख्यमंत्री के इस्तीफे के संवैधानिक आयामों पर। एक संविधान विशेषज्ञ इस पर कुछ बोलना चाह रहे थे कि एंकर ने डपटा, ''बहुत-बहुत-बहुत जरूरी छोटा सा ब्रेक लेना पड़ेगा।'' इश्तहार ब्रेक शुरू हुआ कि जूही चावला आ गईं और बताने लगीं कि उनके काले केश, घनी जुल्फों के पीछे कौन सा हेयर ऑयल है। आशय यह था कि जो काले-घने केश चाहते हैं, वे जूही चावला द्वारा निर्दिष्ट हेयर-ऑयल का इस्तेमाल करें।

संविधान जैसे स्थगित हो चुका था और जुल्फ विमर्श शुरू हो गया। जूही चावला के बाद फिर विराट कोहली आए, उन्होंने एक मोटरसाइकिल का महात्म्य बताया कि किस तरह से वह मोटरसाइकिल अति ही कुशल मोटरसाइकिल है। राज-काज में संविधान की भूमिका की कुशलता की चर्चा स्थगित रही। फिर किरण बेदीजी आईं, जो संविधान या मुख्यमंत्री पर नहीं, बल्कि इश्तहार में बेदाग रेपुटेशन के बारे में बता रही थीं। और बेदाग रेपुटेशन के लिए वे कड़ी मेहनत या गहन ईमानदारी पर जोर नहीं दे रही थीं, बल्कि एक क्रीम के बारे में बता रही थीं, जिसके इस्तेमाल से चेहरे पर कोई दाग-धब्बे नहीं रहते। आशय यह था कि बेदाग रेपुटेशन के लिए उस क्रीम का इस्तेमाल किया जाए। तमाम राजनीतिक मसलों को निपटाने में संविधान की रेपुटेशन पर विमर्श फिर स्थगित रहा।

इधर मैं टीवी देखकर बहुत परेशान हो जाता हूँ। संविधान जैसे गहन-गंभीर विषय पर बात चल रही है कि माहौल कतई ब्यूटी पार्लरनुमा हो जाता है। ब्यूटी पार्लर एक बहुत गंभीर कारोबार है, पर संविधान विमर्श में तो उसे नहीं घुसा सकते न! चुनावों के पहले की स्थितियों में, किसी मुख्यमंत्री के इस्तीफा देने पर गहन बहस चलती है, फिर रुक जाती नहीं, जूही चावला के जुल्फ-विमर्श के लिए, किरन बेदी की क्रीम विमर्श के लिए। राजनीतिक घोषणापत्र जैसा कार्यक्रम कोई टूथपेस्ट स्पांसर करता हुआ दिखता है। टूथपेस्ट निश्चय ही गंभीर कारोबार है, पर राजनीतिक घोषणापत्र को सफेद दाँतों की

हीहीही, ठीठीठीठी से विहीन होने दें!

आफतें विकट हैं, संवैधानिक विमर्श में रमना शुरू ही हो कि जूही के काले केश लहराने लगते हैं। चिढ़कर एक दिन मैंने एक टीवी न्यूजवाले मित्र से कहा, "तुम जूहीजी के काले केशों पर एक व्यापक चर्चा कर लो, काले केशों के हर आयाम पर, पर बाद में संविधान में काले केश न डालो।"

मित्र हँसने लगा, "काले केश तो रोज आएँगे।"

आइए, रोज आइए, काले केश हम क्या कर सकते हैं? संविधान को टीवी पर अब काले केशों में लपेटकर ही पढ़ा जा सकता है। कोई क्या कर सकता है?

इश्तहार हैं तो रेवेन्यू है, रेवेन्यू है तो टीवी है।

संविधान विमर्श न होगा, कल को कोई और विमर्श होगा, तब भी जूही चावला के काले केश लहराएँगे।

बाकी तमाम विषय अस्थायी हैं, आने-जाने हैं, काले केश रहेंगे, स्थायी भाव से। काले केश जाएँगे तो कुछ और आ जाएगा। कोई ब्यूटी सोप या ब्यूटी क्रीम अथवा दंत मंजन या मोटरसाइकिल।

काले केशों से मुक्ति नहीं है। अभी एक गंभीर रिपोर्ट टीवी पर देख रहा था—गठबंधन की राजनीति पर। एंकर बता रहा था कि जाने कहाँ-कहाँ से कौन-कौन से दल आपस में मिल जाते हैं। सत्ता की राजनीति करते हैं। उस सन् में उस दल ने यह किया, इस सन् में इस दल ने ऐसे किया। गठबंधन विमर्श रुका और सन्नी लियोनी आ गईं। वे यह बताने लगीं कि कहाँ-कहाँ प्रेम कार्य संपन्न कर सकते हैं, काऊच पर, टेबल पर, और न जाने कहाँ-कहाँ; तथा उस प्रेम कार्य को संपन्न करने में उस ब्रांड का प्रयोग करें। उफ्फ गठबंधन से कहाँ पर आ गए!

मेरा निवेदन है कि सन्नी लियोन या जूही चावला रात ग्यारह बजे क्राइम प्रोग्राम्स के इश्तहारों में आया करें। क्राइम प्रोग्राम बहुत ही पॉपुलर और गंभीर कार्यक्रम है। वहाँ आने से सन्नी की गरिमा में इजाफा होगा। अभी एक क्राइम कार्यक्रम पर रिपोर्ट देख रहा था, अवैध संबंधों के त्रिकोण पर। वहाँ सन्नी का इश्तहार होना चाहिए—गठबंधन होना चाहिए, पर अवैध नहीं। गठबंधन संपन्न करने के लिए उस ब्रांड का प्रयोग करें। किसी क्राइम कार्यक्रम में जूही चावला बताएँ कि काले केश कत्ल का कारण भी बन सकते हैं, देखनेवाले इन्हें देखकर पागल हो सकते हैं। पगलानेवाले केशों के लिए फलाँ केश तेल। टीवी न्यूजवालों को मिलकर कुछ ऐसी गाइडलाइंस बनानी चाहिए कि संविधान विमर्श को हम काले केशों से मुक्त रखेंगे।

लहराते काले केश मुझे देखकर हँस रहे हैं और कह रहे हैं, "अबे हमसे कौन मुक्त हो पाया है आज तक?" □

बेइज्जत सम्मानशुदा

अपमान झेलना मुश्किल काम है (अगर आप नेता न हों तो), पर साहब सम्मान झेलना भी आसान काम नहीं है। आप कल्पना करें कि आपका सम्मान समारोह हो रहा हो, लेक्चर चल रहे हों कि वाह साहब क्या आदमी हैं! क्या शानदार रचनाकार हैं! सोचिए, अगर आप इससे सहमत होने लगें समारोह में कि जी हाँ, मैं बहुत बढ़िया आदमी हूँ। जी, आप ठीक कहते हैं कि मैं शानदार रचनाकार हूँ। अगर कोई अपनी तारीफ से सहमत होने लगे, तो समझिए कि वह बदतमीज आदमी है। वह समझे या नहीं पर पब्लिक समझने लगती है कि कतई छिछोरा और बदतमीज बंदा है, खुद अपनी ही तारीफ से बढ़-चढ़कर सहमत हो रहा है!

तो बंदा क्या करे, अपनी तारीफ से असहमत हो जाए कि नहीं, मैं कतई बढ़िया आदमी नहीं हूँ, न मैं कतई शानदार रचनाकार नहीं हूँ, अपने सम्मान समारोह में जाकर कोई ऐसे करे तो उसे कतई बेवकूफ माना जाएगा। अबे तुम्हें पता था कि तुम अपने सम्मान समारोह में आ रहे हो और आकर ऐसी बातें कर रहे हो तो बेवकूफ तो माने जाओगे!

तीसरा रास्ता है कि ग्रामीण नव-वधू की तरह धीमे-धीमे शर्मीली मुसकराहट चेहरे पर चेंपे रहें। वैसे अब तो ग्रामीण वधुएँ भी वैसी शर्मीली नहीं रहीं। सम्मान झेलना भी टेढ़ा काम है साहब। शर्मीले पोज में मुसकराते हुए दिखना कतई मूर्खतापूर्ण काम है। सम्मान झेलना हरेक के लिए आसान काम नहीं है, एक हद तक निर्लज्ज होना पड़ता है। यह बात कहो, तो लोग कह उठते हैं, अगर लज्जा होती तुममें, तो इतना और ऐसा काहे लिखते!

सम्मान से डरता हूँ मैं और अपने सम्मान-समारोह के इच्छुकों से कह देता हूँ कि आप मेरा सम्मान करते हैं अच्छी बात है, पर इस बात को कैश के जरिए अभिव्यक्त कीजिए। 11000, 21000, 51000 के चेक या कैश लिफाफे में बंद करके मुझे दे

जाइए, चुपके से। दान की तरह सम्मान को भी गुप्त रखिए। हर साल करते रहिए सम्मान।

अभी कल दिल्ली में एक सम्मान समारोह में मुझे सम्मान के तौर पर एक शॉल गिफ्ट किया गया, गिफ्टिंग की फोटू अखबार में छपी। फोटू में सम्मान करनेवाली संस्था के अध्यक्ष, महासचिव, उपसचिव, ट्रेजरार, वित्तीय अधिकारी, प्रचार सचिव, एक शॉल और मैं था। कुल फोटू में मेरा हिस्सा दशमलव 10 प्रतिशत था। सम्मानक संस्था के अधिकारी और शॉल सारी फोटू घेर गए।

मेरी माँ ने डपटा मुझे, ''ये तेरे सम्मान का फोटू है या अपमान का? एक शॉल तक तुझे छह लोग मिलकर देते हैं। किसी लेडी किट्टी पार्टी के किसी मेंबर के परिवार में शादी होती है, तो हर लेडी 500 रुपए देती है, एक शानदार गिफ्ट का डौल बन जाता है। ऐसी हालत तेरे सम्मान की हो गई, छह लोगों ने पचास-पचास रुपए शॉल के इकट्ठे किए और तुझे एक शॉल दे दिया। अगली बार तीन सौ रुपए मुझसे ले लेना शॉल के, खबरदार आगे से ऐसे सम्मान की फोटू किसी अखबार में दिखी तो।''

अपने सम्मान की फोटू माँ को दिखाने में डर लगे, ऐसे सम्मान से डरना चाहिए साहब।

सम्मान-पुरस्कार विषयक शोध से पता चला कि सम्मान दूर के लोग ही करते हैं, दूर के ही कर सकते हैं, क्योंकि पास के करीब लोग बहुत करीब से सबकुछ जानते हैं। मेरे पैतृक शहर में कुछ मित्रों ने शहर के नामी लोगों से मेरे सम्मान की बात चलाई कि लेखक-वगैरह हो गए हैं वे, कुछ सम्मान-पुरस्कार दिया जाए उन्हें। नामी लोगों में से अधिकांश मेरे बचपन के मित्र निकले, चार्टर्ड एकाउंटेंट, डॉक्टर, उद्योगपति वगैरह। एक चार्टर्ड एकाउंटेंट ने मेरे बारे में साफ कह दिया कि आलोक तो बचपन में तो कंचे चुराता था और घर से पैसे चुराकर चित-पट नाम का लघु-स्तरीय जुआ खेला करता था। इन हरकतों के लिए उसकी माँ ने उसकी सार्वजनिक ठुकाई कई बार सड़क पर की थी। ऐसे आदमी को सम्मानित करें और हम उसका अतीत अब बच्चों को बताएँ, तो कैसा असर पड़ेगा नए बच्चों पर? अपने सम्मान की यह बात सुनकर मैं सहम गया।

जैसा भी हो, गैरों से शॉलवाला सम्मानित अर्जित करके खुश रहना चाहिए। अपने लोग सम्मान पर उतर आएँ, तो आदमी को बेइज्जत होते देर नहीं लगती।

□

स्टिंग प्रश्नावली

पाठको, ज्ञानार्थियों के लाभार्थ स्टिंग प्रश्नावली प्रस्तुत है—

सवाल—स्टिंग का इतना हल्ला क्यों है, इन दिनों?

जवाब—दो खास कैटेगिरी हैं इन दिनों भारतवर्ष में, एक कैटेगिरी उनकी, जो स्टिंग करते हैं, यानी स्टिंगर, दूसरी कैटेगरी उनकी, जिनका स्टिंग किया जाता है, यानी स्टिंगित। स्टिंगित की चर्चा ज्यादा होती है, स्टिंगर की चर्चा कम होती है। चर्चा अलबत्ता दोनों की होती है, चर्चा वे लोग करते हैं, जो न स्टिंगर होते, न स्टिंगित होते।

सवाल—यानी महत्त्व दो ही कैटेगिरियों का है, स्टिंगर और स्टिंगित। बाकी तो सिर्फ डिस्कशन करने भर को हैं?

जवाब—बिलकुल सही, खुद को कर बुलंद इतना कि हर स्टिंग से पहले स्टिंगर खुदी पूछे कि बता तेरी रजा क्या है? और फिर रजा पूछकर सैटिंग-गैटिंग के जरिए मामले सैट कर लिये जाएँ। स्टिंगर को कई बार पॉपुलरिटी स्टिंगित के जरिए मिलती है। अधिकांश पब्लिक तो सिर्फ चर्चा करने के लिए होती है। मजे और पॉपुलरिटी स्टिंगर और स्टिंगित को ही मिलती है। सो असली पॉपुलरिटी हासिल करने के लिए बंदे को पब्लिक की कैटेगिरी से ऊपर उठना चाहिए और स्टिंगर या स्टिंगित बनने के प्रयास करने चाहिए।

सवाल—स्टिंगित होने का आशय क्या होता है?

जवाब—स्टिंगित होना अब स्टेटस सिंबल सा हो रहा है। अगर आपने कुछ किया है और उसका नोटिस लिया जा रहा है, तो देर-सबेर आप स्टिंगित हो जाएँगे। अगर आप स्टिंगित न हो रहे हों, तो मानिए कि आपने कुछ किया ही नहीं है। स्टिंगित होकर ही आप खुद को पहुँचा हुआ साबित कर सकते हैं।

सवाल—फर्जी स्टिंग क्या होता है?

जवाब—जब बंदे का काम स्टिंगोचित नहीं होता है, फिर भी उसका स्टिंग कर

दिया जाता है। ऐसे स्टिंग को फर्जी स्टिंग कहा जाता है। इससे बंदे की प्रतिष्ठा बढ़ जाती है। वह स्टिंग क्लब में दाखिल हो जाता है। स्टिंग क्लब इलीट क्लब है, इसमें हरेक की एंट्री नहीं है, कुछ विशिष्ट करनेवाले ही इस क्लब में दाखिल होते हैं। पर फर्जी स्टिंग से इज्जतअफजाई हासिल करनेवाले कई लोग इस देश में हैं। दिल्ली में एक राजनीतिक दल ने घोषणा की कि उसके नेताओं पर किए गए स्टिंग के बाद तो उनकी पॉपुलरिटी बढ़ गई है और चुनावों में उन्हें ज्यादा वोट मिलेंगे।

सवाल—फर्जी स्टिंग से किसी की प्रतिष्ठा कैसे बढ़ जाती है?

जवाब—पब्लिक सोचने लगती है कि चलो अभी असली कोई काम नहीं किया अगलों ने, फिर भी स्टिंगित हो गए, यानी प्रतिष्ठाशाली नहीं, तो कम-से-कम प्रतिभाशाली तो हैं ही। भविष्य में क्या पता सच में ही स्टिंगोचित काम करने लग जाएँ! इस उम्मीद में स्टिंगितों की प्रतिष्ठा बढ़ जाती है।

सवाल—स्टिंग का भविष्य कैसे देखा जाए?

जवाब—स्टिंग का भविष्य बहुतै चकाचक है। सारे दफ्तरों को दो ही कैटेगिरी में बाँटा जाएगा—एक स्टिंग-योग्य, दूसरा स्टिंग-अयोग्य। हर दफ्तर यह उम्मीद करेगा कि वह स्टिंग-योग्य हो जाएगा। स्टिंग-योग्य दफ्तरों में काम करनेवाले बंदों का दहेज ज्यादा होगा। वहाँ काम करनेवाली बालिकाओं को ज्यादा बेहतर वर मिलेंगे। स्टिंग-अयोग्य दफ्तरोंवालों को कोई न पूछेगा।

सवाल—स्टिंग योग्य और स्टिंग अयोग्य की व्याख्या करेंगे?

जवाब—आईटीओ, कस्टम, पीडब्ल्यूडी, ये दफ्तर स्टिंग-योग्य हैं। कई दफ्तर ऐसे हैं, जिनके बारे में पब्लिक को कम जानकारी है। हर महीने सूची अपडेट होती रहेगी कि ये दफ्तर स्टिंग-योग्य हैं। प्राइमरी स्कूल का मास्टर कतई स्टिंग-अयोग्य है। हद से हद क्या करेगा, न पढ़ाएगा। हरामखोरी की अधिक-से-अधिक सुविधा है प्राइमरी मास्टर को। कस्टम, आईटीओ में तो स्टिंग ही स्टिंग मच सकती है। तो स्टिंग योग्य एक तरह से आईएसआई का मार्क माना जाएगा। विवाह योग्य लड़का या लड़की स्टिंग मार्क है, ऐसा साफ होते ही मैरिज मार्केट में उसके बाजार भाव स्थिर करने में आसानी होगी।

सवाल—ओ ग्रेट, तब तो स्टिंग का महती योगदान है भारत के सामाजिक-आर्थिक ताने-बाने में?

जवाब—जी, अब आप स्टिंग को समझ गए हैं और जल्दी ही ऐसी काबलियत पैदा कर लेंगे कि आपका भी स्टिंग संभव हो।

□

उफ्फ, ध्यान रखिएगा

इंगलिश में एक मुहावरा चलता है, टेक केयर। लोग विदा लेते हैं, तो ऐसा बोलते हैं, टेक केयर। इ-मेल-एसएमएस में भी चल निकला है यह मुहावरा। टेक केयर का अनुवाद अब लोग हिंदी में भी करके बोलने लगे हैं, ध्यान रखिएगा। कल ही तीन लोगों ने मुझसे विदा लेते समय कहा, ''टेक केयर, ध्यान रखिएगा।''

मुझे टेक केयर कहना और सुनना बहुतै बेवकूफी भरा लगता है।

जैसे कल उस मित्र ने कहा, ''टेक केयर, तो मुझे लगा कि जैसे मैं एकदम केयरलेस, लापरवाह टाइप आदमी हूँ, कोई ध्यान नहीं रखता। यह ठीक है कि मेरे कागज-पेन कभी अपनी जगह नहीं मिलते, मतलब वे जगह पर भी हों, तो मुझे नहीं मिलते। मन-ही-मन मैं खुद को डपटता हूँ कि तुम इतने केयरलैस क्यों हो? मतलब यह बात अपनी जगह सच है कि मैं लापरवाह टाइप आदमी हूँ, पर कोई इसे कहे, चिह्नित करे, तो बुरा लग जाता है। सच बात सुनना किसे अच्छा लगता है साहब? अभी कल एक नेता के साथ था, विदाई के वक्त उन्होंने कहा कि ध्यान रखिएगा, टेक केयर।''

मैंने पलट-जवाब दिया कि मेरे ध्यान रखने से हो क्या रहा है? तुम्हें शहर में जो जमीन-प्लॉट हथियाना हो, वह तो तुम हथिया ही लोगे। जैसे राजस्थान, हरियाणा के पूरे-पूरे शहरों की पब्लिक से कोई कह देता कि टेक केयर, तो क्या वाड्रा को मनमानी जमीन लेने से रोका जा सकता था? टेक केयर कहके भी क्या हो रहा है? केयर करते-करते मेरे सामने नेताओं ने कोयला खदानों पर कब्जा कर लिया।

मेरा निवेदन है कि केयर-ध्यान रखो, यह बात दूसरे से कहने की जरूरत क्या है? अपनी-अपनी केयर खुद कर लो, सामनेवाला खुद कर लेगा, अगर करनी होगी, तो। वरना किसी के कहने से तो केयर होने से रही। तुम अपनी कर लो, हम अपनी कर लेंगे केयर। ऐसे परस्पर केयर-वार्त्ता श्रोयंताम्, यानी केयर वार्त्ता सुनाने का क्या मतलब!

मतलब जैसे किसी को कहो कि टूथपेस्ट कर लो, कुछ ऐसा ही है, यह कहना—ध्यान रखिएगा। अरे भई वह खुद कर लेगा टूथपेस्ट, आप अपना कर लीजिए। किसी से टूथपेस्ट करने की बात कहना बदतमीजी है। कहने-सुनने की क्या जरूरत है?

या फिर जो कहे कि टेक केयर तो विस्तार से बता दे कि कहाँ-कहाँ केयर, कैसी केयर, ताकि याद रहे। ध्यान रखिएगा अपने कागजों का, ध्यान रखिएगा अपने पेन का। ध्यान रखिएगा अपनी गंदी शर्ट का। ऐसी एक सुव्यवस्थित लिस्ट थमाए कोई, तो जमीनी स्तर पर केयर करे कोई। टेक केयर तो जैसे राष्ट्र के नाम संदेश लगता है, जिसका कोई अर्थ नहीं है।

लेकिन कहा जाता है कि ध्यान रखिएगा। अरे जो समर्थ हैं, वे अपना चकाचक ध्यान रखते हैं, बिना किसी के मुँह से यह सुने कि टेक केयर। कई नामचीन्ह दामाद हैं इस देश में, इतनी केयर खुद की मचा देते हैं कि देश सहमकर निवेदन करता है कि प्लीज कुछ कम केयर करें अपनी, वरना पूरे देश को इंटेसिव केयर यूनिट में जाना पड़ेगा। केयर के मसले संवेदनशील मसले हैं, बंदा ज्यादा केयर मचा दे, तो भी आफत है। जाकी रही हैसियत जैसी, तिन किनी केयर फिर वैसी। हैसियत के हिसाब से बंदा केयर कर लेता है। बल्कि यूँ तक देखने में आता है कि बंदा हैसियत से ज्यादा खुद की केयर में जुट जाता है, उफ्फ! इत्ती केयर, कित्ती केयर! मतलब अब हर तरफ दबादब जमीन खेंचनेवाले किसी लैंड माफिया से कहना पड़ेगा पब्लिक को कि प्लीज-प्लीज इतनी केयर न करें अपनी, थोड़ी-बहुत औरों की भी होने दें।

काश, मुल्क के हर नेता से यह कहा जा सकता कि प्लीज टेक केयर ऑफ मुल्क, सच में।

और कहने से भी ज्यादा बड़ी बात यह है कि नेता इस बात को सुन भी लें, सच में।

□

अकबर का लिप-लॉक

इतिहास के पुनर्लेखन की जरूरत पड़नेवाली है। नई पीढ़ी इतिहास को अपने तरीके से गढ़ रही है, टीवी देखकर, टीवी सीरियलों के बारे में पढ़कर।

दो टीन-एजर बालिकाओं की बात कुछ यूँ सुनी—

वाऊ, अकबर यू नो जोधा से लिप-लॉक करनेवाला है। सुपर्ब किस देखने को मिलेंगे।

रीयली, अकबर इज सो कूल न।

अकबर, दि ग्रेट, ऐसा पुरानी पीढ़ी ने पढ़ा है । अकबर, दि कूल, यह नई पीढ़ी समझ रही है। 'ग्रेट' से बंदा 'कूल' हो जाता है, एक जनरेशन के फासले में। टीवी भी इस दौरान 'ग्रेट' से 'कूल' हो गया है। मेरी चिंताएँ दूसरी हैं, लिप-लॉकवाले अकबर अगर हिट हो गए, तो कोई सीरियल निर्माता सन्नी लियोनी को ला सकते हैं अकबर की किसी रानी के रूप में। सन्नीजी सिर्फ लिप पे न रुकेंगी। अकबर के साथ यह क्या हो रहा है!

औरंगजेब पर कोई टीवी सीरियल बनाने में किसी की दिलचस्पी न होगी, क्योंकि औरंगजेब को अपने पिता शाहजहाँ को आगरा के लाल किले में लॉक करते हुए दिखाया जा सकता है, पर औरंगजेब का कैरेक्टर लिप-लॉक दिखाने के लिए उपयुक्त नहीं है। लिप-लॉक न हो, सिंपल लॉक हो, तो सीरियल के प्रमोशन में दिक्कत आती है। सीरियल का प्रमोशन न हो पाए, तो फिर सीरियल बनाने का फायदा क्या? सीरियल कॉमन कमांड दें क्या, फिल्म बनाने का भी क्या फायदा? के. आसिफ की शाहकार फिल्म 'मुगले आजम' अगर आज बनी होती, तो सुपर-पर्सनल्टी के धनी अकबर पृथ्वीराज कपूर 'कॉमेडी नाइट्स विद कपिल' के साथ 'मुगले आजम' का प्रमोशन कर रहे होते। कपिल कहते कि महाबली अकबर जरा वो वाला डायलॉग तो बोलकर सुनाओ, पब्लिक को। और मधुबाला, 'प्यार किया तो डरना क्या' का वह ये डांस गुत्थी या

चुटकी के साथ करके दिखाइए ना! महाबली अकबर महाराणा प्रताप से जीतकर आते, पर कपिल की डिमांड के आगे हार जाते।

टीवी के आगे बड़े-बड़े महाबली लिप-लॉक करने लगते हैं।

खैर, मसला यह है कि अकबर के खाते में सुलहकुल, भाईचारा, फतेहपुर सीकरी भी है, पर ना-ना-ना-ना सारा अकबर सिर्फ लिप-लॉक पर फोकस हो रहा है। बल्कि 'जोधा अकबर' सीरियल देखकर इतिहास समझनेवाले बच्चों के मन में सवाल उठेगा, भई रानियों की पॉलिटिक्स में इतना टाइम खर्च करनेवाले अकबर को बाकी के काम के लिए टाइम कब मिलता होगा? कब तो उन्होंने फतेहपुर सीकरी बनवाई होगी? कब उन्होंने गुजरात फतह किया होगा? अकबर इस कदर बेगमों में बिजी रहते हैं, कैसे और क्या किया होगा? बच्चे कहीं यह न समझें कि इतिहास जो लिखा गया है, वह सारा का सारा झूठ है। असल में तो अकबर बेगमों में ही बिजी रहते थे।

'जोधा अकबर' देखकर अकबर को कूल कहनेवाली बालिकाएँ इतिहास की छात्राएँ नहीं थीं, अकबर के पूरे योगदान को वे कैसे समझ पाएँगी, यह चिंता मुझे रहती है, पर चिंता करने से क्या होता है? टीवी जो दिखाएगा, उसके पार कुछ समझाना बहुतै मुश्किल हो गया है।

इधर कई टीन-एजर समझने लगे हैं कि देश की हर समस्या का हल आमिर खान के पास है। आमिर खानजी बहुत मेहनत से सहज भाषा में तमाम महत्त्वपूर्ण मुद्दों को सामने रख रहे हैं, पर आमिर खान समाजशास्त्री नहीं हैं। आमिर खान कूड़े के ढेर के संभावित प्रयोगों के विशेषज्ञ भी नहीं हैं। बच्चे उनसे ऐसी अपेक्षाएँ पाल सकते हैं। हर समस्या का हल आमिर खान के पास नहीं है, ऐसा समझाना इन दिनों बहुत मुश्किल है। आमिर खान हर समस्या हल कर सकते हैं, ऐसी उम्मीद ठीक नहीं है। पर मेरे ठीक मानने या न मानने से क्या होता है? टीवी को लगता है, तो ठीक ही है। एक टीवी चैनल में मैंने देखा कि भारत की रक्षात्मक तैयारियों पर एक पैनल-डिस्कशन में आमिर खान को बुलाए जाने की बात चल रही थी। मैंने निवेदन किया, "आमिर खान डिफेंस के एक्सपर्ट नहीं हैं।" एक बंदे ने कहा, "एक्सपर्ट तो वे कूड़े के भी नहीं थे, पर उस पर एक कार्यक्रम कर गए न! कूड़ा कौन देखता है, आमिर खान को देखा जाता है।"

उफ्फ! अकबर को कौन देखता है साहब, अकबर का लिप-लॉक देखा जाता है। देखिए, देखिए और अकबर को उसके 'किस' के लिए याद कीजिए।

□

हाय बिन उल्लू

उफ्फ! इस कदर सबकुछ सब जान लें, तो खतरनाक सी बात हो जाती है। इधर झूठ बोलना लगातार मुश्किल होता जा रहा है। मोबाइल, इंटरनेट पर ऐसे-ऐसे औजार हैं, जो बता देते हैं सामनेवाले को कि आप कहाँ हैं। अभी मैं उस दिन एक बहुत ही घटिया सिनेमा हॉल में एक परम घटिया फिल्म देख रहा था, फिल्म इतनी घटिया थी कि उसका नाम तक बताने में शर्म आ रही थी। एक कॉल आया, मैंने मैसेज में वापस लिखा, मैं इस वक्त शमशान घाट में हूँ, बाद में बात करूँगा।

पलटकर मैसेज आया, नो उल्लू बनाविंग, झूठ न बोलें, आपकी लोकेशन दिख रही है हमें, फलाँ सिनेमा, और यह भी दिख रहा है कि उस सिनेमा हॉल में यह फिल्म चल रही है। आप बहुत घटिया इनसान हैं, घटिया फिल्म देखते हैं और घटिया झूठ बोलते हैं।

मेरी अब समझ में आया कि मेरी पत्नी क्यों मेरे सारे झूठ पकड़ लेती है। लोकेशन को लेकर झूठ बोलना इधर बहुत खतरनाक है। गूगल को सब पता है कि आप कहाँ हैं। उल्लू बनाए बिना जीवन बहुत मुश्किल सा है। तरह-तरह के औजार-उपकरण आ रहे हैं, बंदे के शरीर के हर हिस्से का फुलटू हाल-चाल सबको पता रहनेवाला है। हाथ में बाँधनेवाला एक पट्टा जैसा आइटम है, जो दिल धड़कने की स्पीड वगैरह रिकॉर्ड करता है। पत्नी टैक-सैवी होगी, तो शाम को चेक कर सकती है, अच्छा चार बजकर बीस मिनट पर तुम्हारा दिल कुछ एक्स्ट्रा-आर्डिनरी तरह से धड़का है। बताओ, क्या हुआ था? आप कह सकते हैं कि जी, होना क्या है, उस वक्त मुझे पता लगा कि जिन शेयरों में मेरा इनवेस्टमेंट है, उनके भाव तेजी से डूब रहे हैं। पत्नी पलट जवाब देगी कि शेयर बाजार साढ़े तीन बजे बंद हो जाता है। मैं चार बजकर बीस मिनट के वक्त के बारे में पूछ रही हूँ। चार बजकर बीस मिनट पर क्या हुआ था, साफ बताओ? लो जी हर घड़ी-घंटे का हिसाब-किताब रखो!

मुझे एक टेक्निकल कंपनी के उपाध्यक्ष ने बताया कि जल्दी ही एक मोबाइल एप्लीकेशन-किस-मीटर आनेवाला है, जिसे चुपके से आपके मोबाइल में डाला जा सकता है। यह किस-मीटर रिकॉर्ड करेगा कि मोबाइलधारी ने कहाँ कितने किस, कितनी देर किए थे। किस मीटर की हिस्ट्री पर क्लिक करने पर बताया जाएगा कि किस का लोकेशन, किस की संख्या और किस की अवधि। लो बेटे, पत्नी चुपके से किस-हिस्ट्री चेक करके पूछेगी। तुम पिछले एक हफ्ते से टूर पर हो, फिर यह तुम्हारा किस मीटर 67 किस अलग-अलग लोकेशन के सात मिनट, आठ मिनट वगैरह के दिखा रहा है, यह क्या है? किस खाते के किस हैं ये, बताओ? आप घबराकर जवाब देंगे—ओफ्फो, यह तो किस-आसन करता हूँ, जब भी फ्री होता हूँ। आसमान में मुँह उठाकर किस करता हूँ, इससे चेहरे का फैट कम होता है। डबल चिन सिंगल चिन में बदल जाती है। हाय, हाय सबकुछ पकड़ा जा रहा है! ज्ञान मुक्त करता है, यह किसी ज्ञानी ने तब कहा था, जब मोबाइल फोन न थे। अब तो ज्ञान फँसाने का इंतजाम करता है।

देश के विधायक स्टडी टूर करने जाते हैं थाईलैंड। इन सारे विधायकों के हाथ में पट्टे बाँध दिए जाने चाहिए और मोबाइल में किस-मीटर लगा देना चाहिए। इन सारे अध्ययनकर्ताओं के हाथ के पट्टे-मोबाइल चेक किए जाएँ, तो पता लगेगा कि अध्ययन करने थाईलैंड किन नृत्यालयों, शराबखानों और समुद्र-तटों पर गए थे। फिर इनसे पूछताछ होनी चाहिए कि नाली के बारे में अध्ययन करने गए माननीय विधायक किन-किन नालियों में नशे में लोट लगाते हुए पाए गए।

आफतें कई हैं, इ-मेल हैक हो रही है, व्हाटअप चेक हो रही है। मेरे एक मित्र जी-मेल पर बात कर रहे थे, जिससे बात कर रहे थे, उसका नाम लोमड़ी था, यह मित्र खुद गैंडा बने हुए थे। लोमड़ी और गैंडे का प्रेमालाप चल रहा था। इंटरनेट ने यह संभव किया कि लोमड़ी और गैंडे का लव अफेयर चल रहा था। मैंने डाँटा कि यह कतई बेहूदी बात है। उसने बताया कि इंटरनेट पर इश्क करने से ज्यादा बेहूदा काम ब्रह्मांड में और कुछ नहीं है।

खैर, एक नया टेक्निकल शेर सुनिए, ये इश्क नहीं आसाँ, इंटरनेट पे समझ लीजे, हैकिंग का इक दरिया है, और डूब के जाना है।

□

राष्ट्रीय तो कोल्ड ड्रिंक ही है

कक्षा में राष्ट्रीय, क्षेत्रीय जैसे शब्दों के अर्थ समझाने की कोशिश कर रहा था— बच्चो, राष्ट्र मतलब पूरा देश। जो नेता पूरे देश के होते हैं, वे राष्ट्रीय नेता होते हैं।

सर, राष्ट्रीय तो अब नेता नहीं होते, राष्ट्रीय तो अब सिर्फ कोल्ड ड्रिंक या मोबाइल फोन नेटवर्क होते हैं। आप बताओ एक भी नेता ऐसा, जिसे राष्ट्र के हर हिस्से में पहचाना जा सके? जो कश्मीर में नेता है, उसे इंदौर में लोग पहचानने से इनकार कर दें। इंदौर के नेता को कोई गुजरात में नहीं पहचान रहा है। नेता अब राष्ट्रीय नहीं होते, राष्ट्रीय तो कोल्ड ड्रिंक हैं। वो वाला फेमस कोल्ड ड्रिंक आप भुवनेश्वर में भी लो और मुंबई में भी तथा अहमदाबाद में भी लो एवं जम्मू में भी। नेताओं के राष्ट्रीय होने के दौर गए। अब तो सिर्फ कोल्ड ड्रिंक ही राष्ट्रीय हो रहे हैं।

बच्चो, कैसी बातें कर रहे हो! राष्ट्रीय नेता राष्ट्रीय नेता होता है, भले ही उसका राष्ट्र किसी एक कांस्टूटेंसी तक ही सीमित हो, पर राष्ट्रीय नेता होने के लिए राष्ट्र चिंतन जरूरी थोड़े ही होता है। भैंसियाखेड़ा में बैठकर सोच लो कि अपने वोटर प्याज के किसानों को फायदा पहुँचाने के लिए प्याज के भाव कैसे बढ़ाए जाएँ, इतने भर से अब बंदा राष्ट्रीय नेता हो रहा है। राष्ट्रीय नेता होने के लिए राष्ट्र-चिंतन जरूरी नहीं होता।

सर, अब आप आ रहे हैं लाइन पर। राष्ट्रीय नेता वह होता है, जो इत्ता वड्डा घोटाला मचा दे कि पूरे राष्ट्र की पब्लिक चिंतित हो जाए कि हाय कितनी रकम खा गया यह नेता! राष्ट्रीय नेता वह होता है, जो इत्ता वड्डा घोटाला मचा दे कि राष्ट्र के दूसरे नेता चिंतित हो जाएँ कि हाय हमारे लिए कुछ छोड़ेगा या नहीं, यह नेता, ये तो बहुतै बड़ी रकम खा गया! बड़ा घोटाला करके ही अब नेता राष्ट्रीय ख्याति पाता है। कोल्ड ड्रिंक के ब्रांड को यह सहूलियत हासिल नहीं है। ब्रांड को राष्ट्रीय होने के लिए तमाम इलाकों में उपलब्ध होना होता है। बढ़िया आइटम देने होते हैं। ग्राहकों की शिकायतें सुननी होती हैं। नेताओं को ये सब नहीं करना होता।

बच्चो, यह बात तो ठीक है। पर नेताओं की तुलना कोल्ड ड्रिंक से न करो। नेता नेता होता है, कोल्ड ड्रिंक कोल्ड ड्रिंक होता है।

सर, कोल्ड ड्रिंक को ज्यादा जिम्मेदारी से काम करना होता है। किसी भी राष्ट्रीय फोन नेटवर्क के ब्रांड को ज्यादा जिम्मेदारी से काम करना होता है। खुद को राष्ट्रीय नेटवर्क कहनेवाले किसी भी फोन नेटवर्क को राष्ट्र के हर हिस्से में उपलब्ध होना होता है। अगर नेटवर्क उपलब्ध न हो, तो पब्लिक शिकायत मचा देती है। नेता लगातार उपलब्ध होने लग जाए, तो पब्लिक को संदेह होने लगता है, अरे यह तो बहुत ही उपलब्ध हो रहा है, लगता है इस बार इसके घोटाले का फोकस यही इलाका है। फोन नेटवर्क उपलब्ध ना हो, तो शिकायत बनती है। नेता उपलब्ध होने लगे, तो शिकायतें बनने लगती हैं। नेता और फोन नेटवर्क में यही फर्क है। नेता पाँच साल तक उपलब्ध नहीं होता है, तो भी पब्लिक अपने हिसाब से जिंदगी काट लेती है। पर यही बात फोन नेटवर्क के बारे में नहीं कही जा सकती। फोन नेटवर्क एक दिन भी उपलब्ध न हो, तो पब्लिक चाऊँ-चाऊँ मचा देती है।

बच्चो, यह तुम क्या कह रहे हो, नेताओं की तुलना फोन नेटवर्क से कर रहे हो?

सर, मैं तो यह कहना चाहता हूँ कि फोन नेटवर्क जब राष्ट्रीय होता है, तो कायदे से, तैयारी के साथ, होमवर्क के साथ राष्ट्रीय होता है, नेताओं की तरह नहीं कि भैंसियाखेड़ा में बैठकर राष्ट्रीय हो गए। इनफैक्ट, नेताओं के साथ तुलना पर तो राष्ट्रीय फोन नेटवर्कों को बुरा मानना चाहिए कि हमारी तुलना किनसे हो रही है!

बच्चो, हमने चर्चा की शुरुआत तो राष्ट्रीय से की थी।

सर, अब तो यह स्पष्ट हो चुका है कि राष्ट्रीय अब कोल्ड ड्रिंक और फोन नेटवर्क होते हैं, नेता तो अब स्थानीय ही होते हैं।

गुरुजी इसके आगे क्या बोल सकते हैं, बताइए?

□

उफ्फ, इतना ईमान!

ईमान जैसे प्रदूषित वायु की तरह फैल रहा है दिल्ली और दूसरे शहरों की हवाओं में, कइयों की जान को खतरा हो लिया है। मेरी जान कल जाते-जाते बची।

मैं कल गया ट्रांसपोर्ट लाइसेंस के दफ्तर में, बाइक का लाइसेंस बनवाना था। बाबू ने मुझसे पूछा, "श्रीमान आप कैसे हैं? दस मिनट में आप आवश्यक परीक्षाएँ दें और आपको आपका लाइसेंस अविलंब बिना रिश्वत दे दिया जाएगा।"

मैं बेहोश हो गया। सह-लाइसेंसार्थियों ने मुझे डॉक्टर के पास पहुँचाया। डॉक्टर ने मेरे परिजनों को यह बताया कि ईमान का अटैक हो गया है। इन दिनों दिल्ली शहर में ईमान महामारी आ गई है।

पानी के दफ्तर से सौ लोग बेहोश होकर आए, जब उन्हें बताया गया कि पानी के मीटर में हेर-फेर करने की गुजारिश न करें, हम रिश्वत लेकर मीटर में हेरा-फेरी नहीं करेंगे। आप मुफ्त पानी यूज करें। यह सुनकर लोग बेहोश हो गए।

बिजली दफ्तर से हजार लोग सदमे में आकर अस्पताल में दाखिल हुए, जब उन्हें बताया गया कि उनका बिजली का बिल पचास प्रतिशत कम हो गया है। अकस्मात् ये बात झेल न पाए वे और दिल झटका खा गया।

सरकारी अस्पतालों में तो चार बंदे बेड पर ही चल बसे हार्ट अटैक से, जब यह सुना उन्होंने कि दवाएँ अस्पताल से ही दी जाएँगी। बेड की चादर रोज बदली जाएगी। दवाएँ अस्पताल के भ्रष्ट अफसर न खा जाएँगे, मरीज खाएँगे। यह झटका भारी पड़ा, चार मरीजों का हार्ट फेल हो गया।

और नागरिकों को ईमान झेलने के काबिल बनाया जाए। मेरा सुझाव है कि ईमान-झेलीकरण प्रक्रिया शुरू हो। ईमान इत्ता न झेला जाएगा। धीमे-धीमे पहले बिजली, पानी के दफ्तरों में रिश्वत के रेट धीमे-धीमे कम किए जाएँ। यह सुनिश्चित हो कि सरकारी दफ्तरों में कर्मचारी बदतमीजी से ही बातें करेंगे, ओ. के, गालियों का स्तर

कम कर सकते हैं, पर एकदम विनम्र न बन जाएँ, पब्लिक का हार्ट फेल हो जाएगा। सरकारी अस्पतालों में मरीजों से सीधे न कहा जाए कि उन्हें दवाएँ अस्पतालों से मुफ्त मिलेंगी। मरीजों के तीमारदारों को बता दिया जाए कि दवा मुफ्त है, मरीजों का न बताया जाए।

चलूँ, एक सेमिनार में जाना है। विषय वही है—ईमान झेलीकरण प्रक्रिया।

□

रिचार्ज का भंडारा

मैंने एक पुण्यार्थी उद्योगपति से निवेदन किया कि मुफ्त का पानी पिलाना इस गरमी में बहुत पुण्य का काम है। पर परम पुण्य का काम इन दिनों यह है कि किसी मोबाइल, टैब, लैपटॉप की बैटरी का रिचार्ज और इनवर्टर का रिचार्ज एक मिनट में करवा दिया जाए। जिस बंदे की गर्लफ्रेंड से बात इसलिए ठप्प हो गई हो कि उसके मोबाइल की बैटरी बैठ गई, उसकी बैटरी को एक मिनट में रिचार्ज करवा देना, परम-प्यासे को पानी पिलाने का जो पुण्य मिलेगा, वही इस परम प्रेमी के मोबाइल-बैटरी रिचार्ज पर मिलेगा। हाँ, पत्नी से बात करते हुए मोबाइल बैटरी ठप हो जाए, तो आम तौर पर बंदा राहत महसूस कर सकता है, पर वह विषय अलग है।

पानी की प्याऊ की तरह रिचार्ज प्याऊ हर जगह दिखनी चाहिए। क्या ही सीन हो, बंदा किसी बिजी चौराहे पर जा रहा है, सामने बैनर लगा है—रिचार्ज भंडारा। बंदा अपने मोबाइल को हजारों लगी रिचार्ज पिनों में ठेलकर अगले क्षण वापस निकालता है।

अगले ही क्षण निकालने का मसला महत्त्वपूर्ण है। चेरिटी भी बंदा इन दिनों फास्ट चाहता है। अभी एक जगह भंडारे में मुफ्त भोजन दिया जा रहा था, मेजबान भोजनदाता ने भोजनार्थियों से लाइन में लगने को कहा, भोजन-आकांक्षी बुरा मान गए और बोले क्या हमें किसी होटल में खानेवाला समझ रखा है कि तीन-चार लाइनों में लगकर खाना मिलेगा। पहली होटल में घुसने की लाइन, फिर पेमेंट की लाइन, फिर खाना लेने की लाइन। हम भंडारे में इज्जत से खाते हैं, होटलों में खानेवालों की तरह बेइज्जती झेलने की आदत नहीं हमारी। नहीं खाना लाइन में लगकर।

भोजन चेरिटी लेनेवाले नहीं मिल रहे हैं, रिचार्ज चैरिटी को लेने को आतुर लोग मिलेंगे। बैटरी कंपनियाँ चाहें तो कुछ पंडों से मिलकर रिचार्जेश्वर की कथा, इक्कीस रिचार्ज, इक्यावन रिचार्ज के पुण्य के माहात्म्य को पॉपुलर करवाएँ। 'रिचार्ज भंडारा'

पॉपुलर हुआ, तो सबसे ज्यादा फायदा बैटरी कंपनियों को होगा। बिना किसी के फायदे के कुछ पॉपुलर नहीं होता।

डिस्क्लेमर, ''यह लेख किसी भी तरह से बैटरी कंपनियों द्वारा स्पांसर नहीं है, पर फालतू भी नहीं है। इस बात की जानकारी इसलिए दी जा रही है कि इन दिनों जिस आइटम को स्पांसर नहीं मिलता, उसे सिर्फ फालतू माना जाता है।''

□

नेतागिरी मोबाइल वर्जन 7.0

करीब पैंसठ हजार रुपए का नया कंप्यूटर-टैब लॉञ्च करके उस मोबाइल कंपनी का मार्केटिंग मैनेजर मेरे सामने बैठा था, यू नो, इस मुल्क की पॉलिटिक्स का बेसिक प्रॉब्लम यह है कि मुल्क की पॉलिटिक्स में हमारी टैब-मोबाइल मार्केटिंग फॉलो नहीं की जाती। हम अपने पुराने मॉडलों के रिटायर होने का इंतजार नहीं करते। इंतजार करते रहे, तो इंतजार ही करते रह जाएँगे। हम नया मॉडल लॉञ्च कर देते हैं, पुराने की बात ही बंद कर देते हैं। कई लोग कहते हैं कि पुराना अभी चल रहा है। पर हमारे लिए मोबाइल वर्जन सेवन ही है, बाकी सब खत्म हमारे लिए। बाकी सारे मोबाइलों को हम, 'हमारे पूर्वज' किताब में पढ़ने योग्य मानते हैं। पुराने की सर्विस ही बंद कर देते हैं।

मोबाइल टैब के कारोबार में एक साल में ही मॉडल हमारे पूर्वज हो जाते हैं।

पॉलिटिक्स में तो कोई पूर्वज होना ही नहीं चाहता। मोबाइल मार्केटिंग यहाँ हो जाए, तो क्या होगा, यह तो अलग मसला है। पर सोचने की बात यह है कि अगर मोबाइल नेताओं जैसा बरताव करने लगें, तो क्या हो?

मानिए एक नया मोबाइल लॉञ्च हो, मोड 7.0, सारी मार्केटिंग, सारे इश्तहार, सारा प्रमोशन इस पर फोकस हो जाए। ऐसे में इस सीरीज का सबसे पुराना मोबाइल-एड-वन चिड़चिड़ायमान होकर कहने लगे, ''यह तो 'वन मैन शो' हो गया। हम इस सीरीज के बेसिक मॉडल हैं। हमारी कोई फिक्र-जिक्र नहीं?''

मार्केटिंग मैनेजर कह रहे हैं, हमारे पूर्वज, तुममें उतने फीचर्स नहीं। मोड सेवन के फीचर्स को पब्लिक हाथोहाथ लेगी। हमारे पूर्वज, तुम्हारी मार्केटिंग का कोई फायदा नहीं।

एड-वन कहेगा कि इससे क्या, पुराना तो मैं ही हूँ।

मार्केटिंग मैनेजर कहेंगे, ''तो हमारे पूर्वज म्यूजियम में जाइए।''

ना-ना ना-ना, एड-वन म्यूजियम में जाने से इनकार कर रहा है। एड वन मोड वन से भिड़ने को तैयार है, आफतें हैं, हाय पॉलिटिक्स में मोबाइल मार्केटिंग ना हुई?

दूसरी बड़ी पॉलिटिकल पार्टी का सीन अलग है, एक खास मेक के सबसे लेटेस्ट वर्जन को वहाँ ऑटोमेटिक लीडर मान लिया जाता है। सारी मार्केटिंग उस पर फोकस हो जाती है, कोई पुराना मेक, पुराना मॉडल कोई काँय-काँय किच-किच नहीं करता। पर इस पॉलिटिक्स को वंशवादी पॉलिटिक्स कहा जाता है।

वंशवादी पॉलिटिक्स का विकल्प मोबाइलवाली पॉलिटिक्स, हाय विकल्प कैसे-कैसे!

□

थोड़ा सा सन-सेट

नई चाल का नौजवान बता रहा था, ''अंकल ऑफ हो गए, तो गाँव जाना पड़ा।''

यूँ वह कह सकता था कि अंकल स्वर्गवासी हो गए। पर इधर की जनरेशन स्वर्गवासी को संस्कृत का नहीं, पाली या प्राकृत का शब्द मानती है।

मैंने नौजवान को डाँटा कि इधर बिजली ऑफ, पंखे ऑफ, कूलर ऑफ हैं, अंकल को भी तू ऑफ ही किए दे रहा है। किसी और शब्द का प्रयोग कर लेता न।

शब्दों के बहुत झमेले हैं, एक इंश्योरेंस कंपनी के दफ्तर में गया, वहाँ लिखा था—मिशन ऑफ दि मंथ-50 करोड़ रुपए। इंश्योरेंस कंपनी के ब्रांच मैनेजर से मैंने निवेदन किया, जी, यह तो टारगेट होता है। मतलब 50 करोड़ का कारोबार लाने का टारगेट है। आप इसे मिशन कह रहे हैं, मिशन तो बहुत ही पवित्र किस्म के कामों को कहा जाता है। शिक्षा देना, चिकित्सा देना, इस तरह के कामों को मिशन कहा जाता है, साधु-संन्यासियों के मिशन होते हैं।

इंश्योरेंस कंपनी के मैनेजर ने एक वरिष्ठ बाबा का नाम लेकर बताया कि उन बाबा के मिशन में टारगेट रहता था कि कितनी लड़कियों को हर महीने छेड़ा जाना है।

बात में दम है। बाबाओं के मिशन और टारगेट में फर्क नहीं दिखाई पड़ रहा है इधर। शब्दों के विकट खेल हैं, एक देश में भारतीयों का अपहरण करके ले गए आतंकवादी। विदेश मंत्रालय के शुरू के बयानों में यह बताया गया कि इतने भारतीयों के साथ संपर्क नहीं हो पा रहा है, अपहरण वगैरह की बात ही नहीं की। संपर्क न हो पाना, तो संवाद व्यवस्था की कमी है, पर अपहरण सीधे कानून-व्यवस्था का मामला बनता है। कानून की समस्या को बहुत आराम से संवाद की समस्या बताई जा सकती है।

नेता इस तरकीब को बहुत गति से सीख रहे हैं। गायब बिजली की समस्या पर एक नेता ने बताया, ''जी, कुछ खास नहीं, बस दिन भर थोड़ा सन-सेट सा रहता है।

गायब बिजली में थोड़ा अँधेरा रहता है।'' मैंने उसे पलटकर डाँटा कि बेटा, तेरी पार्टी का भी पब्लिक सन-सेट ही करेगी, तब न कहता घूमियो कि हार गए, तब भी यही कहना कि पार्टी का थोड़ा सा सन-सेट हो गया है।

आइए 24×7 सन-सेट की तैयारी कर लें। बिजली की हालत और बिगड़नेवाली है।

□

ज्ञान के खतरे

गरमी है, उफ्फ, गरमी है। पता है जी, पता है। जितना पता लगता है, गरमी उतनी ज्यादा परेशान करने लगती है। पहले मैं सुबह सात बजे मॉर्निंग-वॉक पर जाता था, जब से मैंने अपने मोबाइल में मौसम की हर घंटे जानकारी बतानेवाला एप्लीकेशन डाऊनलोड किया है, मेरा मॉर्निंग-वॉक बंद हो गया है। सुबह सात बजे मोबाइल-एप्लीकेशन तापमान दिखाता है—44 डिग्री। कौन जाए इतनी गरमी में, जबकि पहले मैं चला जाता था, जब तापमान का हर घंटे पर ज्ञान नहीं था।

ज्ञान कई बार मरवा देता है। ज्यादा ज्ञान तो पूरे तौर पर ही चौपट कर देता है।

कई शताब्दियों पहले बाबर अफगानिस्तान से मार-काट करता हुआ आगरा तक जा पहुँचा और मुगल सल्तनत कायम कर दी। अब जितनी जानकारियाँ उपलब्ध हैं, तब उतनी उपलब्ध होतीं, तो बाबर कभी भारत आने की हिम्मत न करता। बाबर को पता लगता कि आगरा भयावह शहर है। सरदी में यहाँ का तापमान तीन डिग्री सेल्यिसस तक जा गिरता है और गरमियों में पचास डिग्री सेल्सियस तक उछाल भरता है। दिल्ली टेंपरेचर के मामले में लगभग आगरा जैसा है। बाबर आगरा आकर आगरा के किले पर कब्जा करने का ख्वाब छोड़ देता। तमाम वीर-पुरुष वीरता ज्ञान के अभाव में ही दिखा पाए। ऐसा मेरा अनुमान है कि सिकंदर को भारतीय मौसम के ऐसे विकट उतार-चढ़ाव के बारे में पता होता, तो वह भारत का रुख न करता।

अब हर सूचना उपलब्ध है, हर घंटे की, हर मिनट की। मैंने अपने एक छात्र से कहा कि यूनिवर्सिटी की लाइब्रेरी में जाकर वह किताब पढ़ना शाम को पाँच से रात दस तक। छात्र ने फौरन मोबाइल पर मौसम का एप्लीकेशन देखकर बताया कि अनुमान है, वहाँ पाँच बजे विकट आँधी आने के अनुमान हैं, वहाँ जाना सेफ नहीं होगा। आज तो सिर्फ ट्रिपिकल मार्केट जाना सेफ है, जहाँ शहर का सबसे जोरदार डांस-क्लब है।

उफ्फ, सूचनाओं का अंबार!

शाम के आठ बज रहे हैं, सोच रहा हूँ कि चलो इवनिंग-वॉक शुरू करते हैं। पर ना, ना, मोबाइल का मौसम-एप्लीकेशन शाम आठ बजे का तापमान दिखा रहा है, 44 डिग्री। कौन जाए इतनी गरमी है!

उफ्फ, गरमी में 44 डिग्री देखकर डरो और सरदी में चार डिग्री देखकर खौफ खाओ, ज्ञान के कितने खतरे हैं!

ज्ञान के खतरे क्या होते हैं, यह धीमे-धीमे मुझे पूरी तौर पर समझ आ रहा है।

□

दंगा कैंप राहत में तीन मंत्री

यह किसी काल्पनिक देश-प्रदेश की कतई काल्पनिक गाथा है, इसका सच से कुछ लेना-देना हो तो हो, किसी सरकार से कोई लेना-देना नहीं है।

अबे बहुत आफत हो रही है, बड़े नेता बावले हो रहे हैं मिनिस्टर बनने को कह रहे हैं कि अगली बार तो पता नहीं चुनाव जीत पाएँ कि नहीं, अभी ही मिनिस्टर बना दो, खा-निपट लें।

जनाब, मिनिस्टर बनेंगे कहाँ के? पशु पालन विभाग और कुक्कुट पालन विभाग तक के लिए मार-काट हो ली है पहले। अब तो डिपार्टमेंट ही नहीं हैं।

अबे तो डिपार्टमेंट नए बनाओ। देखो दंगे होते रहते हैं सूबे में, तो एक दंगा मंत्री क्यों न बना दें!

जनाब, कैसी बातें कर रहे हैं? पहले ही पब्लिक आरोप लगाती है कि मंत्री ही दंगा करवाते हैं और अब आप उनके नाम के आगे दंगा मंत्री लगा देंगे, तो फिर तो लोगों को यकीन हो जाएगा कि एक मंत्री का जिम्मा सिर्फ और सिर्फ दंगा कराने का है।

अबे, मेरा मतलब है कि दंगा राहत मंत्री बना दें।

जनाब, इसके लिए जरूरी है कि दंगे नियमित हों सूबे में, तभी तो यह मिनिस्टर काम कर पाएगा।

अबे, तू बेवकूफ है। तुझे क्या लगता है कि हम जिन्हें जिन विभाग का मिनिस्टर बनाते हैं, वे उस विभाग का काम करते हैं क्या?

जनाब, मिनिस्टर किसी भी विभाग में हो, वह एक काम तो करता ही है कि वह नोट बनाता है। इसके अलावा मिनिस्टर पर कोई और काम करने का संवैधानिक दायित्व तो नहीं होता।

अबे दंगा राहत मंत्री बनाकर एक बंदे को रोजगार तो दिया ही जा सकता है।

जनाब, दंगे से मंत्रियों को रोजगार देने पर तुल गए हैं आप, तो फिर एक को

बनाएँ दंगा मंत्री, जो दंगे से जुड़ी संभावनाएँ, आशंकाओं का काम-काज देखे। दूसरे को बनाएँ राहत मंत्री, जो दंगे से जुड़े राहत बजट में खाने-पीने का डौल जमाए। तीसरे को बनाएँ हम दंगा राहत कैंप मंत्री, दंगे होंगे, तो कैंप भी खुलेंगे। एक मिनिस्टर दंगा राहत कैंप का हिसाब-किताब देखे।

अबे, तू तो घणा हुशियार है बे, एक दंगे से तीन मिनिस्टर निकाल देता है।

जनाब, दंगे से कई मिनिस्टर निकलते हैं, आप सिर्फ तीन की बात कर रहे हैं।

अबे, दंगा तो कइयों को कारोबार देता है। दंगे राहत कैंप में सुना है कि कई बच्चे हैं, उनके लिए राहत कैंपों में ही स्कूल खोल लो। एक मंत्री यह भी हो सके है—दंगा राहत कैंप शिक्षा मंत्री।

जनाब, आपकी सोच कितनी ऊँची है! दंगे से कैसे-कैसे रोजगार निकाल रहे हैं!

अबे, दंगे बड़े हुए तो राहत कैंप भी बड़े लगेंगे। कैंप में अस्पताल खोल दो, एक मिनिस्टर ये बन सके है, दंगा राहत कैंप अस्पताल मंत्री।

जनाब, कमाल कर दिया आपने! मिनिस्टर ही मिनिस्टर बरसेंगे एक दंगे से। इतने मंत्री इस तरह के तब हो सकते हैं जब दंगे खूब हों, बड़े हों, लगातार हों।

अबे, वो चिंता तू छोड़ दे। नेताओं को बेरोजगार ना रहने दूँगा, चाहे जो भी करना पड़े मुझे।

□

डिलीट लव लेटर

'वैलेंटाइन डे' पर आयोजित निबंध प्रतियोगिता में प्रथम पुरस्कार प्राप्त निबंध इस प्रकार है (निबंध प्रतियोगिता का विषय था—लव लेटर)।

पुराने जमाने में लोग सहेजकर रखते थे, लव-लेटरों को, बल्कि होता यूँ था कि कालांतर में लव तो गायब हो जाता था, सिर्फ लेटर ही बचे रह जाते थे। जो लोग प्रेम-विवाह करते थे, शादी के कुछ सालों बाद पुराने प्रेम के पत्रों को देखकर आश्चर्यचकित हुआ करते थे कि हाय, हमने लव किया था! लव किया था, इसका प्रमाण लेटर होते थे। जो लोग प्रेम-विवाह नहीं करते थे, उनके पास शादी के कुछ साल बाद लव लेटरों तक में ना बचता था। लव-लेटर एक तरह से प्रेम का संग्रहालय होते थे। पर अब लव लेटर लिखने का धैर्य और समय नए टाइप के बहु-प्रेम उत्सुक प्रेमियों में नहीं बचा है।

लव लेटर लिखे जाने का उसूल यह होता था कि एक वक्त में एक ही लव किया जाता था और लेटर लिखकर उसी को थमा दिए जाते थे। पर अब लव एक के साथ नहीं चलता। इसलिए एक लव-मैसेज लिखकर उसे पाँच-सात या इससे अधिक प्रेमिकाओं अथवा प्रेमियों को फॉरवर्ड किया जाता है, इ-मेल पर या एसएमएस पर या व्हाट्स अप या वैबचैट पर या किसी और मैसेज एप्लीकेशन के जरिए।

लव-मैसेज रिसीव करते ही उसे डिलीट कर दिए जाने का रिवाज है। डिलीट नहीं किए जाने पर यह खतरा होता है कि प्रतिस्पर्धी प्रेमिका या प्रेमी उसे देख सकता है। अधिकांश प्रेमी और प्रेमिका भारतीय नेताओं की तरह झूठ और मक्कार होते हैं, वे खुद एक से अधिक पार्टियों के साथ डीलिंग करना चाहते हैं, पर उनकी सहयोगी पार्टी अगर ऐसा करती दिखे, तो हाय-हाय मचाना शुरू कर देते हैं। इस स्थिति से पता चलता है कि अधिकांश भारतीय प्रेमी और प्रेमिकाओं की परिपक्वता का स्तर खासा ऊँचा है। कई बरस की नेतागिरी के बाद टुच्चई, लुच्चई, दोगलेपन के जिस स्तर पर प्रेमी-प्रेमिका पहुँचते हैं, नए प्रेमी-प्रेमिका उस ऊँचाई पर पहले ही पहुँचे होते हैं। जिस देश में ऐसे

नौजवान और नौजवानियों की बहुतायत हो, वह देश कारोबारी और राजनीति में उच्च स्तरीय सफलताएँ हासिल करेगा ही। इसलिए प्रेमी-प्रेमिकाओं का यह चातुर्य एक तरह से सकारात्मक दृष्टिकोण से देखा जाना चाहिए।

अब लव मैसेज को डिलीट करने के रिवाज के चलते लव लेटरों जैसे रिकॉर्ड संग्रहित करने में अड़चनें आती हैं। वैसे एक अर्थ में देखें, तो उनमें मौलिक अब कम ही बचा है, मार्केट में एक लव-मैसेज आता है, जो हजारों-लाखों मोबाइलों पर फॉरवर्ड होकर प्रेमी अथवा प्रेमिका के मन में स्पंदन पैदा करने का प्रयास करता है। लव मैसेज लाखों के एक जैसे होते हैं, लव लेटर हरेक का अद्वितीय होता था। जैसा पहले बताया जा चुका है कि अब लव अद्वितीय नहीं रह गया है, इसलिए लव लेटर के अद्वितीय होने की उम्मीद करना व्यर्थ ही है।

□

बुरा ना मानो, स्टिंग है

यह निबंध उस छात्र की कॉपी से लिया गया है, जिसे निबंध प्रतियोगिता में पहला पुरस्कार मिला है। निबंध प्रतियोगिता का विषय था—स्टिंग ऑपरेशन।

स्टिंग ऑपरेशन में स्टिंग का मतलब होता है—डंक मारना। डंक आदमी नहीं मारता है, आदमी तो कैमरे से, बंदूक से या वोट तक से सामनेवाले को मार देता है। डंक आम तौर पर बिच्छू और मधुमक्खी मारती हैं, पर उनके डंक, उनके स्टिंग का नाम लेकर इनसान ऑपरेशन करता है और उसे नाम दे देता है—स्टिंग ऑपरेशन। तमाम जानवरों, जीवों में इस मसले को लेकर रोष हो सकता है कि इनसान उनके नाम पर जाने क्या-क्या काम कर गुजरता है!

स्टिंग बिना जानकारी दिए सामनेवाले की हरकतों को कैमरे में रिकॉर्ड करने की प्रक्रिया है। यह प्रक्रिया बहुत खतरनाक है। इससे देश के संविधान, कायदे, कानून यहाँ तक की संसद् तक से पब्लिक की आस्था उठ सकती है। अभी बिहार के एक शहर के डिप्टी मेयर टाइप एक नेता कॉलगर्ल रैकेट में पकड़े गए हैं। यूँ ये राजनेता हैं, पर इनका स्टिंग ऑपरेशन कराकर इनकी हरकतों की रिकॉर्डिंग नए बच्चों को दिखा दी जाए, तो वे इन्हें ब्लू फिल्मों का हीरो समझने लगेंगे। और कुछ तो यह भी समझ सकते हैं कि नेतागिरी का रास्ता ब्लू फिल्मों के निर्माण से होकर ही जाता है। कुछ नेताओं का स्टिंग ऑपरेशन किया जाए, तो वे प्रापर्टी डीलर बरामद होंगे। कुछ तो निपट दलाल साबित होंगे।

उफ्फ, ये नेता हैं हमारे, ये देश को चलाते हैं, ऐसे सवाल तमाम स्टिंग ऑपरेशनों को देखकर उठने लग जाएँगे। लोकतंत्र से पब्लिक का भरोसा पूरे तौर पर उठ सकता है। स्टिंग ऑपरेशन इसलिए लोकतंत्र के स्वास्थ्य के लिए ठीक नहीं है।

अब नकली स्टिंग ऑपरेशन भी चलन में आ गए हैं, जिनमें छोटा उठाईगीर खुद ही अपना फर्जी स्टिंग कराकर यह बताने की कोशिश करता है कि वह कितना बड़ा

रैकेटियर, गिरोहबाज, दलाल, कॉलगर्ल धंधेबाज, प्रापर्टी जुगाड़ू, धंधेबाज है।

ऐसे तमाम स्टिंग ऑपरेशनों में फर्जी नेता खुद को असली तस्कर साबित करके खुद को बड़ा नेता बनने के लिए परम योग्य साबित करने की कोशिश करता है। ऐसे स्टिंग ऑपरेशनों में एकाध प्लॉट का कब्जाऊ नेता दावे करता है कि उसने तो इंडिया गेट दिल्ली पर कब्जे की स्कीम बना रखी है। ऐसे स्टिंग ऑपरेशनों से उसका बाजार चमक जाता है।

स्टिंग ऑपरेशनों का एक नतीजा यह होनेवाला है कि शहर में तस्करों, प्रापर्टी-कब्जाऊओं, चोरों, बदमाशों की तादाद बहुत ज्यादा दिखाई देने लग जाएगी। इससे जनता के मन में भय व्याप्त हो सकता है कि हे भगवान् एक शहर पाँच-सात तस्कर झेल सकता है, पर हर नेता ही खुद को वड्डा तस्कर घोषित करने लग जाए, तो पता नहीं क्या होगा!

इस तरह से स्टिंग ऑपरेशनों के लोकतंत्र और पब्लिक के मन पर नकारात्मक असर पड़ने की पूरी आशंका है।

□

च्यवनप्राश के सहारे

आदरणीय मिल्खा सिंह बरसों पुराने खिलाड़ी रहे हैं, उनका सम्मान 'भारत रत्न' से कम नहीं है। वे पूरी जिंदगी मेहनत, लगन, अनुशासन की मूर्ति रहे हैं। मैं तो बरसों तक समझता रहा कि अस्सी बरस से ज्यादा की आयु में उनकी चुस्ती-फुरती-स्वास्थ्य का राज इसी मेहनत, लगन और अनुशासन में निहित होगा। पर नहीं, उन्होंने मुझे गलत साबित किया। हाल में एक इश्तहार में उन्होंने चुस्त-दुरुस्त स्वास्थ्य का श्रेय एक च्यवनप्राश को दिया। अब मिल्खा सिंह कह रहे हैं, तो गलत कैसे मानें? अलबत्ता, 'भाग मिल्खा भाग' फिल्म में मिल्खा सिंह को च्यवनप्राश खाते हुए नहीं दिखाया गया, उन्हें दूध पीते हुए दिखाया गया। दौड़ का अभ्यास करते हुए दिखाया गया। अब वे कह रहे हैं कि नहीं, च्यवनप्राश ही उन्हें सही-सैट रखता है।

च्यवनप्राश ही सही-सैट रखता है, तो यह बात सिंह साहब पहले बता देते। नए बालकों को आसानी हो जाती। च्यवनप्राश खाकर मिल्खा सिंह बनना बहुत आसान है। पर मिल्खा सिंह तो मिल्खा सिंह बनकर च्यवनप्राश खा रहे हैं। मुझे लगता है कि 'भाग मिल्खा भाग' फिल्म अगर सुपर हिट नहीं हुई होती, तो मिल्खा सिंह यह नहीं बता रहे होते कि उनकी चुस्ती-दुरुस्ती का राज च्यवनप्राश है। मिल्खा सिंह फिल्म परदे पर हिट हुई, तो च्यवनप्राश को भी इश्तहार में मौका मिल गया। फिल्म के जरिए दोबारा हिट हुए मिल्खा सिंह का सहारा च्यवनप्राश को है, और मिल्खा सिंह के बयान के मुताबिक उनकी सेहत को सहारा च्यवनप्राश से मिलता है।

बड़े-बड़े कनफ्यूजन मचे हुए हैं खेल की दुनिया में। टॉप बैट्समैन विराट कोहली अपनी बैटिंग का राज मेहनत लगन को बताते, तो बात समझ में आती। पर विराट कोहली फिल्म स्टार अनुष्का शर्मा के साथ नाचते हुए किसी एंटी डैंड्रफ शैंपू के बारे में बता रहे हैं और पब्लिक सुन रही है। अनुष्काजी बाल संबंधी चिंताएँ करें, समझ में आती हैं। अनुष्काजी के कॅरियर में बालों का बहुत योगदान है। पर कोहली साहब आप तो

बैटिंग पर फोकस करो, उससे जुड़े किसी उत्पाद के बारे में बताओ। पर यह मसला उठाना बेकार है, सचिन तेंदुलकर इंश्योरेंस पॉलिसी के बारे में बता सकते हैं, तो विराट कोहली एंटी डैंड्रफ शैंपू के बारे में बता ही सकते हैं।

ऐसे ही कनफ्यूजन बैडमिंटन की टॉप खिलाड़ी सायना नेहवाल को लेकर रहते हैं। सायना नेहवाल किसी बैंक के बारे में बताती दिखती हैं। परोक्ष तौर पर इश्तहारों में कोई बैंक नेहवाल की परफॉरमेंस का क्रेडिट ले उड़ता है। मेरा निवेदन है कि बच्चों पर इस तरह के इश्तहारों का सही असर नहीं पड़ता। हम समझाते हैं उन्हें कि देखो अनुशासित होकर मेहनत करो, वे हमें मिल्खा सिंह के च्यवनप्राशी इश्तहार दिखा देते हैं कि देखो वे तो च्यवनप्राश के सहारे ही सफल हो गए।

अब कैसे समझाएँ बच्चों को, मेरी बात सुनेंगे बच्चे या फिर मिल्खा सिंह की?

□

वोट बैंक के एटीएम

एक होता है बैंक और एक होता है वोट-बैंक।

बैंक यूँ रिजर्व बैंक अनुमति से बनते हैं, पर वोट-बैंक बनाने के लिए किसी की अनुमति नहीं चाहिए होती है। जिसका जब चाहे मन करे, बना ले। मनमानी के काम में घोटाले हो जाते हैं। रिजर्व बैंक सामान्य बैंकों में घोटाले नहीं होने देता, पर वोट-बैंकों पर उसका दखल नहीं है, सो वोट-बैंकों में खूब घोटाला हो रहा है।

एक पार्टी गुस्सा करती है कि पैंसठ सालों से हमने डिपॉजिट कराया था, उस बैंक से कोई और पार्टी वोट निकालकर ले गई। निकाले भी ऐसे कि पता नहीं चला। निकाल लिये, तब पता चला। बैंकिंग लेन-देन का रिकॉर्ड होता है और उसके आधार पर धर-पकड़ संभव है। पर वोट बैंक के डिपॉजिट-घोटालों के रिकॉर्ड संभव नहीं होते, क्योंकि वोट गुप्त होता है और वोटर होशियार।

वोटर हर नेता से कह सकता है कि जी, आपके वोट बैंक के ही कस्टमर हैं हम। नेता पकड़ नहीं सकता है कि वोटर असल में कहाँ डिपॉजिट करा आया वोट। ऐसा घपला सचमुच के बैंक में संभव नहीं है। बैंकिंग का कोई भी कस्टमर हरेक बैंक से यह नहीं कह सकता है कि हम तो आपके ही कस्टमर हैं। कस्टमर हैं, तो चेकबुक दिखाओ, हमारा एटीएम कार्ड दिखाओ। बैंकिंग के लेन-देन में फर्जीवाड़ा संभव नहीं है, वोट-बैंकिंग के मामले में यह बात नहीं है। सचमुच की बैंकिंग में तो जहाँ नोट डिपॉजिट कराओ, वहीं का एटीएम कार्ड मिलेगा, उसी के कार्ड से किसी एटीएम से रकम निकाली जा सकती है। पर वोट बैंकिंग में यह नहीं है। कोई एक साथ आठ-दस नेताओं से कह सकता है कि हम तो जी आपके ही वोट हैं, आपके ही वोट बैंक में गिरेंगे। एक साथ कोई वोटर ए पार्टी से आटा, बी पार्टी से कंबल और सी पार्टी से दारू लेकर डी पार्टी को वोट दे सकता है। ऐसा घोटाला सामान्य बैंकिंग में नहीं होता।

वोट बैंक में घोटालों से हैरान-परेशान नेता माँग कर सकते हैं कि उनके यहाँ भी

लेन–देन के हिसाब वैसे रखे जाएँ, जैसे बैंकों के लेन–देन मे रखे जाते हैं। पासबुक बन जाए, चार बोतल दारू की हमारी पी गए, तो चार वोट तो हमें दो। पासबुक में दर्ज हो कि अब तक बीस बोतल दारू उन्हें सप्लाई हो चुकी है, पर सवाल उठता है कि उनसे क्या वापस आया?

सामान्य बैंकिंग में रिजर्व बैंक सुनिश्चित करता है, जिस डिपॉजिटर ने जो डिपॉजिट बैंक में कराया है, उसे वह अपनी मनमरजी से जब चाहे, निकाल सकता है। पर वोट बैंकिंग के मामले में यह नहीं होता, वोट बैंकिंग में भी पासबुक और चेकबुक का चलन शुरू होना चाहिए। पासबुक में दर्ज रहे कि बीस बोतलें उन्हें दी जा चुकी हैं, बदले में अठारह वोट उन्होंने दिए, दो वोटों का बैलेंस उनकी तरफ बचता है। जिन्हें आगामी चुनावों में खिंचा जाना बाकी है। वोटों का ओवरड्राफ्ट मिलने का जुगाड़ भी वोट बैंकिंग में होना चाहिए। जैसे नॉर्मल बैंकिंग खाते में होता है कि एक लाख रुपए खाते में हों, तो भी बंदे को दो लाख रुपए निकालने की परमिशन मिल जाती है, बैंक ओवरड्राफ्ट के जरिए। वोट बैंकिंग में ऐसी माँग कुछ नेताओं ने की है। चार सीटें कम पड़ रही हैं, सरकार बनाने में। चार सीटों का ओवरड्राफ्ट मिल जाए, अगले चुनावों में बहुमत से चार ज्यादा जीत लें। ऐसी सुविधाएँ वोट बैंकिंग में हों, तो वोट बैंक चकाचक चलें।

लोकतंत्र के सामने सबसे बड़ा सवाल यह है कि देश के वोट बैंक कब उतने प्रोफेशनल होंगे, जितने प्रोफेशनल हमारे नॉर्मल बैंक हैं?

□

हवाई यात्रा को धाँसू-धमालयुक्त बनाएँ—आठ मिनट का क्रैश कोर्स

हवाई यात्रा को धाँसू बनाने के उद्देश्य से आचार्य आलोक पुराणिक ने एक केस स्टडी तैयार की है। पहले सब उसे पढ़ें, तदनंतर संक्षेप में काम के फंडे बताए जाएँगे—

हर चीज का लेवल गिरता जा रहा है।

और क्या जी, जब मेरे जैसे हिंदी के फुक्के लेखक तक हवाई यात्रा करने की सोच लें, तो क्या माना जाएगा! एयर डेक्कन ने सच्ची में परिवहन डेमोक्रेसी कायम की है, बस स्टैंड से लेकर हवाई अड्डे तक एक जैसे चेहरे। पर अभी कुछ और वक्त लगेगा, थोड़ी सी गंदगी, थोड़ी सी और कच-कच चाहिए, और हाँ ये एयर होस्टेसों को हटाकर दिल्ली के ब्लू लाइन बस के कंडक्टर भरती किए जाएँ, हमको असुविधा होती है। हवा में इत्ती-इत्ती स्माइल और शराफत झेलकर दो-तीन घंटों में आदत खराब हो जाती है। जमीन पर आओ तो वही ब्लूलाइनी जलवा दिखता है। होस्टेस एयर में ही रह जाती है।

बहुत धाँसू सीन दिख रहे हैं अब एयरपोर्टों पर।
परसों मुंबई जाने वाली फ्लाइट तीन घंटे लेट थी।

अपन तो आश्वस्त थे कि दिल्ली की ब्लू लाइन बस का-सा हिसाब होगा, सारी सीटें जब तक नहीं भर जाएँगी, तब तक कैसे उड़ेगा? बल्कि मैं तो एक तरह से निराश हुआ, मुझे उम्मीद थी कि एक एयरलाइंसवाला ब्लूलाइनी घोषणा करेगा, ''अबे आज्जा मेरे वाड़े प्लेन में, ये पैले पोंचेगा।''

इसके प्रतिउत्तर में दूसरा एयरलाइंसवाला घोषणा करता, ''ओ ज्जी चले चाहे जो पहले, पहले हमारा ही पहुँचेगा। हम ड्राइवर उन्हें ही रक्खा करैं, जिनकी नजर झक्कास कमजोर हो, पठ्ठे गलती से भी कतई रेड लाइट ना देख पात्ते। सो हमारा वाड़ा पैले पोंचेगा।''

मैं निराश हुआ। एयरपोर्ट, हवाई जहाजों का विकास अभी इस स्तर तक नहीं हुआ कि ऐसी घोषणाएँ सुनाई दें।

एक घोषणा हुई, "जी, मुंबई जानेवाली फ्लाइट तीन घंटे लेट है।"

मैंने चिंतित होकर फ्लाइटवाली मैडम से पूछा, "जी लेट है, सो तो ठीक है, पर यह बताओ कि हवाई जहाज कवर तो कर लेगा न?"

फ्लाइटवाली मैडम ने चकरायमान होकर पूछा, "क्या मतलब-कवर करने से क्या मतलब?"

जी हम तो रेल के हिसाब से चलते हैं। दिल्ली से मुंबई 'पंजाब मेल' अगर आठ घंटे लेट हो, तो रास्ते में बहुत तेज स्पीड से चलकर आधा घंटा कवर कर लेती है, "मैंने बताया।"

एयरलाइंसों के अज्ञानी लोग इत्ते सिंपल से सवाल का जवाब देने में असमर्थ रहते हैं।

रास्ते में टॉफी-वॉफी मिलीं, तो मैंने साफ कर दिया, "अगर इसके पैसे देने हैं, तो कतई नहीं चाहिए। और अगर मुफ्त मिल रही हैं, तो पूरा पैकेट दे दो। और एक क्यों, दो-चार दे दो।"

एक एयरहोस्टेस ने घूरकर पूछा, "लगता है कि आप पहली बार हवाई यात्रा कर रहे हैं?"

मैंने बताया, "नहीं, दूसरी बार। पहली बार तो मैंने हवाई जहाज की खिड़की के शीशे खोलने की जिद की। जब पैसे दिए हैं, तो फुलम-फुल हवा क्यों न ली जाए! भई रेल में खिड़की न खुले, तो समझ में आती है। उचक्के खिड़की से चेन वगैरह खींचकर भाग जाते हैं। पर आसमान में क्या टेंशन, स्मगलर, नेता, ठग, उचक्के सब हवाई जहाज के अंदर होते हैं। बाहर कैसे हो सकते हैं?"

एयरहोस्टेस ने बड़बड़ाकर कहा, "आप हवाई यात्रा के काबिल नहीं हैं।"

मैंने जवाब में कहा, "हवाई जहाजों को अभी मेरे लेवल तक आने में टाइम लगेगा। पर एक दिन आ ही जाएँगे।"

शिक्षाएँ-इस केस स्टडी से हमें निम्नलिखित शिक्षाएँ मिलती हैं—

1. टॉफी-चॉकलेट के एकाध पैकेट नहीं, आठ-दस पैकेट झटकने चाहिए। इस पर बवाल पैदा होगा, मजे आएँगे।
2. सीट पर पैर चढ़ाकर बैठें, एयरहोस्टेस नाराज हो, तो उसे बताएँ कि उनकी एयरलाइन घर जैसी सुविधा देने का वादा करती है, और घर पर वे सीट पर पैर ऊपर करके ही बैठते हैं।
3. अगर पड़ोसी बात न करे, तो चीखें, हाय कैसे मनहूस आ बैठे हैं बगल में!

मजा आएगा। और अगर पड़ोसी बात कर रहा हो, तो आप शोर मचाकर उससे कहिए कि अबे घर पे तेरी बीवी तुझसे बात नहीं करती, जो जिससे चाहे बात करना शुरू कर देता है। इस हल्ले में और भी ज्यादा मजा आएगा।

4. मौका पाकर पायलट केबिन में घुस जाएँ और पायलट से कहें कि मुझे बोनट पर बैठाओ, मुझे बस में बोनट पर बैठकर यात्रा करने का शौक है। और अगर पायलट कहे कि प्लेन में बोनट नहीं होता, तो हल्ला मचाइए कि हाय बिना बोनट के उड़ा डाला प्लेन! हाय मरवा डाला, यह तो क्रैश हो जाएगा। क्रैश-क्रैश हल्ला करते हुए आप पायलट केबिन से बाहर आएँ। यात्रियों में अफरा-तफरी मच जाएगी। बहुत धमाल मचेगा।
5. सीट के नीचे मूँगफली और केले के छिलके बिखेर दें। एयरहोस्टेस नाराज हो, तो कह दें जी मेरा दम घुट रहा है अननेचुरल माहौल में। रेल यात्राओं ने मुझे इस कदर कूड़ा-फ्रेंडली बना दिया है कि अगर आस-पास कूड़ा न हो, तो मुझे शक होने लगता है कि मैं इंडिया में नहीं हूँ, किसी फॉरेन कंट्री में हूँ। फॉरेन कंट्री की सुनकर मुझे टेंशन होने लगता है और मेरा दम घुटने लगता है।

आपका दम घुटने से बचाने के लिए एयरहोस्टेस खुद आपके साथ कूड़ा फैलाएँगी। कित्ता धमाल होगा न!

□

पतली गली से लुच्चत्व का हाईवे

कैलेंडर दो तरह के होते हैं, एक तो वह, जिसमें तारीख देखी जाती है। दूसरे, जिनमें तारीख के बहाने जाने क्या-क्या देखा जा सकता है। कई शराब कंपनियों के कैलेंडर दूसरी कैटेगरी में आते हैं। अत्यल्प वस्त्रों में बालाएँ आह्वान कर रही हैं, ये वाली शराब पीएँ, साल के बारहों महीने। आम तौर पर ऐसी तसवीरें ताकता हुआ कोई बंदा पकड़ा जाए, तो उसे लुच्चा डिक्लेयर कर दिया जाए। पर डेट देखने के बहाने ऐसी तसवीरें ताकी जा सकती हैं।

कई कैलेंडर बहाने होते हैं।

वैसे बहाने इधर सिर्फ कैलेंडर में ही नहीं पाए जाते। हैप्पी न्यू ईयर पर गया था एक देवी जागरण में, वहाँ डीजे नृत्य हो रहा था। धुन थी—'क्रेजी किया रे'। स्वर्ग में देवी-देवता भी अब अंग्रेजी समझने लगे हैं, यह जानकर खुशी हुई। वैसे खुशी न हो तो भी देवी जागरण में 'क्रेजी किया रे', तो चलेगा। कुछ नहीं किया जा सकता। ऐसे-ऐसे भगत बनकर ऐसे-ऐसे डांस कर रहे थे, जिन्हें विशुद्ध लफंडरी के अलावा कुछ और नहीं कहा जा सकता। देवी अगर ऐसे नृत्यों से ही प्रसन्न होती हैं, तो फिर संजीदा आदमियों के लिए बहुत मुश्किल है। देवी-देवता को प्रसन्न करने के लिए, गोविंद को प्रसन्न करने के लिए, अगर गोविंदा के लेवल पर उतरना पड़े, तो मुश्किल है।

जागरण में डांसबाजी हो रही है।

हर आइटम के लिए पतली गली है, हर आइटम में पतली गली है।

कैलेंडर भी पतली गली है, जिसमें दाखिल होकर लुच्चत्व के हाई वे पर चला जा सकता है। पूरे साल तरह-तरह से ताको और वो वाली शराब पीयो। कैलेंडर यह नहीं बताता कि इसके लिए पैसे कहाँ से लाएँ?

यह बात दूसरे कैलेंडर में लिखी है, एक बैंक का कैलेंडर बता रहा है कि लोन ले जाओ।

लोन वापस भी करना पड़ेगा, यह बात खुलकर नहीं बताई जाती।

पहले दूसरी चाल के कैलेंडर चला करते थे। कुछ इस टाइप के, जिनमें लक्ष्मीजी कमल के फूल पर विराजमान हैं, आस-पास सोने के सिक्के बिखरे पड़े हैं। ऐसा ही एक कैलेंडर मुझे हिंदी पुस्तकों के एक प्रकाशक ने भेजा था। तब मैं इस गलतफहमी में था कि हिंदी में लिखनेवाले भी ऐसे सोने के सिक्कों का ढेर पैदा कर लेते हैं! ऐसा नहीं हुआ, मैंने प्रकाशक से शिकायत की। उसने बताया कि कैलेंडर का आशय है कि लक्ष्मीजी हिंदी में भी हैं, पर सिर्फ प्रकाशकों के लिए।

□

अधेड़ावस्था उर्फ आलिया भट्ट कौन हैं?

इधर साहित्यकारों की मीटिंग में फँस गया। परिचय कराया जा रहा था। कुछ को वरिष्ठ, बुजुर्ग लेखक बताया जा रहा था, कुछ को युवा लेखक बताया जा रहा था।

किसी का परिचय यूँ नहीं कराया गया कि आप अधेड़ लेखक हैं।

इधर बहुत गौर से देखा, तो पता यह चला कि कैटेगिरियाँ तो दो ही हैं—युवा व बुजुर्ग। अधेड़ों के योगदान पर कहीं चर्चा ही नहीं है।

अरे भई अधेड़ भी तो हैं। यूँ मैं अभी अधेड़ नहीं हूँ। ऐसा हर अधेड़ कहता है। पर मैं सच्ची में नहीं हूँ, मैं तो बालक हूँ। ऐसा भी हर बुज़ुर्ग कहता है।

खैर, अधेड़ चर्चा हो रही थी।

तमाम बहस, लेख देख डाले, युवा पीढ़ी पर चर्चा है, उसके योगदान पर चर्चा है। बुजुर्गों की आत्म-लंतरानियाँ हैं। पर कहीं यूँ नहीं लिखा कि अधेड़ पीढ़ी का योगदान यह है।

अरे क्या बंदा युवापन से सीधे बुजुर्गियत पर जाता है? बीच में कहीं अधेड़ियत नहीं आती क्या?

अधेड़ों पर बात क्यूँ नहीं?

''इधर का चलन यह है कि बंदा पचास साल तक युवा रहता है, फिर सीधे वरिष्ठों की पाँत में दाखिल हो जाता है।'' एक कवि ने बताया।

साहित्य में अधेड़ावस्था वर्जित है।

''क्या चालीस के पार बंदे को अधेड़ कहा जा सकता है।'' एक चालीस के बंदे से मैंने पूछा।

वह बुरा मान गया। वह बोला, ''दस साल और दो, फिर मानना अधेड़। पचास तक तो युवा मानो।''

पचासवाले से पूछा कि क्या अधेड़ मान लूँ, वह भी बुरा मान गया और बोला कि

पॉलिटिक्स में देख लो, साठ तक के नेता युवा कह रहे हैं खुद को।

बाल डाई करने का धंधा करनेवाले से मैंने कहा, "लगता है कि इंडिया में अधेड़ होते ही नहीं हैं?"

वो हँसने लगा और बोला, "जी, फिर हमारा माल कहाँ जाता है, बताइए?"

अधेड़ावस्था के लक्षण क्या हैं, "मैंने उससे पूछा।"

"जब बाल सफेद होने लगें और दिल में काले विचार बढ़ने लगें, तो समझो कि बंदा अधेड़ हो रहा है।" उसने बताया।

"पर मेरे दिल में तो काले विचारों का परमानेंट ठिकाना है।" मैंने कहा।

"युवावस्था के काले विचारों और अधेड़ावस्था के काले विचारों में फर्क यह है कि युवावस्था में बंदे को फुल उम्मीद रहती है कि एक दिन कर ही गुजरेंगे। जब इस तरह के भाव आने लगें कि विचार ही विचार कर लें, कुछ होने जाने वाला नहीं है, तो समझना चाहिए कि अधेड़ावस्था आ रही है।" बाल डाईवाले ने बताया।

"पर बाल डाई करने से अधेड़ावस्था को कितना टाला जा सकता है।" मैंने पूछा।

"यह सामनेवाले या वाली की होशियारी पर निर्भर करता है। ताड़नेवाले डाई बालों के बावजूद ताड़ लेते हैं। अब जैसे बंदा तोंद कम करने के दावे करनेवाले विज्ञापनों को गौर से देखे। माधुरी दीक्षित को याद करे, तो समझो कि बंदा अधेड़ हो गया।" बाल डाईवाले ने बताया।

"पर माधुरी दीक्षित को पसंद करने का मतलब अधेड़ होना क्यूँ है जी? युवा भी माधुरी को पसंद करते हैं।" मैंने प्रतिवाद किया।

"देखिए आप अधेड़ हो गए हैं। समझदार युवा आलिया भट्ट को प्रीफर करते हैं।" बाल डाई करनेवाले ने बताया।

"बाई दि वे आलिया भट्ट कौन है।" मैंने पूछा।

"देखिए एक लक्षण यह भी है, जिसे आलिया भट्ट का नाम न पता हो, समझिए कि वह अधेड़ है। आलिया भट्ट लेटेस्ट एक्ट्रेस हैं।" उसने बताया।

"ये लेटाट क्या होता है।" मैंने आगे पूछा।

तो इसका मतलब आप पक्के तौर पर अधेड़ हो लिये हैं। अधेड़ों को नई चाल की बातें समझ में नहीं आती। पुराने जमाने में पूरे शब्द बोले जाते हैं। 'लेटाट' का मतलब हुआ लेटेस्ट हॉट–बाल डाई करनेवाले ने बताया।

"देखिए हॉट और कोल्ड तो कॉफी–चाय होती है, यह एक्ट्रेस के नाम के आगे आप हाट क्यों लगा रहे हैं।" मैंने फिर प्रतिवाद किया।

"अब तो पक्का हो गया कि आप अधेड़ हो गए हैं। देखिए, अधेड़ों के जमाने की

एक्ट्रेस हॉट कहने पर बुरा मानती थीं, अब की लेटेस्ट एक्ट्रेस हॉट न कहने पर बुरा मान जाती हैं।'' बाल डाई करनेवाले ने बताया।

''एम और पी के झगड़े में अपनी तो एटी हो जाती है। ट्राई कर रहा हूँ इस साल एलए में सैटल हो जाऊँ तो पासपोर्ट महादेव को पाँच बिसलेरी चढ़ाऊँ।'' एक नौजवान टाइप बंदा बाल डाई करनेवाले से बोला।

मैं उसकी तरफ यूँ देख रहा था, मानो वह इटैलियन या फ्रेंच बोल रहा हो।

बाल डाई करनेवाला बोला, ''समझे?''

मैंने कहा, ''नहीं।''

वह बोला, ''तब तो पक्के तौर पर आप अधेड़ हो चुके हैं। यह नौजवान लेंग्वेज है। थोड़ा शार्टकट मारना पड़ता है। अभी क्या है कि टाइम नहीं है लंबा-लंबा बोलने का। एम और पी के झगड़े में एटी हो जाती है, इसका मतलब है कि मम्मी और पापा के झगड़े में ऐसी-तैसी हो जाती है। एल ए में सैटल हो जाऊँ, इसका मतलब है कि लॉस एंजेल्स में सैटल हो जाऊँ, तो पासपोर्ट महादेव के यहाँ बिसलेरी की बोतल चढ़ाऊँ।''

पर मैंने तो कैलाश के महादेव सुने हैं। ''ये पासपोर्ट महादेव कौन हैं,'' मैंने पूछा।

''नई पीढ़ी पासपोर्ट महादेव को पूजती है। बंगलूर में इनका हेडक्वार्टर है। सारे सॉफ्टवेयर इंजीनियर इनको नमस्ते करके ही आगे जाते हैं। पानी, यू नो बहुत गंदा हो गया है, तो इन पर बिसलेरी चढ़ाई जाती है। समझे कि नहीं? जिसे पासपोर्ट महादेव का माहात्म्य नहीं पता, वह तो पक्के तौर पर अधेड़ ही है।'' उसने स्पष्टीकरण दिया।

''औफीर, तौफीर, शौफीर को सुना है आपने? क्या धाँसू गाना गाता है।'' बाल डाई करनेवाले ने मुझसे पूछा।

''ये कौन हैं, मैंने तो इनका नाम नहीं सुना।'' मैंने बताया।

''तो तो आप पक्के तौर पर अधेड़ हो गए हैं, अरे ये टोनी चैनल के लेटेस्ट हिट हैं। इन्हें एक अरब एसएमएस मिले हैं, इनकी बदौलत ये सुपर हिट सिंगर हो गए हैं।'' एक नौजवान ने बताया।

''पर मैंने तो लता मंगेशकर और किशोर कुमार का ही हिट सिंगर के तौर पर नाम सुना है।'' मैंने कहा।

''बाई दि वे ये लता मंगेशकर कौन हैं।'' नौजवान पूछ रहा है।

''देखा, ये हैं नौजवान।'' बाल डाई करनेवाला बता रहा है।

अब मुझे भी लग रहा है कि मैं अधेड़ हो गया हूँ।

□

कंप्यूटरेश्वर महाराज

इधर बहुत आफत हो गई है। समझ नहीं आता, कौन क्या है!

पड़ोस के दादाजी ने कल आकर बताया कि बेटा, हमारेवाले बाबाजी का मंजन इस्तेमाल किया करो, दाँत चमक जाते हैं।

"पर दादाजी आप तो बाबाजी के सत्संग में मोक्ष के लिए जाते हैं न, यह मंजन कहाँ से आ गया।" मैंने पूछा।

दादाजी ने बताया कि सत्संग स्थल पर बाबाजी के स्टॉल लगे हुए हैं। उनमें बाबाजी की फैक्टरी के शैंपू, मंजन, कब्जहर दवाएँ, डाइबिटीज कंट्रोल दवाएँ, वीर्यपुष्टि की दवाएँ, सब मिलती हैं।

मामला बहुत संगीन हो गया है साहब, बंदा बाबाजी के पास जाता है मोक्ष लेने के लिए और लौटता है वीर्यपुष्टि की दवाएँ लेकर।

पहले बंदे सारे धंधे करने के बाद थककर बाबा बनते थे, अब लोग बाबा बन कर तरह-तरह के धंधे करते हैं, मामला कनफ्यूजनात्मक है।

मुझे समझ में नहीं आता कि धंधाई प्रवृत्तियों का अंत बाबागिरी में होता है या बाबागिरी का अंत धंधाई प्रवृत्तियों में होता है।

इधर तरह-तरह के बाबाओं के धंधे का सर्वे किया, तो पता चला कि इस धंधे में काफी बदलाव आए हैं।

अभी बंगलूरू जाना हुआ, तो वहाँ एक मित्र एक बाबाजी के पास ले गए। मैंने पैर छुए और वही चार क्लासिक भारतीय ज्योतिषीय सवाल पूछे, "महाराज विदेश यात्रा कब होगी, प्रमोशन कब होगा, नया मकान कब बनेगा? आर्थिक स्थिति टनाटन कब होगी?"

बाबा नाराज हो गए, बोले, मैं बाबागिरी की जनरल प्रेक्टिस नहीं करता। मैं कंप्यूटरेश्वर बाबा हूँ।

बाद में मामला समझ में आया।

कई सारे कंप्यूटर इंजीनियर आए और बाबा के चरण-स्पर्श करने लगे। बाबाजी की क्लाइंटेल में कंप्यूटर इंजीनियर, सरकारी दफ्तर, एनीमेशन एक्सपर्ट. सॉफ्टवेयर एक्सपर्ट शामिल थे। किसी ने कंप्यूटर फ्लॉपी का पूरा पैकेट भेंट चढ़ाया, किसी ने पूरा कंप्यूटर ही गिफ्ट किया, किसी ने अपने लैपटॉप को बाबाजी के चरणों में रखकर आशीर्वाद माँगा।

मित्र ने बताया—बाबा स्पेश्लाइज्ड प्रैक्टिस करते हैं, सिर्फ कंप्यूटर से जुड़े मामले देखते हैं। कई ऐसे बंदे हैं, जिनके कंप्यूटर बहुत जल्दी-जल्दी खराब होते हैं। कई ऐसे हैं, जिनके कंप्यूटर से डाटा उड़ जाता है। बाबा की महिमा से ऐसी प्रॉब्लम खत्म हो जाती हैं। बाबा हर बुधवार को स्पेशल दरबार लगाते हैं। बुधवार का व्रत करनेवालों को स्पेशल आशीर्वाद देते हैं। ज्योतिष में बुध ही कंप्यूटर का कारक है, इसलिए बाबाजी बुध पर फोकस करते हैं। बाबा का खास चेला हार्ड डिस्क कीर्तन संध्या का आयोजन करता है और बाबाजी की चेली फ्लॉपी इस दिन स्पेशल कंप्यूटर एनीमेशन पूजा का आयोजन करती है। इस दिन विशिष्ट कंप्यूटर कथा कही जाती है। कथा मैंने भी सुनी, यूँ थी—

बंगलूरु नामक शहर में बहुत सारे गड्ढे पाए जाते थे, उन गड्ढों में थोड़ी सी सड़कें पाई जाती थीं। उन थोड़ी सी सड़कों पर बहुत से कंप्यूटर कंपनियों के दफ्तर पाए जाते थे। इन दफ्तरों में काम करनेवाले बंगलौर की गरमी की नहीं, सिलिकॉन वैली, कैलिफोर्निया की चिंता करते थे। सिलिकॉन वैली में अगर बरसात होती थी, बंगलौर के ये नौजवान छाते निकाल लेते थे। कुल मिलाकर ज्यादातर की मौज की छन रही थी। इनमें एक बालक था क्रिस्टी। क्रिस्टी का ओरिजनल नाम तो खेमचंद था और वह ऊँचाखेड़ा नामक गाँव से आया था। पर उसने अपना नाम क्रिस्टी इसलिए रख लिया था कि ऐसा करने से अमरीका में बसने में आसानी हो सकती थी।

बोल कंप्यूटरेश्वर महाराज की जय।

भक्तजनो, सुनो, एक दिवस यह बालक दफ्तर आया तो उसने देखा कि उसका कंप्यूटर ठप्प पड़ा हुआ है। उसने गौर से देखा, तो पता चला कि उसके कंप्यूटर की हार्ड-डिस्क क्रैश हो चुकी है। सारा डाटा उड़ चुका है। कैलिफोर्निया के हेडक्वार्टर से डाटा की डिमांड आई, तो हेडक्वार्टर को बताया कि डाटा उड़ चुका है। कैलिफोर्निया ने बंगलौरवाले को फौरन डिसमिस कर दिया। डिसमिस क्रिस्टी परेशान होकर बंगलौर के बिल गेट्स चौराहे पर बैठा हुआ था कि कंप्यूरेश्वर बाबा ने उसका कपाल देखकर कहा, ''बेटा तुम्हारा क्रैश काल चल रहा है।''

''क्रेश काल क्या होता है, महाराज राहु-काल सुना है। शनि की साढ़े साती का

काल सुना है। पर क्रैश काल क्या होता है।'' क्रिस्टी ने पूछा।

बेटा अति ही भयानक क्रैश काल हर कंप्यूटरधारक के जीवन में एक बार आता है। यह तो साढ़े साती से भी ज्यादा भयानक होता है। इसमें होता यह है कि एक साल तक जातक के कंप्यूटर में सारा डाटा क्रेश होता रहता है। इसमें जातक की नौकरी जाने से लेकर अपमान तक का भय होता है, जैसाकि पामेला नामक बालिका के मामले में हुआ था। पामेला नामक बालिका एक कोल्ड ड्रिंक कंपनी के मार्केटिंग विभाग में काम करती थी। पामेला ने एक बहुत धाँसू लैपटॉप प्रजेंटेशन इस मुद्दे पर तैयार किया था कि कैसे पूरे मुल्क का पानी इतना गंदा कर दिया जाए, कि लोग पीने और नहाने तक के काम में कोल्ड ड्रिंक का इस्तेमाल करने लगें।

पामेला के ऐसे प्रजेंटेशन की खबर सुनकर कोल्ड ड्रिंक कंपनी के शीर्ष अफसर बहुत ही उत्साहित हुए और वे सारे के सारे कंपनी के मेन कॉन्फ्रेंस हॉल में इकट्ठे हुए।

पामेला ने जैसे लैपटॉप ऑन किया, स्क्रीन ब्लैंक थी। हार्ड डिस्क क्रैश हो चुकी थी।

पामेला की बहुत ही इंसल्ट हुई। सारे अफसरों ने पामेला को डाँटा, ''केयरलेस।''

पामेला के इमीडियेट बॉस ने उसे डिसमिस कर दिया।

पामेला भी क्रेश काल में फँस चुकी थी।

क्रेश काल से मुक्ति का रास्ता था, कंप्यूटरेश्वर महाराज का दरबार। पामेला और क्रिस्टी दोनों का उद्धार कंप्यूटरेश्वर महाराज द्वारा दी गई एक लाख एक रुपए की फ्लॉपी से हुआ।

कथा संपन्न।

मैं कंप्यूटरेश्वर महाराज के कक्ष के बाहर खड़ा हुआ हूँ।

चेली फ्लॉपी पूछ रही है, ''गुरु महाराज, आप कंप्यूटरों को सेट कैसे रखते हैं?''

आधे से ज्यादा मामलों में तो वे अगली बार खुद ही ठीक काम करते हैं। फिर भी अगर जातक की समस्याएँ खत्म नहीं होतीं, तो उसे हम कैलिफोर्निया में अपने हेडक्वार्टर भेजते हैं दर्शन के लिए। इसके बाद भी अगर उसकी समस्याएँ नहीं खत्म होतीं, तो वह फिर हमारे पास नहीं आता, किसी और जनरल बाबा के पास जाता है। अभी तक बाबागिरी और ज्योतिषगिरी के मामले में शिकायत लेकर कंज्यूमर फोरम में जाने का चलन शुरू नहीं हुआ बच्चा, क्लियर।

बाबा कंप्यूटरेश्वर का फंडा मुझे भी क्लियर हो गया है।

□

रिश्वत प्रदीपिका

जंबूद्वीपे भरतखंडे आदि आदि में छात्रों को रिश्वत लेने-देने के बारे में विस्तार से बताने के लिए पूर्णिमा आश्विन माघ सुदी द्वितीया आदि आदि को आचार्य आलोक पुराणिक ने 'रिश्वत प्रदीपिका' नामक महाग्रंथ की रचना की, ताकि छात्रों को इसके बारे में सही-सटीक जानकारी मिल सके और तदनुसार छात्रगण अपने अभीष्ट कार्य को संपादित करा सकें तथा जीवन-जगत् में सफल हो सकें एवं सैटिंग-गैटिंग से बैकुंठ लोक में भी सीट पक्की कर सकें।

इस ग्रंथ के कतिपय महत्त्वपूर्ण अंश इस प्रकार हैं—

यथा प्रेयसी संकोच भवति, तथापि कमिटेड प्रेमी चालू रहंति,
यथा प्रेरित रिश्वत देयक हर हाल में मामला जमंति।

भावार्थ—लेखक कहना चाहता है कि जिस प्रकार प्रथम निवेदन में प्रेयसी संकोच दिखाती है, पर लगातार लगे रहनेवाले सफलता हासिल करके ही मानते हैं। उसी तरह से रिश्वत देयक अगर अपने मिशन में लगे रहें,तो मामला आखिर में जम ही जाता है।

प्रथम प्रणए संशय च रिश्वत सप्लाई भय एकस्तो,
सप्लाई टू बैंक अकाउंट, जो न दो डाइरेक्ट हस्तो।

भावार्थ—ग्रंथकार कहना चाहता है कि प्रथम प्रणय निवेदन में जो भय होता है, वही नव-रिश्वत देयकों के मन में रिश्वत देने के समय होता है। सामनेवाली पार्टी निवेदन स्वीकार करेगी या नहीं, इस तरह की आशंका मन को घेरे रहती है। सामनेवाली पार्टी का रिएक्शन क्या होगा, इस प्रकार का भय मन को घेर लेता है और नव-रिश्वत देयक टेंशनिया जाता है। टेंशन में काम खराब हो जाता है।

इसलिए रिश्वत देयक को सीधे कैश ट्रांजेक्शन करने की बजाय रिश्वत लेयक का बैंक अकाउंट पूछ लेना चाहिए। डाइरेक्ट हस्तो, यानी सीधे हाथ में देने की बजाय बैंक अकाउंट हैं, जहाँ जमा कराया जा सकता है।

बिवेयर ऑफ कैमरा च टेपरिकॉर्डरं,
रिश्वत देयकश्च कपड़े भी बारं।

भावार्थ—ग्रंथकार चेतावनी देता है कि तरह-तरह के यंत्र बाजार में टहल रहे हैं। रिश्वत लेन-देन की फोटू खींची जा सकती है। डील की बातचीत को टेपरिकॉर्डर में बंद किया जा सकता है। अत: रिश्वत लेयक को इस संबंध में अत्यधिक सावधानी बरतनी चाहिए। कोशिश करें कि रिश्वत देयक के पास किसी भी किस्म के औजार आदि न हों। अब तो रिपोर्टें हैं कि ऐसी डिजिटल बनियानें और पैंटें आ गई हैं, जिनमें सामनेवाले बंदे के सामने बैठकर ही सबकुछ रिकॉर्ड किया जा सकता है। अत: रिश्वत लेयक को सावधानी बरतते हुए यह सुनिश्चित करना चाहिए कि रिश्वत देयक के तमाम कपड़ों पर प्रतिबंध लगा दिया जाए।

दफ्तर में लेने की करना ना भूलड्ड,
रेल स्टेशन, बस स्टेशन, डांस बार च स्विमिंग पूलम्।

भावार्थ—दफ्तर में रिश्वत लेने की भूल जो करते हैं, उनका हश्र भाजपा के बंगारु लक्ष्मण जैसा होता है। अत: रिश्वत लेयक को रेल स्टेशन, बस अड्डा और स्विमिंग पूल का सहारा लेना चाहिए।

रेलवे स्टेशन में रिश्वत लेयक को कुली बनकर जाना चाहिए और रिश्वत देयक का सूटकेस उठाकर चुपके से बाहर हो जाना चाहिए। किसी को शक नहीं होगा।

बस अड्डे पर रिश्वत लेयक को 'चाय गरम-चाय गरम' जैसे स्वरों का उच्चारण करते हुए रिश्वत देयक के पास जाना चाहिए। उसे चाय का कप थमाकर बदले में रिश्वत का लिफाफा ग्रहण कर लेना चाहिए।

स्विमिंग पूल में चूँकि कपड़े पहनने का स्कोप नहीं होता, तो इस स्थिति का सदुपयोग रिश्वत लेयक कर सकता है। इस स्थिति में कैमरेबाजी या टेप होने का भय नहीं रहता है। रिश्वत लेयक और देयक दोनों ही नीचे डुबकी मारकर नीचे जाएँ और पोलीथीन में पैकबंद लिफाफे का आदान-प्रदान करें।

वैलंटाइन डे, च फादर्स डे,
सीखो यूज ऑफ एवरी डे।

भावार्थ—ग्रंथकार कहना चाहता है,कतिपय दिवसों पर तरह-तरह के लेन-देन चलते हैं और उन्हें स्वीकृति मिली होती है।

रिश्वत देयक को वैलेंटाइन डे वाले दिन जाकर टैडी बीयर रिश्वत लेयक को भेंट करना चाहिए। टैडी बीयर में रिश्वत भरी होगी, यह बताने की जरूरत नहीं है। जरूरत यह बात समझने की है कि वैलेंटाइन डे का प्रयोग इस तरह के मसलों के एकदम उपयुक्त है।

रिश्वत लेयकों के अनुभवों से पता चलता है कि रिश्वत लेयक रिश्वत देनेवाला का इंतजार उतनी ही विरह वेदना के साथ करता है, जैसा बहुत भारी प्रेमी अपनी प्रेमिका का करता है। वैसे रिश्वत प्रेम से ज्यादा ठोस होती है, जो रिश्वत प्रदायक को प्रेमी से ज्यादा सम्मान मिलना चाहिए।

रिश्वत यूँ भी प्रेम से ज्यादा सार्थक होती है, प्रेम और रिश्वत के अनुभवी लोग बताते हैं कि प्रेम तो धीमे-धीमे कम होता जाता है, पर रिश्वत में मिली रकम को अगर ठीक ढंग से निवेश कर दिया जाए, तो वह लगातार बढ़ती जाती है। फिर सबको यह बात समझ लेना चाहिए कि अगर बंदा बहुत रिश्वत ठीक-ठाक ढंग से लेने लगे, तो उस पर इतनी रकम हो जाती है कि कई लोग उससे प्रेम जताने लगते हैं। पर ऐसा प्रेम के बारे में नहीं कहा जा सकता है कि कोई बंदा अगर बहुत प्रेम करने लगे, तो उसको रिश्वत देनेवालों की संख्या बढ़ जाती है।

तात्पर्य यह है कि रिश्वत से प्रेम हासिल किया जा सकता है, पर प्रेम से रिश्वत हासिल नहीं की जा सकती। इसलिए समझदार रिश्वत पर ध्यान लगाते हैं।

'फादर्स डे' पर जाकर रिश्वत लेयक रिश्वत देयक के पैर छूए, बदले में रिश्वत देयक उसे रिश्वत का लिफाफा दे।

वक्त पड़ने पर गधे को भी बाप बना लेना चाहिए, यह कहावत पुरानी है। गधे को बाप मानने का सवाल निरर्थक है, क्योंकि गधा रिश्वत नहीं देता। जो रिश्वत नहीं देता, वह गधा ही है। सो गधे को बाप बनाने में कुछ रिटर्न नहीं है। इसलिए रिश्वत देयक को ही बाप मानना चाहिए। और 'फादर्स डे' का उपयोग इस संदर्भ में करना चाहिए।

□

लेपार्टी और नोपार्टी की कथा

दस्यु सुंदरी पुतलीबाई महिला कॉलेज में दो कन्याएँ पढ़ती थीं। एक का नाम था—लेपार्टी और दूसरी का नाम था—नोपार्टी।

लेपार्टी अत्यंत ही संपन्न घर की बालिका थी। वह नई डिजाइन की ड्रेस और नई डिजाइन की कारों का इस्तेमाल करती थी। लेपार्टी का मानना था कि पैसे से सबकुछ खरीदा जा सकता है। दोस्त भी, दोस्ती भी। इसके लिए वह समय-समय पर तमाम तरह की पार्टियाँ देती थीं। और सच में कॉलेज की तमाम कन्याएँ लेपार्टी के आस-पास रहना पसंद करती थीं।

नोपार्टी नामक बाला अत्यंत ही गरीब परिवार से थी, पर उसके ख्वाब अत्यंत अमीर थे। वह भी चाहती थी कि सब उसके वैसे ही आगे-पीछे घूमें, जैसे कि लेपार्टी के पीछे घूमते हैं।

पर कैसे, इस सवाल पर वह गंभीरता से विचार करने लगी।

''पैसे की काट क्या हो सकती है।'' यह सवाल उसने एक ज्ञानी से पूछा।

''पैसे का मुकाबला और अधिक पैसे से ही हो सकता है। सौ रुपए का मुकाबला हजार रुपए के नोट से किया जा सकता है। हजार रुपए का मुकाबला करने के लिए दो हजार के नोट चाहिए।'' ज्ञानी ने बताया।

''क्या पैसे के बगैर कोई इनसान लोकप्रिय नहीं हो सकता।'' नोपार्टी ने पूछा।

''नहीं, पैसे के बगैर लोकप्रिय कोई भी नहीं होता। बड़े-बड़े संतों को भी लोकप्रिय होने के लिए टीवी पर आना पड़ता है। टीवी पर आने के लिए भी पैसा चाहिए। सो कुल मिलाकर हर हाल में बिना नोटों के लोकप्रिय होने का ख्वाब देखना ऐसे ही है, जैसे बगैर चमचागिरी किए एमएलए अथवा एमपी का टिकट पाने का ख्वाब देखना।'' ज्ञानी ने बताया।

ज्ञानी के बात में दम है या नहीं, इस सवाल पर नोपार्टी विचार करने लगी।

अरे ज्ञानी अगर सच में ही ज्ञानी होता, तो क्या सिर्फ ज्ञानी होता, धनी नहीं होता? अरे, ज्ञानी अगर तू सच में ज्ञानी है, तो धनी क्यों नहीं? तेरे पास मनी क्यों नहीं है? अर्थात् ज्ञानी तेरी बात को सुनने का कोई अर्थ नहीं है, नोपार्टी ने खुद से ही कहा।

फिर क्या हुआ? एक दिन नोपार्टी फटी जींस में कई सारे छेद करके कॉलेज पहुँची।

सबने पूछा, ''यह क्या है?''

''यह स्किनोडेवलपेस्टिक डिजाइन की जींस है।'' नोपार्टी ने बताया।

''व्हाट।'' कई उत्सुक कन्याओं ने पूछा।

''यह पेरिस का नया डिजाइन है। मैंने सीधे पेरिस से हासिल की है। यह खास तरह से बनाई गई है। यह जींस स्पेशल जींस है। बाजार में नहीं मिलती है। इसे पेरिस का एक इनवार्यनमेंट ग्रुप बनाता है। यह बहुत इनवायर्नमेंट फ्रेंडली है।'' नोपार्टी ने बताया।

''वाऊ, ग्रेट!''—कई कन्याओं ने कहा।

''देखो, 'कैलिफोर्निया जर्नल ऑफ मेडिकल साइंस' में छपा है कि जींस से हमारे पैर पूरे ढके रहते हैं, इस वजह से हमारे पैरों को हवा नहीं मिल पाती। पेरिस के इनवार्यनमेंट ग्रुप ने रिसर्च करके यह खोजा है कि पैरों को पूरा ढँकनेवाली जींस पहनने से बुढ़ापे में घुटनों का दर्द होता है। एक अध्ययन के मुताबिक जो लोग जींस पहनते हैं, उनमें से पिचहत्तर परसेंट के घुटनों में बुढ़ापे में दर्द होता है।'' नोपार्टी ने बताया।

''पर जो लोग जींस नहीं पहनते, उनमें से भी पिचहत्तर परसेंट के घुटनों में बुढ़ापे में दर्द होता है।'' एक बालिका ने अपने विचार व्यक्त किए।

''क्या ऐसा किसी शोध जर्नल में छपा है।'' नोपार्टी ने पूछा।

''नहीं।'' उस बालिका ने बताया।

''तब हमें सिर्फ छपी बातों पर ध्यान देना चाहिए और अपनी जींस को ऐसे इनवायरमेंट फ्रेंडली बनाना चाहिए। स्किनोडेवलपेस्टिक जींस बनाने में करीब सौ डॉलर खर्च होता है पर तुम मुझे अपनी जींस दे दो, मैं तुम्हारे लिए यह काम मुफ्त में करवा दूँगी।'' नोपार्टी ने ऑफर दिया।

कन्याएँ सोचने लगीं।

तब ही वहाँ से एक टीवी चैनल का रिपोर्टर किसी नए टाइप के आइटम की तलाश में गुजर रहा था, उसने नोपार्टी की जींस देखी, तो वह रुक गया। उसे लगा कि नौजवानों के लिए बनाए जाने वाले कार्यक्रम में इसका प्रयोग हो सकता है। उसने झटके से नोपार्टी का इंटरव्यू लिया और शाम तक नोपार्टी का चेहरा टीवी पर चमक रहा था।

अगले दिन कॉलेज की आधी से ज्यादा छात्राओं ने नोपार्टी से निवेदन किया कि प्लीज हमें भी स्किनोडेवलपेस्टिक जींस बनवा दो न।

कॉलेज में हवा फैल गई कि नोपार्टी इंटरनेशनल मामलों की गहरी खबर रखती है। जींस और एनवायरनमेंट की नई ट्रेंड्स की जानकारी उसके पास होती है। तब ही तो नोपार्टी का फोटू टीवी पर आता है।

उधर लेपार्टी ने टीवी चैनलों से कोटेक्ट करके कहा कि उसका भी फोटू दिखाया जाए। टीवी चैनलों ने साफ कहा कि हम सिर्फ और सिर्फ उन चीजों के फोटू दिखा सकते हैं, जो जरा हटके हों।

नोपार्टी फिर एक दिन अपनी खोपड़ी पर एक मोमबत्ती स्टैंड टाँगकर आई। उसमें एक मोमबत्ती जल रही थी। उससे सबने पूछा, "यह क्या है?" तो उसने बताया कि वह क्वाजीलैंड में हो रहे मानवाधिकारों के हनन के खिलाफ इस तरह से मोमबत्ती जलाकर प्रतिरोध व्यक्त कर रही है।

सबने पूछा, "पर इस तरह से प्रतिरोध कैसे व्यक्त किया जा सकता है?" तो नो पार्टी ने बताया कि तमाम अभिनेत्रियाँ इसी तरह से विरोध व्यक्त करती हैं। वे मानवाधिकारों के समर्थन में कभी दौड़ती हैं, कभी मोमबत्ती जलाती हैं। आजकल इसी तरह का विरोध फैशन में है।

नोपार्टी की ऐसी विचित्र स्थिति फिर किसी टीवी चैनल की रुचि का विषय बनी और फिर नोपार्टी का फोटू टीवी पर था।

इस बार खीजकर लेपार्टी नोपार्टी से बोली, "तेरे मुकाबले मेरे पास पैसे ज्यादा हैं, फिर भी तेरा जलवा मेरे मुकाबले चकाचक क्यों है?"

इस पर नोपार्टी ने कहा कि सुन—

1. अब के जमाने में फेमस होने के लिए सिर्फ पैसा जरूरी नहीं है, कुछ उलटे-सीधे नहीं, सिर्फ उलटे-उलटे आइडिए चाहिए होते हैं।
2. टीवी चैनलों के कंपटीशन के दौर में हर तरह के टेढ़े-मेढ़े आइटमों को कवरेज मिल सकती है।
3. स्किनोडेवलपेस्टिक जींस और ऐसे ही इंटरनेशनल आइडियों की तो बहुत ही पूछ है मार्केट में।
4. मानवाधिकारों के समर्थन में हमें मोमबत्ती लगाकर, या गाना गाते हुए या नाचते हुए या किसी भी तरह से ऐसे खड़ा होना चाहिए कि मानवाधिकार समर्थक होने की इमेज तो चकाचक बने ही, टीवी पर भी कवरेज भी मिले।

कहना अनावश्यक है कि नोपार्टी के ऐसे वचन सुनकर लेपार्टी ने उसको झुककर नमस्कार किया और उसके मुकाबले हार स्वीकार कर ली।

□

प्रेम मंत्रालय का प्रेम कर

फरवरी में अब माहौल वैलेंटियना जाता है। चारों तरफ वैलेंटाइनबाजी, फिर बजट की चर्चाएँ भी इसी महीने में शुरू हो जाती हैं।

इस खाकसार ने वित्त मंत्रालय में एक बैठक अटैंड की, जिसमें नए करों को जुगाड़ने की जुगाड़ तलाशी गई। एक विद्वान् ने कहा, ''हम प्रेम पर कर लगा दें, तो कई अरब उगाहे जा सकते हैं।''

''वाऊ क्या उस प्रेम पर, जो बेटा बूढ़े बाप से करता है।'' दूसरे विद्वान् ने पूछा।

''नहीं, कुछ नहीं मिलेगा। बूढ़े बाप से बेटे का प्रेम पूरे भारत में अब एकाध छटाँक से ज्यादा नहीं होगा, इससे ज्यादा कर नहीं जुटेगा, एक बूढ़े विद्वान् ने कहा।

सबसे ज्यादा कर जुटेगा अगर हम नौजवानों के प्रेम पर कर लगा दें, ''एक विद्वान् ने बताया।''

''राइट।'' सबने कहा और एक हफ्ते के अंदर यह प्रस्ताव तैयार हुआ—

धरती से आसमान तक चूँकि हर चीज सरकार के अधिकार क्षेत्र के दायरे में आती है, लिहाजा प्रेम भी सरकार के अधिकार क्षेत्र के दायरे में आता है। अत: प्रस्ताव किया जाता है कि नौजवानों और युवतियों के प्रेम पर कर लगाया जाए। यह कर प्रेम के अनुपात में लगाया जाएगा। जो नौजवान अपनी प्रेमिका से यह कहते हैं कि मैं तुम्हारे लिए जान दे दूँगा, उनपर उनकी जान की कीमत के दस प्रतिशत के बराबर कर लगा दिया जाए। जान की कीमत तय करने के लिए बीमा विशेषज्ञों की सेवाएँ ली जा सकती हैं। प्रस्ताव के तहत हर प्रेमी अथवा प्रेमिका को प्रेम करने का लाइसेंस प्रस्तावित केंद्रीय प्रेम मंत्रालय से लेना पड़ेगा। यह मंत्रालय हर डिस्ट्रिक्ट हेडक्वार्टर पर जिला प्रेम अधिकारी नियुक्त करेगा। जिला प्रेम अधिकारी उपभोग की जानेवाली प्रेम की इकाइयों का लाइसेंस जारी करेगा। प्रेम की लिमिट हर जिला प्रेम अधिकारी अपने इलाके के हालात देखकर तय करेगा। हर साल प्रेम की तय इकाइयों का लाइसेंस जारी

किए जाने के बाद प्रेम के लाइसेंस जारी नहीं किए जाएँगे। एप्लीकेशन अगले साल के लिए पेंडिंग रख दी जाएँगी।

प्रेम के लाइसेंस से कमाई करने के लिए दो प्रस्ताव हैं। एक, हर शहर में प्रेम के लाइसेंसों की नीलामी कर दी जाए। जो प्यार करना अफोर्ड कर सकता है, वह इन्हें खरीद लेगा। या यह भी किया जा सकता है कि प्रेम के लाइसेंस के लिए अप्लाई करने के लिए न्यूनतम फीस पचास हजार लगा दी जाए। पचास हजार में पचास यूनिट प्रेम जारी किया जाएगा। पचास यूनिट में प्रेमी अथवा प्रेमिका एक-दूसरे को पचास टेलीफोन कॉल से अधिक कुछ नहीं कर सकते। व्यक्तिगत मुलाकात के लिए प्रीमियम प्रेम लाइसेंस लेना होगा, जो कम-से-कम एक लाख रुपए में आएगा।

प्रेम का लाइसेंस एक महीने के लिए ही जारी किया जाएगा। एक महीने के बाद उसे रिन्यू कराना पड़ेगा। रिन्यूअल फीस दस हजार होगी। इस एक महीने में अगर प्रेमी-प्रेमिका अपनी इकाइयों का प्रयोग अगर नहीं कर पाते हैं, तो इसकी जिम्मेदारी प्रेम लाइसेंस जारी करनेवाले अधिकारी की नहीं होगी।

बिना लाइसेंस के प्रेम करनेवाले प्रेमियों-प्रेमिकाओं के लिए कड़े प्रावधान हैं।

ऐसे प्रेमी-प्रेमिकाओं को फौरन उनके माँ-बापों के हवाले कर दिया जाएगा।

प्रेम के प्रति सद्भाव दिखाते हुए यह सरकार सुनिश्चित करेगी कि प्रेम के लाइसेंस के लिए आवेदकों को बैंक कर्ज प्रदान करे। कर्ज के ब्याज की दर तय करने की छूट बैंकों को होगी। लोग चाहें तो इंस्टॉलमेंट में प्रेम की इकाइयों का लाइसेंस ले सकते हैं।

प्रेम के लाइसेंस जारी किए जाने के बाद प्रति वर्ष हर प्रेमी और प्रेमिका को प्रेम रिटर्न भरना पड़ेगा और दस प्रतिशत कर का भुगतान करना पड़ेगा। प्रेम कर के कैलकुलेशन का तरीका इस प्रकार है—

प्रेम से देखना—दस इकाई

एक टेलीफोन प्रेम कॉल—एक इकाई

मोबाइल पर एसएमएस—आधी इकाई

एक व्यक्तिगत मुलाकात—सौ इकाई

फिल्म देखने के दौरान प्रेमालाप—पाँच सौ इकाई

पार्क में प्रेमालाप—एक हजार इकाई

एक इकाई को दस हजार रुपए के बराबर माना जाएगा। जैसे कि एक प्रेमी अथवा प्रेमिका ने एक बार प्रेम से देखा यानी दस इकाई यानी एक लाख रुपए और एक व्यक्तिगत मुलाकात की यानी सौ इकाई यानी दस लाख रुपए, तो कुल मिलाकर ग्यारह लाख के दस प्रतिशत यानी एक लाख दस हजार का प्रेम कर प्रेमी अथवा प्रेमिका को

देना होगा। कर दोनों पार्टियों को अलग-अलग देना होगा।

पैंसठ साल से ऊपर के बंदों को सीनियर सिटीजन डिस्काउंट पाँच प्रतिशत का दिया जाएगा। पर यह डिस्काउंट तब ही मिलेगा, जब दोनों संबंधित पार्टियों की उम्र पैंसठ साल से ऊपर हो।

अन्य किस्म के प्रेम का ब्योरा देना होगा, जिसके आधार पर संबंधित प्रेम अधिकारी प्रेम की इकाइयों का निर्धारण करेंगे।

प्रेम संबंधी तमाम आवेदनों के मामले में प्रेम अधिकारी का फैसला अंतिम होगा। उसके फैसले को कंज्यूमर कोर्ट अथवा किसी और कोर्ट में चुनौती नहीं दी जा सकेगी।

विदेशी प्रेमी अथवा विदेशी प्रेमिका से प्रेम करने के लिए आवेदनों में सारे भुगतान डॉलर अथवा पौंड में किए जाएँगे। प्रेम मंत्रालय से उम्मीद की जाएगी कि वह विदेशी मुद्रा कोष में चकाचक योगदान करे।

प्रेम चूँकि संवेदनशील मामला है, इसलिए प्रेम अधिकारी के क्रिया-कलाप पर सूचना अधिकार अधिनियम लागू नहीं होगा।

एक बार जारी हुए लाइसेंस की रकम किसी भी हालत में वापस नहीं की जाएगी।

यह प्रस्ताव पेश हुआ तो इस खाकसार ने निम्नलिखित सुझाव पेश किए—

इस तरह से प्रेम के लाइसेंसों की नीलामी से तो मामला बहुत टेंशनात्मक हो जाएगा। हर शहर के अमीर नौजवान और बुढ़ऊ तक प्रेम के लाइसेंसों को ले लेंगे। गरीबों को तो प्रेम का अधिकार रहेगा ही नहीं।

इस तरह से तो प्रेम के लाइसेंस की ब्लैक मार्केटिंग शुरू हो जाएगी। प्रॉपर्टी डीलरों की तर्ज पर प्रेम डीलर पैदा हो जाएँगे। जो पहले ही बिना जरूरत के बहुत सारे प्रेम के लाइसेंस खरीदकर रख लेंगे, फिर बाद में मौका-मुकाम देखकर उन्हें महँगे दामों में बेचते रहेंगे।

प्रेम अधिकारी को इतनी ताकत देने से तो भ्रष्टाचार के चांस हो जाएँगे। शहर की सारी सुंदर कन्याओं से प्रेम करने के लाइसेंस वह मोटी रिश्वत खाकर बेच सकता है।

प्रेम अधिकारियों के भ्रष्ट होने के पूरे आसार हैं। चूँकि उनके क्रिया-कलाप पर सूचना का अधिकार लागू नहीं होगा, तो मामला और भी टेंशनात्मक हो जाएगा। वह जो चाहे, मनमानी कर सकता है। उसकी जवाबदेही भी नहीं होगी, कोई सूचना देने की। हमारे नेता भी इस सिलसिले में मनमानी कर सकते हैं। देश की सारी सुंदरियों से प्रेम करने के लाइसेंस वे खुद ही पहले अपने लिए जारी करवा सकते हैं।

इस तरह से तो प्रेम के मामले में अफसर-अमीरों-नेताओं का भ्रष्ट गठबंधन चल निकलेगा।

वित्त मंत्रालय में मीटिंग हुई और सारे अफसरों, नेताओं ने कहा कि आलोक पुराणिक द्वारा बताई गई बातें बिलकुल सही हैं।

और ठीक इन्हीं बातों की वजह से यह प्रेम कर का प्रस्ताव जैसा का तैसा मंजूर किया जाता है।

□

पुनर्जन्म, आत्मा–कतिपय प्रश्नोत्तर

सवाल—आत्मा भटकती क्यों है?

जवाब—किसी बंदे की आत्मा तब भटकती है, जब उसकी कोई इच्छा अधूरी रह जाए, या वह बंदा ही अधूरा हो। ऐसे अधूरेपन से आत्मा भटकायमान हो जाती है। वैसे ऊपर मधुबाला, मर्लिन मुनरो की आत्मा के पीछे कई और आत्माएँ भी भटक रही हैं। यह नेचुरल प्रोसेस है। खूबसूरत आत्माओं के पीछे पुरुष तो यूँ भी भटकने लगने जाते हैं और महिलाएँ यह देखने के लिए भटकती हैं कि कहीं उनके पति किसी और सुंदरी के पीछे न भटक जाएँ। आत्माएँ कितनी सुंदर होती हैं, इस बात का पता हमें तमाम फिल्मों से लग जाता है। कई फिल्मों में तो आत्माएँ वहीदा रहमान, करीना कपूर जैसी सुंदर दिखाई गई हैं। कुछ समय पहले आई फिल्म 'तलाश' में करीना कपूर बतौर आत्मा दिखाई दी थीं।

सवाल—मधुबाला जैसी सुंदरी अगर पुनर्जीवित हो जाएँ, तो क्या वह मिस इंडिया के फैशन शो में तमाम प्राइज ले पातीं?

जवाब—नहीं, फैशन शोवाले उन्हें बताते कि इस शो में भाग लेने की अनिवार्य शर्त यह है कि आपको स्टेज पर कोई एक वस्त्र इस तरह से उतारना है, मानो लगे कि एक्सीडेंट हुआ है। नंगूपने का एक्सीडेंट बहुत एफीशिएंट तरीके से होना चाहिए।

सवाल—आत्मा न भटके, इसके लिए क्या करना चाहिए? आत्मा कंपलीटता की ओर अग्रसर हो, इसके लिए क्या करना चाहिए?

जवाब—इसका जवाब रेमंड में छिपा हुआ है। रेमंड के वस्त्र पहनने से बंदा कंपलीट मैन हो जाता है। इसलिए बंदे को जीवित अवस्था में रेमंड के वस्त्र पहनने चाहिए, ताकि वह कंपलीट मैन हो जाए। मृत्यु के बाद उसके संस्कार आदि में पंडितजी को धोती-कुरता टाइप चीजें नहीं देनी चाहिए। उन्हें भी रेमंड के वस्त्र देकर अपने प्रियजन की अधूरी आत्मा को कंपलीट मैन बनाने का प्रयास करना चाहिए।

सवाल—पुनर्जन्म न होता, तो क्या होता?

जवाब—बहुत टेंशन हो जाता। भारत में अधिकांश नेता सौ-दो सौ करोड़ रुपए खाकर संतोष कर लेते हैं, क्योंकि वे मानते हैं कि खाने के लिए अगले जन्म भी हैं। सबकुछ अभी निपटाना ठीक नहीं है। अगर नेताओं को पता लग जाए कि खाने के लिए सिर्फ एक ही जन्म है, तो फिर वे मार मचा देंगे और सारे जन्मों का हिसाब एक ही जन्म में निपटा देंगे।

सवाल—पुनर्जन्म के सिद्धांत से आमजन को क्या फायदा होता है?

जवाब—इससे पब्लिक बहुत तसल्ली के साथ रहती है, गुस्सा नहीं करती। कोई सड़क अगर दस-बीस-पचास साल नहीं बनती, तो पब्लिक हल्ला नहीं करती। वह मानकर चलती है कि इस बार नहीं सही, अगली बार के जन्म में सड़क मिल जाएगी।

सवाल—आत्मा अजर-अमर क्यों होती है?

जवाब—सिर्फ आत्मा ही अजर-अमर नहीं होती। सास-बहू के सीरियल भी अजर-अमर हैं।

सवाल—अगर शाहजहाँ अब पुनर्जीवित हो जाता और बादशाह बन जाता, तो वह क्या करता?

जवाब—फिर वह अपनी राजधानी को आगरा से दिल्ली नहीं, न्यूयॉर्क या वॉशिंगटन ट्रांसफर करके नॉन रेजीडेंट इंडियन बन जाता और सिर्फ भाषण देने इंडिया में आता कि इंडियावालों को क्या करना चाहिए। कायदे के बंदे अब इंडिया नहीं रहते, वे नॉन रेजीडेंट इंडियन हो जाते हैं। मुमताज तो इंडिया आने से इनकार ही कर देती, कहती कि यहाँ पॉल्यूशन से स्किन खराब हो जाती है।

सवाल—योगाचार्य पतंजलि अगर आज पुनर्जीवित होते, तो क्या करते?

जवाब—बाबा रामदेव के पतंजलि संस्थान के बाहर बेहोश पाए जाते, क्योंकि जब वे योग शिविर में जाने की इच्छा व्यक्त करते, तो उन्हें बताया जाता कि बाबा आगे की पंक्तियों में योग करने की फीस कई हजार मुद्राओं में है, आप अफोर्ड नहीं कर सकते।

सवाल—नरक में क्या होता है?

जवाब—नरक खाली रहता है, क्योंकि भारत में सारे लोग मरने के बाद सिर्फ और सिर्फ स्वर्ग में जाते हैं। परम चोट्टे लाला चोरड़ियामल भी स्वर्गीय माने जाते हैं और कुख्यात स्मलगर भी स्वर्गीय ही कहलाए जाते हैं। नरक में भारत की साइड से कोई नहीं जाता।

सवाल—योनियाँ कितनी होती हैं?

जवाब—पहले चौरासी लाख होती थीं, अब चौरासी लाख एक होती हैं। एक नई

योनि नेता की है। नेता ऐसे जीव है, जो शरीर से इनसान और हरकतों से जानवर टाइप होते हैं, इस योनि में रखे जाते हैं। विधानसभाओं और संसद् में नेताओं की तमाम हरकतों, चारे से लेकर भाईचारे तक को खाने की उनकी चेष्टाओं से यही साबित होता है।

सवाल—पुनर्जन्म के सिद्धांत के हिसाब से झूठ बोलने के क्या परिणाम होते हैं?

जवाब—इस सवाल के जवाब के लिए पुनर्जन्म को समझना जरूरी नहीं है। छोटा झूठ बोलनेवाले तमाम विज्ञापन कंपनियों में इश्तहार लिखनेवाले अफसर बन जाते हैं, बड़े झूठे मंत्री, मुख्यमंत्री या पाकिस्तान के राष्ट्रपति, प्रधानमंत्री तक बन जाते हैं।

सवाल—ईमानदार आदमी का अगला जन्म क्या होता है?

जवाब—ईमानदार आदमी अगले जन्म में अपने किए के सुपरिणाम पाता है, वह किसी कर विभाग, जैसे इनकम टैक्स या पुलिस में अफसर बन जाता है। ईमानदारी का परिणाम यही होता है कि वह अगले जन्म में वैसी लाइफ स्टाइल पाने का अधिकारी हो जाता है, जैसी आम तौर पर सिर्फ बेईमान अफोर्ड कर सकते हैं। इस तरह से हम समझ सकते हैं कि ईमानदारी की आखिरी मंजिल भी बेईमानी है।

सवाल—पर पुलिस और इनकम टैक्स विभाग के बंदे अगले जन्म में क्या बनते हैं?

जवाब—इन्हें वापस पृथ्वी पर नहीं भेजा जाता, इन्हें यमराज अपने स्पेशल प्रतिनिधि के रूप में नियुक्त कर लेते हैं। जब-जब किसी को हार्ट अटैक से मारना हो, बहुत गालियाँ देकर मारना हो, तो यमराज पुलिस या इनकम टैक्सवालों की सेवाएँ लेते हैं।

सवाल—अगर ऊपरवाला विकल्प दे, तो क्या करना चाहिए, स्वर्ग में जाना चाहिए या नरक में जाना चाहिए या फिर पुनर्जन्म ले लेना चाहिए।

जवाब—नरक में जाना चाहिए, खास तौर पर पुरुषों को। नरक में तमाम कैबरे डांसर, फिल्म हीरोइनों का निवास है। इनसे बहुत रोचक किस्म की बातें संभव हैं। स्वर्ग में ऐसी स्त्रियाँ होती हैं, जो पराए पुरुष की परछाईं तक को पाप मानती हैं। इनसे सिर्फ बोर किस्म के प्रवचन मिल सकते हैं। सो कुल मिलाकर नरक ही धाँसू ऑप्शन है।

□

एसएमएस शो

दो एंकर स्क्रीन पर हैं। एक बालक है, एक बालिका है।

बालिका एंकर मॉडलों सी मुसकान फेंकते हुए—

ढें ढें ढें, देखिए सिर्फ चालू चैनल पर एक्सक्लूसिव शो—खास बात।

इस प्रोग्राम में हम आपके सामने लाते हैं कुछ खास बात, नई बात, जो कहीं भी सुनी नहीं होगी, देखी नहीं होगी। देखिए सिर्फ इस प्रोग्राम में। हाँ, मेरे साफ दाँतों का राज–चकाचक टूथपेस्ट, ढें ढें ढें··

चकाचक टूथपेस्ट का इश्तहार—

चकाचक टूथपेस्ट, दाँतों को दीजिए रेस्ट, स्पेशल टेस्ट

चकाचक, चकाचक, चकाचक

आप भी इसे यूज कीजिए, क्योंकि सिपाशा बसु भी करती हैं।

बालिका एंकर बालक एंकर से कहते हुए कि हाँ, यह है हमारे प्रोग्राम का सेगमेंट वन। तो मैं कह रही थी कि हमारे देश के तमाम बड़े-बड़े नेता बड़ी-बड़ी बातें कहते रहते हैं, पब्लिक नहीं सुनती। पर सिपाशा बसु या मरीना कपूर किसी प्रॉडक्ट को यूज करने के लिए कहती हैं, तो पब्लिक मान लेती है। ऐसा क्यों, क्या लगता है आपको?

बालक एंकर जवाब देते हुए कि हाँ, मुझे लगता है कि लोग समझदार हो गए हैं। हाँ, तो हमारे साथ फोन लाइन पर हैं दिल्ली, पहाड़गंज से रश्मि; आप बताइए ऐसा क्यों होता है? सबसे बेहूदा जवाब देनेवाले को खटाखट फास्ट फूड कंपनी की तरफ से दो पिज्जा भेजे जाएँगे।

रश्मिजी फोन लाइन से, ‘‘देखिए, सिपाशा बसु और नेता दोनों ही झूठ बोलते हैं, पर सिपाशाजी झूठ बोलते हुए अच्छी लगती हैं। जब झूठ ही सुनना है, तो ब्यूटीफुल झूठ क्यों न सुना जाए? मेरे खयाल से अब मुझे पिज्जावाला पुरस्कार मिलना चाहिए न।’’

बालक एंकर, ‘‘नो, रश्मिजी हम पुरस्कार सबसे बेहूदा जवाब को देंगे। आपका

जवाब तो एकदम सच्चा और सीरियस है।''

बालिका एंकर, ''आइए, हम अब पेश करते हैं आपके लिए 'खास बात' प्रोग्राम का सेगमेंट टू—नई बात।''

हमारे संवाददाता अभी-अभी एक्सक्लूसिव खबर दे रहे हैं, सीधे सेंट वैलंटाइन कॉलेज से। हमारे संवाददाता स्मार्टी बता रहे हैं कि आजादी की लड़ाई में महात्मा गांधीजी से ज्यादा योगदान आलिया भट्ट का था। चलिए, सीधे चलते हैं, अपने संवाददाता के पास। हाँ, तो स्मार्टी बताइए कि आपकी इस खबर का आधार क्या है?

स्मार्टी, ''देखिए अभी-अभी हमने एक एसएमएस सर्वे के जरिए इस कॉलेज के छात्र-छात्राओं से पूछा है कि आजादी की लड़ाई में योगदान किसका था—महात्मा गांधीजी का या आलिया भट्ट का? तो सारे स्टूडेंट लोगों ने एसएमएस करके बताया है कि आलिया भट्ट का।''

एंकर बालक और बालिका चकरायमान अवस्था में, ''पर स्मार्टी यह कैसे हो सकता है?''

स्मार्टी, ''देखिए एसएमएस सर्वे झूठ नहीं बोल सकता। मैं आपकी बात एक छात्र से कराता हूँ।''

एंकर, ''हाँ, तो डीयर स्टूडेंट आपकी राय में आलिया भट्ट आपके लिए ज्यादा महत्त्वपूर्ण हैं?''

छात्र, ''नहीं, कैटरीना भी हमारे लिए महत्त्वपूर्ण हैं।''

एंकर, ''गांधीजी के बारे में आपकी क्या राय है? आप उन्हें अपना हीरो क्यों नहीं मानते?''

छात्र, ''गांधीजी कौन हैं? इस नाम का कोई फिल्म स्टार या क्रिकेट स्टार नहीं है, तो फिर वे हीरो कैसे हो सकते हैं?''

एंकर, ''पर यह कैसे संभव है, आप हिस्ट्री कैसे बदल सकते हैं?''

छात्र, ''हमने एसएमएस के जरिए जो कह दिया है, वही फाइनल है।''

एंकर बालक और एंकर बालिका चिंता-मुद्रा में, फिलहाल स्क्रीन पर नहीं, एक कमरे में बैठे हुए।

एंकर का मोबाइल बजता है, ''मैं चालू चैनल का मार्केटिंग मैनेजर बोल रहा हूँ, देखिए, जो स्टूडेंट लोग कह रहे हैं, उसे ही सही माना जाए।''

एंकर, ''देखिए, आलियाजी तो आजादी की लड़ाई के टाइम पैदा भी नहीं हुई थीं?''

मार्केटिंग मैनेजर, ''हमें उससे मतलब नहीं है, एसएमएस सर्वे जो कह रहा है, हम उसे मानेंगे न। देखिए, उस मोबाइल कंपनी से हमें स्पांसरशिप के पैसे मिलते हैं। आपकी

हिस्ट्री से हमें क्या मिलता है? आलिया भट्ट जिंदाबाद।''

एंकर, ''देखिए, प्रॉब्लम हो सकती है। यह बात ठीक नहीं है।''

मार्केटिंग मैनेजर, ''देखिए, क्या ठीक है या और क्या गलत, यह तय हम एसएमएस सर्वे से ही करते हैं। कोई भी डाऊट हो, तो एसएमएस सर्वे करवा लीजिए। हाँ, हमारे रिजल्ट एक्सक्लूसिव होने चाहिए। जैसे हमें सर्वे करवाना चाहिए, जिसमें से यह खबर निकले कि सूरज अब पूरब की बजाय पश्चिम से निकलने लगा है। बताइए कि आपके 87 परसेंट दर्शकों ने एसएमएस के जरिए बताया है कि सूरज अब पश्चिम से उगता है?''

एंकर, ''पर लोग इस पर भरोसा करेंगे क्या?''

मार्केटिंग मैनेजर, ''तो क्या आपको लगता है कि आपकी बाकी खबरों पर दर्शक भरोसा करते हैं?''

एंकर, ''क्या मतलब, लोग हमारी खबरों पर भरोसा नहीं करते, तो फिर वे हमारा चैनल देखते क्यों हैं? मेरी समझ में नहीं आता, इस चैनल की घटिया न्यूज दर्शक देखते ही क्यों हैं?''

मार्केटिंग मैनेजर, ''क्योंकि हमारी घटिया न्यूज इसी दुनिया की होती हैं, हमारे कंपटीशनवाला चैनल परलोक की घटिया खबरें दिखाता है—जैसे मौत की घाटी में जॉगिंग, भूतों की प्रेम कथाएँ, प्रेतात्मा का काल, बवाल, जंजाल··· । हम जमीन से जुड़े चैनल हैं, अपनी जमीन का घटियापन दिखाते हैं।

बालक एंकर और बालिका एंकर दोबारा स्क्रीन पर।

हम फिर पेश करते हैं धाँसू प्रोग्राम-खास बात। आप हमें एसएमएस करके बताइए। इंडिया के बारे में सोचना चाहिए या मिस इंडिया के बारे में?

आप अपने जवाब 420 नंबर पर एसएमएस करके बताइए? सबसे ज्यादा बेहूदा जवाब देनेवालों को दो बर्गर गिफ्ट किए जाएँगे।

आप भी जवाब भिजवाइए न!

□

एक लेखक की आदर्श वसीयत

एक खुशफहमी सी हो गई है कि एक कॉलम भर का लिख लिया है।

एक कॉलम भर का लिखना, यानी अगर कल को यह खाकसार टें बोल जाए, तो तमाम अखबारों के पीछे के पेज में एक कॉलम की खबर तो लग जाएगी—प्रख्यात व्यंग्यकार आलोक पुराणिक नहीं रहे। खबर लग जाएगी, अगर उस दिन उस वक्त न्यूज डेस्क पर अपने मित्र लोग नहीं हुए तो।

लेखकों के बहुत मित्र अखबारों में काम करते हैं, इसलिए लेखक की खबर आना बहुत मुश्किल होता है। इधर मैंने बहुत चिंतन के बाद अपने लिए एक वसीयत तैयार की है, जो मैं तमाम लेखकों को मुफ्त में उपलब्ध करवा रहा हूँ। इस वसीयत के बाद गारंटी है कि हर लेखक की खबर हर अखबार में आएगी।

इस वसीयत को तब पढ़ा जाए, जब मेरे सारे पत्रकार, लेखक, उपन्यासकार, कवि मित्र आ चुकें।

आदर्श वसीयत

मैं पूरे होशोहवास में यह वसीयत करवा रहा हूँ (शुरू ही झूठ से करने के लिए माफ करें, किसी भी आदमी को अगर पूरा होशोहवास हो, तो वह लेखक क्यों बनेगा, छोले भठूरे बेचने से लेकर शेयर ब्रोकरी के धंधे में इससे ज्यादा सम्मान और पैसा है)

मैंने, यानी आलोक पुराणिक ने पूरा जीवन लेखन को समर्पित किया। अपने लेखन से ज्यादा दूसरों के लेखन को समर्पित किया। लेखक मित्र, '' पीयूष पांडे के हाल के व्यंग्य संग्रह की रचनाएँ मूलत मेरी लिखी हुई थीं। ये उन्होंने मुझसे पाँच सौ रुपए देकर लिखवाई थीं, जो बाद में उन्होंने मुझसे उधार माँग लिये थे। मैं मरते वक्त उनके लिए यह रकम बतौर मित्रता की गिफ्ट छोड़ता हूँ। लेखन तो यूँ भी सामूहिक क्रिया है, आदमी तमाम जगह से लेता है, वह कोई बात नहीं है। पर मैं सिर्फ यह इंगित करना

चाहता हूँ कि हर लेखक को इस तरह से एक-दूसरे का सहयोग करना चाहिए। यह रचनात्मक लेन-देन चलते रहना चाहिए। मैं नए लेखकों से आह्वान करता हूँ कि वे इसे आगे भी चलाते रहें।"

(इस बयान के बाद पीयूष पांडे कुछ खंडन टाइप करते हुए दिखेंगे, उनके विरोधी खेमे के लेखक एक कोने में खड़े होकर चर्चा शुरू कर देंगे। तमाम अखबारों के साहित्य संवाददाता दोनों का पक्ष जानने के लिए सवाल पूछना शुरू कर देंगे।)

हाँ, एक संतोष मुझे मरने के टाइम है कि मेरे परम मित्र लेखक ख ने जो जिम्मेदारी मुझ पर सौंपी थी, उसका मैंने भरपूर पालन किया है। ख ने मुझे कसम दी थी कि उनकी लखनऊवाली गर्लफ्रेंड के बारे में किसी को न बताऊँ। मैंने नहीं बताया, यहाँ तक कि क को भी नहीं बताया, जिससे उधार लेकर मैं समय-समय पर उनकी गर्लफ्रेंड को देता रहता था। क से मैंने करीब दो लाख रुपया उधार लिया है, जिसे चुकाने की नैतिक जिम्मेदारी ख की है।

(इस बयान के बाद ख के आचरण पर खुसुर-पुसुर शुरू हो जाएगी। क अपनी उधारी का तगादा ख से करेगा। क और ख में बहस शुरू हो जाएगी। थोड़ी देर में होने वाली ख की सामूहिक पिटाई में उसकी बीवी का योगदान भी होगा।)

मुझे मरते वक्त खासा संतोष है कि मैंने अपने मित्रों की भरपूर सहायता की। ऐसी-वैसी विकट परिस्थितियों में मैंने हमेशा मित्रता का दायित्व निभाया है। एक बार च जब तुगलक रोड थाने में कोकीन पीने के आरोप में बंद थे, तब मैंने थानेदार को पचास हजार रुपए देकर उन्हें छुड़वाया था। इस बात की जानकारी सिर्फ थानेदार, च और मुझे है। थानेदार नहीं रहे, मैं भी नहीं रहा, तो च का नैतिक दायित्व बनता है कि वे इस रकम को मेरे बच्चों को वापस कर दें।

(कोई पुलिसवाला तब तक च से पूछताछ करना शुरू कर देगा कि बता कहाँ से लेता है कोकीन, साहिल से कि अबदुल्ला से)

मैं अपनी पत्नी को अब यह बताना चाहता हूँ कि मैं उसके प्रति हमेशा प्रतिबद्ध रहा। ऐश्वर्या राय ने एक बार मुझे विवाह का प्रस्ताव दिया था, पर मैंने स्वीकार नहीं किया। मैं तमाम टीवी चैनलों और अखबारों से निवेदन करता हूँ कि वे ऐश्वर्या राय से इस बारे में पूछताछ न करें। खंडन करने के सिवाय उसके पास कोई चारा नहीं होगा। ऐसी बातें सबके सामने आएँ, अच्छा नहीं लगता। वह परेशान होगी। अपनी मौत के बाद मैं किसी को परेशान नहीं करना चाहता। ऐश्वर्या राय को तो बिलकुल नहीं, जिसे एक बार मना करके मैं पहले ही काफी परेशान कर चुका हूँ।

(तब तक टीवी चैनल का कोई पत्रकार ऐश्वर्या राय को फोन मिला चुका होगा, ऐश्वर्या राय मेरे बारे में सुनकर पूछेंगी, हू इज, आलोक पुराणिक? इस पर टीवी चैनलों

को एक धाँसू खबर मिल सकती है। दिन भर ऐश्वर्या राय की फोटू दिखाते हुए बता सकते हैं। ऐश्वर्या अपने पुराने फ्रेंड को पहचानने से भी इनकार करती हैं। इस स्टोरी में अपार विजुअल संभावनाएँ हैं। तमाम नौजवानों में एसएमएस सर्वेक्षण करवाए जा सकते हैं—इस तरह से पुराने फ्रेंडों को भुलाना ठीक है क्या? कोई मोबाइल कंपनी इस सर्वेक्षण को स्पांसर कर सकती है। इस पर पूरे दो दिनों तक चकाचक खबरबाजी हो सकती है।)

हालाँकि मैं तो जा रहा हूँ, पर मैं चाहता हूँ कि यह दुनिया मेरे जाने के बाद और बेहतर हो (वैसे मेरे जाने से निश्चय ही यह बेहतर होगी)। मैं कहना चाहता हूँ कि मेरे पड़ोसी गुप्ताजी दूसरे पड़ोसी शर्मा के बारे में वैसे विचार न रखें, जैसे वे रखते हैं, वे वैसे ही सकारात्मक विचार रखें, जैसे वे मिसेज शर्मा के बारे में रखते हैं।

(इसके बाद मिस्टर गुप्ता और मिस्टर शर्मा में बहस शुरू हो जाएगी, जो थोड़ी देर बाद लड़ाई-झगड़े में बदल जाएगी)

इसके बाद मेरी शव-यात्रा का इंतजाम करने वालों को ताकीद रहेगी कि शव-यात्रा शुरू करने से पहले कुछ ऐसे बम फोड़े जाएँ, जिनमें सिर्फ धुआँ और आवाज हो, पूरे मुहल्ले में हड़बोंग हो जाएगी। पुलिस आ जाएगी। टीवी रिपोर्टर आ जाएँगे। तमाम टीवी चैनलों और अखबारों में इस तरह की खबरें दिखाई पड़ेंगी—

लेखक की शव-यात्रा पर आतंकवादियों का हमला।

लेखक की शव-यात्रा में लेखकों में झगड़ा।

भारी मारधाड़, आतंकवादी हमले के बीच लेखक की अंतिम-यात्रा संपन्न।

यह कोई खबर एक कॉलम से कम नहीं होगी।

बताइए, गलत कहता हूँ क्या मैं, कि अब एक कॉलम भर का काम तो आपन ने कर लिया है।

लेखक बंधुओं, इस वसीयत की फोटूकॉपी कराके आप भी रख ही लो।

□

अपने-अपने गांधीजी

''बेटा, 2 अक्तूबर की तारीख कुछ दिनों पहले ही गई है, तुम्हें पता है, इसका क्या महत्त्व है।'' मैं एक छात्र से पूछ रहा हूँ।

''इस दिन बौत प्रॉबलम होती है। दारू महँगी मिलती है। दारू की दुकानें बंद होती हैं। जिनके पास स्टॉक होता है, वे ब्लैक में बेचते हैं। दो अक्तूबर को बहुत दिक्कत होती है।'' छात्र ने बताया।

''तुम शराब पीते हो।'' मैंने पूछा।

''आपकी बात को क्या समझूँ, यह दारू पीने के लिए इनवीटेशन है, तो यस। अगर आप मुझ पर फाइन लगाएँगे, तो नहीं।'' छात्र बहुत ही होशियारी से जवाब दे रहा है।

''तुम्हें पता है गांधीजी हमेशा सच बोलते थे।'' मैं छात्र को समझाने की कोशिश कर रहा हूँ।

''इसीलिए तो इस तरह से मरे—छात्र ने बताया।''

मामला बहुत डेंजरस हो गया है। नई पीढ़ी गांधीजी के जीवन से यही शिक्षाएँ ले रही हैं।

''बेटा, गांधीजी का जन्मदिन मनाने का सही तरीका क्या है।'' मैं एक छात्र से पूछ रहा हूँ।

''सही तरीकेवाले इंडिया में कहाँ रहते हैं। गांधीजी को कैश कराने के सही तरीके जिन्हें पता हैं, वे इंडिया में थोड़े ही मिलते हैं। वे स्टॉकहोम पीस रिसर्च इंस्टीट्यूट या जापान के गांधी रिसर्च इंस्टीट्यूट में भाषण दे रहे होते हैं या स्विस बैंक में खाते खोल रहे होते हैं।'' छात्र बता रहा है।

''यह क्या मतलब है? तुमने गांधीजी को सिर्फ इतना ही समझा है।'' मैंने छात्र को डाँटा।

''देखिए, सर, अपने-अपने गांधीजी हैं। किसी ने महात्मा गांधी मार्ग में करोड़ों अंदर कर लिये। किसी ने महात्मा गांधी विश्वविद्यालय बनाकर लाखों अंदर कर लिये।'' छात्र ने विस्तार से बताया।

''तुम्हें शर्म आनी चाहिए, तुम क्या बात कर रहे हो! अरे गांधीजी गांधीजी थे, तुम तो उन्हें ऐसे पेश कर रहे हो. जैसे वे कोई उद्योग थे।'' मैंने छात्र को डाँटा।

''किसी जमाने में गांधीजी, गांधीजी होंगे। अब कइयों के लिए वे कुटीर उद्योग हैं, कइयों के लिए राष्ट्रीय उद्योग हैं और कइयों के लिए वे इंटरनेशनल कारोबार हैं। जो छुटभैये खादी कमीशन से लाखों की ग्रांट खेंचते हैं, उनके लिए गांधीजी कुटीर उद्योग हैं। जिन्होंने गांधी के नाम की सड़क, पुल, बाँध, विश्वविद्यालय, कॉलेज में लाखों अंदर किए हैं, उनके लिए गांधीजी राष्ट्रीय उद्योग हैं। और जो गांधीजी के नाम पर इंटरनेशनल लेक्चर देते हैं, गांधीजी उनके लिए इंटरनेशनल कारोबार हैं। सर, अपना-अपना नसीब है। अपने-अपने लेवल के गांधी हैं। कोई ऐसी गुंताड़ेबाजी हो जाए कि हम भी गांधीजी से चार पैसे कमा लें, तो मजा आ जाए।'' छात्र गांधीवाद की नई व्याख्या कर रहा है।

''तुम्हें शर्म नहीं आती? गांधीजी को इस तरह से याद करते हो।'' मैं छात्र को डाँट रहा हूँ।

''आप बताइए, कैसे याद कर लूँ। आप कहें, तो इंडिया इंटरनेशनल सेंटर में स्कॉच गोष्ठी पर याद कर लूँ। आप कहें, तो गांधी पर प्रदर्शनी लगाने के लिए जो बजट ऊपर से आया है, उसमें से अस्सी फीसदी रकम खाकर याद कर लूँ।'' छात्र अपने गांधीवाद पर अड़ा हुआ है।

''सिर्फ इतना ही समझा है तुमने गांधीजी को।'' मैं छात्र को डाँट रहा हूँ।

''नहीं, गांधीजी को मैं बहुत प्यार करता हूँ। खास तौर पर ऐसे गांधीजी को, जिनका फोटू पाँच सौ रुपए के नोट पर छपा होता है। बिलकुल दिल से लगाकर रखता हूँ, ऐसे गांधीजी को। मेरे पिताजी भी ऐसे गांधीजी को बहुत प्यार करते हैं, वे पुलिस में इंसपेक्टर हैं। दिलवाइए न ऐसे गांधीजी।'' छात्र गांधीजी के प्रति अपना प्यार फिर बता रहा है।

चलूँ, मुझे भी गांधीजी पर एक लेक्चर देने जाना है। पाँच सौ वाले चार गांधी मिलेंगे।

□

धूप पर टैक्स

बल्ब में बिजली नहीं थी।

नल में पानी नहीं था।

चौराहे पर ट्रैफिक हवलदार नहीं था।

सरकारी अस्पताल में डॉक्टर नहीं था।

मैं नाराज होकर नेताजी से मिलने गया। मैंने गुस्सा होकर कहा कि ये क्या बद्तमीजी है, कहीं कुछ नहीं है। आप लोग करते क्या हैं?

''बहुत कुछ कर रहे हैं। देखिए, हम बहुत कुछ कर सकते हैं।'' नेताजी ने कहा।

''तो कुछ करते क्यों नहीं हैं, बिजली-पानी कुछ नहीं है, फिर पब्लिक टैक्स क्यों दे? आप कुछ करते क्यों नहीं।'' मैंने पूछा।

''देखिए, करने को हम यह कर सकते हैं कि हम धूप पर टैक्स लगा दें।'' नेताजी ने कहा।

''धूप पर टैक्स क्यों।'' मैंने पूछा।

''यह आसमान आपके बाप का है क्या।'' नेताजी ने पूछा।

''नहीं माई-बाप, आपका है।'' मैंने जवाब दिया।

''तो धूप किस रास्ते होकर आती है जमीन पर।'' नेताजी ने पूछा।

''आसमान के रास्ते से होकर।'' मैंने बताया।

''तो बताओ जब हमारे आसमान से होकर धूप आपके घरों तक आती है, तो फिर हम धूप पर टैक्स क्यों नहीं लगा सकते।'' नेताजी ने बताया।

''पर धूप पर टैक्स लगाकर होगा क्या।'' मैंने पूछा।

''धूप पर टैक्स लगाने से होगा यह कि आप फिर धूप पर टैक्स हटाने की माँग करने लगेंगे।'' नेताजी ने बताया।

''फिर इससे क्या होगा।'' मैंने पूछा।

''इससे होगा यह कि फिर आप यह शिकायत करना बंद कर देंगे कि बिजली नहीं आ रही है।'' नेताजी ने बताया।

''बस यही तरीका है आपके पास राहत देने का, और कोई तरीका नहीं है।'' मैंने पूछा।

''नहीं और भी तरीके हैं, जैसे हम बिजली की दर पचास फीसदी बढ़ा सकते हैं।'' नेताजी बोले।

''तो इससे राहत कैसे मिलेगी।'' मैंने पूछा।

''इससे राहत आपको ऐसे मिलेगी कि आप और आप जैसे बहुत शोर मचाएँगे। फिर हम रेट में हुई बढ़ोतरी को वापस ले लेंगे। बताइए मिलेगी कि नहीं राहत।'' नेताजी ने पूछा।

''हाँ, बिलकुल राहत मिलेगी, बिलकुल राहत मिलेगी।'' मैंने कहा।

''आप कहें, तो आपको ऐसी राहत हम पानी के भाव, बस के किरायों में बढ़ोतरी करके भी दे सकते हैं।'' नेताजी कह रहे हैं।

आप ही बताइए, चाहिए क्या राहत?

□

बोफोर्स से एक इंटरव्यू

खाकसार घूमते-टहलते निकल लिया, बोफोर्स तोप से मिलने।

''क्यों अब तो सारे मामले क्लियर हो गए न, खोदी तोप, निकली चुहिया भी नहीं।'' मैंने कहा।

बोफोर्स तोप गुर्राई, बोली, ''बोफोर्स से बड़ा बोफोर्स यह हो गया कि घोटाला सिर्फ 64 करोड़ का था, जाँच में 250 करोड़ लग गए। बताओ, इस बोफोर्स की जाँच कराई जानी चाहिए या नहीं?''

''250 करोड़ की जाँच में 2500 करोड़ लग जाएँगे। वैसे अब बोफोर्स बी आपको सब भूल गए हैं।'' मैंने बताया।

''क्यों बोफोर्स में क्या वह वाली बात नहीं रही।'' बोफोर्स तोप ने पूछा।

बात दरअसल यह है कि 64 करोड़ का घोटाला तो अब बहुत टुइयाँ सा माना जाता है। जैसे भ्रष्टाचार के किसी कांबो पैक के आगे एक नन्हा सा पाऊच, जैसे भ्रष्टाचार के एवरेस्ट के आगे कोई नन्हा सा टीला, जैसे डॉन ब्रेडमैन के आगे अपनी गली का कोई छोकरा, जैसे...मैंने बोफोर्स को उसकी हैसियत बताना शुरू किया।

उधर से लालूजी चले आ रहे थे।

लालूजी ने बोफोर्स से संवाद किया, ''देखिए आप का समझती हैं कि अब 64 करोड़ का कोई भैल्यू है। अरे 900 करोड़ का चार्ज अकेले हम पर लगा , समझे का!''

''क्या रुपयों की वैल्यू इधर बहुत कम हो गई है क्या।'' बोफोर्स ने पूछा।

''नहीं, रुपयों की वैल्यू कम नहीं हुई है। बात यह है कि इंडिया में विकास दर बढ़ गई है। अब 20-25 करोड़ के घोटाले तो आईएएस अफसर ही कर जाते हैं। आपको पता नहीं, आईएएस अधिकारी गौतम गोस्वामी ने अकेले ही इतने का खेल कर दिया'' मैंने बोफोर्स को समझाया।

''पर मेरे बारे में तो बहुत हल्ला होता था, सिर्फ 64 करोड़ पर ही।'' बोफोर्स गुर्राई।

''देखिए, उस जमाने में लोग ज्यादा जानकार नहीं थे, इसलिए हल्ला करते थे। अब के लोग समझदार हैं। तेलगी ने 90,000 करोड़ का घोटाला कर दिया है, फिर भी ज्यादा टेंशन नहीं है। अब इतने घपले होने लगे हैं कि 64 करोड़ तो लोग टिप में देते हैं।'' मैंने बताया।

मैंने गलत तो नहीं बताया न!

□

दौड़ तो लें, मगर···

पहले देश के लिए बंदा काम करता था, ढंग से, मन लगाकर, अब देश के लिए दौड़ने का फैशन हो लिया है। मुंबई-दिल्ली में बड़ी दौड़ें होती हैं, जिनमें बड़े-बड़े लोग दौड़ते हैं। मीडिया में मार बवाल-सवाल हो लेते हैं कि कौन दौड़ेगा, वह दौड़ेगा, दौड़ेगा।

चुन्नू दौड़ेगा, मुन्नी भी दौड़ेगी, शामू दौड़ेगा, रामू भी दौड़ेगा।

''आप भी दौड़ेंगे क्या।'' अपनी मर्सिडीज से उतरते हुए मिसेज स्मार्टी ने पूछा।

मिसेज स्मार्टी वे हैं, जिन्हें सोशलाइट कहा जाता है। कई सारे ब्यूटी पार्लरों, बुटिकों से भारी खरीद करके मिसेज स्मार्टी पार्लर और बुटिकों की भारी सेवा कर रही हैं। समाज सेवा और क्या होती है जी! ऐसी सेवा करनेवालों को सोशलाइट कहा जाता है।

''पर दौड़ना कहाँ है?'' मैंने पूछा।

''अरे वहीं पर, जहाँ की फोटू सारे अखबारों में छपेगी, जहाँ की फोटू सारे टीवी चैनलों पर आएगी। मैंने तो उस दिन के लिए स्पेशल मेकअप करवाने का इंतजाम किया हुआ है।'' मिसेज स्मार्टी ने अपना मेकअप ठीक करते हुए कहा।

''जी, मेरे पास मेकअप कराने के पैसे नहीं हैं, मैं कैसे दौड़ सकता हूँ।'' मैंने अर्ज किया।

''नहीं, दौड़ तो कोई भी सकता है, दौड़ने को हमारा कुत्ता टाइगर भी दौड़ सकता है। आप भी दौड़ लीजिए न।'' मिसेज स्मार्टी ने कहा।

''पर मैं किसी और काम के लिए दौड़ रहा हूँ। एक मंत्री से फोन करवाया है। अपनी बेटी के एडमिशन के लिए तमाम जगह दौड़ रहा हूँ।'' मैंने बताया।

''क्या अपनी बेटी का एडमिशन मेडिकल या इंजीनियरिंग में करवा रहे हो।'' मिसेज स्मार्टी ने पूछा।

''नहीं, मेडिकल और इंजीनियरिंग में एडमिशन तो आसान है। असली दिक्कत तो नर्सरी में एडमिशन कराने में होती है। सुबह से दस स्कूलों के फॉर्म इकट्ठे करने के लिए पचास किलोमीटर इस चक्कर में दौड़ लिया हूँ।'' मैंने बताया।

''ओफ्फो, तो तुम जैसे घटिया आदमी इसके अलावा किसी और किस्म की दौड़ के बारे में नहीं सोचते क्या।'' मिसेज स्मार्टी ने पूछा।

''हाँ, अभी दौड़ लगानी है बिजली के दफ्तर तक, मेरा बिल पचास हजार रुपए का आया है।'' मैं बता रहा हूँ, मिसेज स्मार्टी गुस्सा होकर जा चुकी हैं।

मैं सोच रहा हूँ कि अपनी दौड़ों से फ्री हो जाऊँगा, तो जरूर दिल्ली और देश के लिए दौड़ूँगा।

□

सौ रुपए लीटर पेट्रोल पंप उर्फ पब्लिक की भलाई

यह खाकसार अपने स्कूटर में पेट्रोल भरवाने निकला, तो पेट्रोलवाले ने बताया कि पेट्रोल महँगा हो गया है, जेब चेक कर लीजिए। क्या पता पैसे पूरे न हों!

मुझे यह सुनकर शरम नहीं आई।

आम तौर पर लेखक की बेइज्जती इससे भी ऊँचे स्तर की होती है।

खैर, मैंने पूछा कि सर, ये पेट्रोल के भाव बढ़ क्यों गए?

उसने कहा कि ऊपर से आर्डर हैं।

मैं और ऊपर पहुँचा। वहाँ ऊपर एक अर्थशास्त्री चार सौ रुपएवाला पिज्जा खा रहा था और पाँच लीटर के कोल्ड ड्रिंकवाली बोतल पी रहा था। संक्षेप में वह देश की भुखमरी और बदहाली की समस्या का अध्ययन कर रहा था।

''सर, ये पेट्रोल के भाव क्यों बढ़ाए गए?'' मैंने उससे पूछा।

''क्योंकि यही राष्ट्र के हित में है, पब्लिक के हित में है।'' अर्थशास्त्री ने कहा।

''पर पब्लिक के हित में क्यों है, कैसे है?'' मैंने पूछा।

''क्योंकि ऊपरवाले नेताजी ने कहा है।'' अर्थशास्त्री ने कहा।

''पर आपने ऊपरवाले नेताजी की बात क्यों मानी, आपने पब्लिक से पूछा क्या कि उनके हित में क्या है।'' मैंने पूछा।

''देखो, मेरी अमरीका की यात्रा की मंजूरी नेताजी से मिलती है, पब्लिक से नहीं। सो कोई भी फैसला करने से पहले पब्लिक से नहीं, नेताजी से पूछता हूँ।'' अर्थशास्त्री ने कहा।

अर्थशास्त्री बर्गर-पिज्जा के बाद चिकन खाने लगा। संक्षेप में वह खाद्य सुरक्षा के उच्चतर आयामों पर विचार कर रहा था।

मैं नेताजी के पास गया और पूछा कि पेट्रोल महँगा क्यों किया?

''इसमें ही पब्लिक की भलाई है।'' नेताजी ने कहा।

''पर इसमें पब्लिक की भलाई कैसे है?'' मैंने पूछा।

''देखिए, पेट्रोल महँगा होने से उत्पादकता बढ़ेगी। लोग ज्यादा काम करेंगे। पेट्रोल खरीदना महँगा हो जाएगा। पुरानी इनकम में आप पेट्रोल को अफोर्ड नहीं कर पाएँगे। सो आप नए काम करेंगे। ज्यादा काम करेंगे, इससे उत्पादकता नहीं बढ़ेगी क्या।'' नेताजी ने कहा।

''मुझे काम नहीं मिलेगा, तो मैं चोरी करूँगा क्या?'' मैंने गुस्से में पूछा।

''चोरी करेंगे, तो भी उत्पादकता बढ़ेगी। जिसके यहाँ आप चोरी करेंगे, वह पुलिस के पास आएगा। पुलिस, जैसाकि हमेशा होता है, माल बरामद नहीं कर पाएगी। वह बंदा माल को दोबारा हासिल करने के लिए फिर पैसे खर्च करेगा। पैसे नहीं होंगे, तो वह पैसे कमाएगा। इस तरह से उसकी कमाई की कोशिशों से देश की उत्पादकता बढ़ेगी। बताइए, पेट्रोल के भाव बढ़ाने से पब्लिक की भलाई होती है या नहीं।'' नेताजी कह रहे हैं। ''बताइए, ठीक ही कह रहे हैं न!''

अब मैं सोच रहा हूँ कि अगर पेट्रोल सौ रुपए लीटर बिकना शुरू हो जाए, तो पब्लिक का कितना भला हो जाएगा!

□

बिजली चिंतन

कॉन्फ्रेंस थी विश्व बिजली प्रॉब्लम पर।

तरह-तरह के विद्वान् तरह-तरह के देशों से आए थे। चीन से, अमरीका से, ब्रिटेन से, पाकिस्तान से और दिल्ली के कोने-कोने से तमाम विद्वान् आए थे। वहाँ जो कुछ हुआ, सो पेश है।

''दिल्ली में बिजली मीटर खराब हैं।'' एक विद्वान् बोला।

''नो प्रॉब्लम, हम चीन से सस्ते बनवाकर भेज देंगे। हमारे पास हर प्रॉब्लम का एक ही सोल्यूशन है कि चीन से सस्ता बनाकर भेज देंगे।'' एक चीनी एक्सपर्ट बोला।

''पर चीनी आइटम चलते नहीं हैं।'' एक ने आपत्ति दर्ज कराई।

''चलते तो इंडियन आइटम भी नहीं हैं। इंडियन आइटमों में जितना पैसा एक बार में वेस्ट होता है, उतना पैसा वेस्ट करने के लिए चीन से कम-से-कम पाँच बार खरीद करनी पड़ेगी। सवाल पैसा वेस्ट करने का नहीं है, सवाल यह है कि हम इसे कितने धीरे तरीके से कर सकते हैं।'' चीनी विद्वान् बोला।

सबने सहमति में गरदन हिलाई।

बिजली अब भी बहुत जाती है। जितने नेताओं के हार्ट फेल नहीं होते, उससे ज्यादा बार ग्रिड फेल हो जाती हैं। इसका निपटारा कैसे किया जाए, एक और समस्या सामने आई।

''बताइए, आप पाकिस्तानवाले एक्सपर्ट बताइए।'' एक विद्वान् ने पाकिस्तानवाले एक्सपर्ट से पूछा।

''देखिए, पाकिस्तान में बिजली जाने की समस्या पर बोलना तो मेरे लिए बहुत आसान है। पाकिस्तान में तो हम बिजली जाने को या बल्ब फ्यूज होने को भी इंडिया की साजिश बता देते हैं। लगता है कि आप अभी इतने समझदार नहीं हो पाए हैं कि इसे किसी देश की साजिश बता दें।'' पाकिस्तानी एक्सपर्ट बोला।

''हे ब्रिटिश एक्सपर्ट आप भी तो कुछ बोलिए न।'' एक बंदे ने ब्रिटिश एक्सपर्ट को टोका।

देखिए, इराक का मामला हो या बिजली का, किसी भी विषय पर कुछ भी बोलने से पहले जरूरी है कि मैं यह देखूँ कि इस मसले पर अमरीका के बुश क्या बोल रहे हैं, ''रुकिए, मुझे इंतजार करना पड़ेगा कि इस बारे में बुश के क्या विचार हैं?'' ब्रिटिश एक्सपर्ट बोला।

''हे अमरीकन एक्सपर्ट आप भी कुछ बोलिए न।'' एक विद्वान् ने अमरीकन एक्सपर्ट को उकसाया।

देखिए, बिजली नहीं है, तो सीधा सा सोल्यूशन यह है कि जहाँ बिजली है, उस घर पर, उस इलाके पर कब्जा कर लीजिए। जैसे दिल्ली में बिजली नहीं है, छत्तीसगढ़ में बिजली है, तो दिल्लीवालों को छत्तीसगढ़ पर कब्जा करके उसे दिल्ली घोषित कर देना चाहिए। अमरीका में हम तो यही करते हैं। अगर तेल हमारे यहाँ नहीं है, तो हम इराक पर कब्जा करके उसे अपना डिक्लेयर कर देते हैं। ईजी—अमरीकन एक्सपर्ट ने बताया।

''पर दिल्ली की बिजली प्रॉब्लम के बारे में बाहर के एक्सपर्ट ही बोले जा रहे हैं, दिल्लीवाले नहीं बोल रहे।'' एक विदेशी एक्सपर्ट ने कहा।

''देखिए, दिल्लीवाला तो इस प्रॉब्लम को यूँ निपटाता है कि वह बिजली जाने पर घर से बाहर निकलकर आस-पास देखता है और कनफर्म करता है कि क्या सबकी गई है। अगर सबकी गई है, तो वह आश्वस्त होता है कि चलो सबकी गई है, दैट्स ऑल, प्रॉब्लम सॉल्व्ड।'' एक दिल्लीवाले ने बताया।

इस तरह से सम्मेलन एक सफल अंत की ओर बढ़ा। सफल अंत बोले तो सबका चकाचक टीए डीए बना जी।

□

टनाटन शव-यात्रा मैनेजमेंट

किस्सा यूँ है कि दिल्ली से इलाहाबाद की गाड़ी में बैठे दो बंदे बात कर रहे थे। पहले ने पूछा, ''सुनाओ भइया, कहाँ रहते हो दिल्ली में?''

दूसरे ने कहा, ''जी, जीटीबी एंक्लेव।''

पहले ने कहा, ''अरे मैं भी वहीं रहता हूँ। अच्छा बताओ, किस पॉकेट में रहते हो?''

दूसरे ने कहा, कि ''ए पॉकेट में।

पहले ने कहा, कि ''अरे मैं भी वहीं रहता हूँ। अच्छा ए पॉकेट में कहाँ रहते हो?

दूसरे ने कहा, कि ''जी, 14-डी नंबर के फ्लैट में।

पहले ने कहा, कि ''अरे मैं भी वहीं रहता हूँ। अरे अब समझ में आया, तुम तो मेरे बेटे हो। तुमसे मुलाकात दिल्ली में नहीं हो पाती। मैं सुबह जब निकलता हूँ, तो तुम सोकर नहीं उठते और रात में जब मैं वापस आता हूँ, तो तब तक तुम लौटकर नहीं आते हो। चलो अच्छा हुआ, मुलाकात हो गई। अब हमें जब भी मुलाकात करनी होगी, हम दिल्ली से बाहर घूमने जाया करेंगे।''

दिल्ली का हाल देखकर डर गया हूँ। देर-सबेर भोपाल का भी यही हाल होने वाला है। सारे शहरों का यही होने वाला है। अपने पड़ोस के कई किस्से जानता हूँ, बेटे अमरीका चले गए, बाप यहाँ चल बसे। बेटे ने वहाँ से संदेशा भिजवा दिया कि छुट्टी नहीं मिल रही है, बापजी गलत समय पर छुट्टी क्यों कर गए?

तमाम महानगरों के लिए मैं भविष्य का एक कारोबार प्रस्तावित करता हूँ, समझदार कारोबारी इस पर अभी से काम शुरू कर सकते हैं—

टनाटन शव-यात्रा मैनेजमेंट

इस सेवा के तहत क्लाइंट जीते-जी अपनी शव-यात्रा का पैकेज चुन सकता है

कि उसे किस किस्म की शव-यात्रा चाहिए, इकोनॉमी, डीलक्स, या सुपर डीलक्स पैकेज।

इकोनॉमी पैकेज में शव-यात्रा के लिए मिनिमम पच्चीस बंदे जुटाए जाएँगे। कबाड़ी-चरसिए टाइप नहीं, डीसेंट, पढ़े-लिखे से, कॉलेज के स्मार्ट छात्र इसमें शामिल होंगे, जो मौत के तेरहवें दिन मुहल्ले में एक श्रद्धांजलि सभा का आयोजन भी करेंगे और पूरे दो घंटे उसमें बैठेंगे। कीमत सिर्फ—25,000 रुपए। दो बुकिंग कराने पर बीस परसेंट का डिस्काउंट।

डीलक्स पैकेज में शव-यात्रा में कम-से-कम सौ बंदे जुटाए जाएँगे। जो शव-यात्रा में फर्जी किस्से भी सुनाएँगे, कि हाय कैसे आपने उनकी मदद की थी—जैसे शर्माजी तो रॉयल आदमी थे, एक बार मैं अपनी बेटी की शादी का कार्ड देने गया तो उन्होंने दस लाख रुपए मुझे यूँ ही दे दिए। इस तरह के किस्से मौत के एक महीने बाद तक चलते रहेंगे। शानदार श्रद्धांजलि का इंतजाम भी किया जाएगा। बॉलीवुड का कोई पुराना अभिनेता इस श्रद्धांजलि सभा में आएगा। कीमत सिर्फ पाँच लाख रुपए—दो बुकिंग कराने पर पच्चीस परसेंट का डिस्काउंट।

सुपर डीलक्स पैकेज—इस पैकेज में शव-यात्रा में कम-से-कम 500 बंदे जुटाए जाएँगे।

और अखबारों में प्रचारित किया जाएगा कि आपसे ज्यादा महान् बंदा अभी इस संसार में अवतरित नहीं हुआ है। हाँ, श्रद्धांजलि सभा में बोलने के लिए मल्लिका सहरावत, आमिर खान या सलमान खान को बुलाया जा सकता है। कीमत सिर्फ पच्चीस लाख रुपए। दो बुकिंग कराने पर पच्चीस परसेंट का डिस्काउंट।

चलूँ, मैं ही इस कारोबार को शुरू करने की तैयारी करूँ।

□

गांधीजी का संदेश

"जिस आजादी का उत्सव अभी कुछ दिन पहले तुमने मनाया, बताओ उससे हम सबक क्या मिला?" मास्टरजी एक क्लास में बच्चों से पूछ रहे हैं।

"जी, दरअसल पापा को कई जगह भाषणों के लिए तंबू गाड़ने के ठेके मिले। पापा ने बहुत कमाया जी। पापा कहते हैं कि आजादी का उत्सव टेंट हाऊसवालों के लिए बहुत कुछ लेकर आता है। सो हम कह सकते हैं कि आजादी से टैंट हाऊसवालों को धंधा मिलता है।" एक बच्चा बता रहा है।

जी, हमारे पापा की मिठाई की दुकान है। स्कूल-कॉलेजों में इस दिन मिठाई बाँटी जाती है, तो हम कह सकते हैं कि आजादी हलवाइयों के लिए मोटे मुनाफे लेकर आती है।" एक हलवाई का पुत्र आजादी के महत्त्व पर प्रकाश डाल रहा है—

आजादी ने बहुतों को, बहुत कुछ दिया है।

अभी खबर आई है कि कई नेताओं ने अपने बेटे-बेटियों, रिश्तेदारों के नाम पर दबादब पेट्रोल पंप खींच लिये।

इन नेताओं के लिए आजादी का मतलब, दबादब पेट्रोल पंप अंदर करने की आजादी। एक नेता-पुत्र बता रहा है।

आजादी का मतलब बहुत बदल गया है।

मास्टरजी की आजादी का मतलब है, खूब ट्यूशन पढ़ाने की आजादी। मास्टर साहब का बेटा कह रहा है।

इस आजादी के लिए संघर्ष करना हर मास्टर का जन्मसिद्ध अधिकार है।

"सरकारी अस्पताल में काम कर रहे डॉक्टर के लिए आजादी का मतलब है— झमा-झम प्राइवेट प्रैक्टिस करने का अधिकार।" यह डॉक्टर के बेटे का कहना है।

इस आजादी का हर हाल में सम्मान होना चाहिए।

हवलदार की आजादी का मतलब क्या है।

हर चौराहे पर खुलकर वसूली की आजादी। यह हवलदार के बेटे का कहना है। आजादी का मतलब बहुत डेंजरस हो गया है जी।

मैं निराश होकर एक बच्चे से पूछ रहा हूँ कि

क्या आजादी की कोई वैल्यू नहीं है। तुम्हें पता नहीं है कि गांधीजी ने कितनी मेहनत की थी इस आजादी के लिए। गांधी को जानते हो या नहीं?

''नहीं, बहुत वैल्यू है गांधीजी की, हम तो गांधीजी की ही वैल्यू करते हैं।'' बच्चा कह रहा है।

''अच्छा, कैसे वैल्यू करते हो।'' मैंने फिर पूछा बच्चे से।

''देखिए, हम उस नोट की वैल्यू करते हैं, जिस पर महात्मा गांधीजी की फोटू छपी होती है। महात्मा गांधी पचास के नोट पर नहीं छपते, पाँच सौ के नोट पर छपते हैं। सो हम उसकी वैल्यू करते हैं।'' बच्चा बता रहा है।

''यही वैल्यू करते हो गांधीजी की, गांधीजी से यही सीखा है तुमने।'' मैं गुस्सा होकर कह रहा हूँ।

जी, गांधीजी का संदेश हम तो यही समझते हैं कि जब भी लेना, मोटी रकम लेना, छोटी रकम नहीं लेना, बच्चा बता रहा है।

आप ही बताइए, बच्चे ने संदेश सही समझा है या गलत?

□

रेस्टरूम माने क्या?

इधर शहरों का सीन बदल रहा है। छज्जूमल हलवाई भी शॉपिंग मॉल में 'सीजे फूड्स' के नाम से दुकान खोल रहे हैं और इमरती की बजाय पिज्जा बेच रहे हैं।

मामला बदलायमान है।

इधर एक मॉल में गया, तो वहाँ कुछ कमरों पर बोर्ड लगे देखे, वॉशरूम और रेस्टरूम।

मुझे लगा कि वॉशरूम में धोबीभाई कपड़े लाकर कपड़े धोते होंगे। यमुना समेत हरेक शहर की नदियाँ बहुत गंदी हो गई हैं न, तो मॉल में वॉशरूम में कपड़े धोना बेहतर है।

और रेस्टरूम का मतलब मैंने लगाया कि शॉपिंग करते हुए बंदा थक जाए, तो रेस्टरूम में थोड़ा आराम कर ले, लेट ले। आखिर शॉपिंग इधर बहुत थकाऊ काम हो गया है न। मार्केटिंग की तरकीबें कुछ इस तरह की हो गई हैं कि बंदा एक माचिस खरीदने निकले, तो कुकिंग रेंज वापस लेकर लौटता है।

खैर, रेस्टरूम और वॉशरूम पर विचार करते हुए मैं टॉयलेट की तलाश कर रहा हूँ।

तो एक मैनेजर ने रेस्टरूम और वॉशरूम की ओर इशारा कर दिया।

"पर रेस्टरूम में तो रेस्ट करने जाते हैं, मुझे टॉयलेट जाना है।" मैंने पूछा।

"देखिए, टॉयलेट अब आउट ऑफ फैशन हो गया है।" मैनेजर ने बताया।

"क्या टॉयलेट अब आउट ऑफ फैशन हो गया है? क्या मतलब, मॉल में उन्हीं लोगों को आना चाहिए क्या, जिन्हें टॉयलेट जाने की जरूरत ही न होती हो।" मैंने पूछा।

माल मैनेजर हँसने लगा।

"नहीं, मेरा मतलब यह कि अब टॉयलेट की जगह रेस्टरूम है।" मैनेजर ने बताया।

''पर मुझे रेस्ट नहीं करना है।'' मैंने मैनेजर को बताया।

मैनेजर मुझे रेस्टरूम के अंदर ले गया, मैं मामला समझ गया।

मैनेजर ने बताया कि अब पढ़े-लिखे लोग इसे रेस्टरूम ही कहते हैं।

इधर मुझे समझ में आ रहा है कि पुराने टाइप की इंगलिश पढ़े-लिखे बंदों को अपनी इंगलिश रिवाइज कर लेनी चाहिए। रेस्टरूम और वॉशरूम का मतलब समझ लेना चाहिए। खैर, साहब मैंने समझ लिया और शाम को एक सज्जन के घर गया। कुछ देर बाद पूछा कि रेस्टरूम कहाँ है आपके घर में?

''उन्होंने बताया कि फिलहाल मैं रेस्टरूम में नहीं जा सकता, क्योंकि वहाँ पहले ही पाँच मेहमान रेस्ट कर रहे हैं।'' उन्होंने बताया।

''पर पाँच मेहमान एक साथ रेस्ट कर रहे हैं, क्या मतलब? मेरा मतलब है कि रेस्टरूम में तो एकांत गतिविधि होती है।'' मैंने कहा।

''क्या मतलब? देखिए, हमारे यहाँ ड्राइंग रूम के अलावा एक ही रूम है, वही रेस्टरूम है। वहाँ लोग रेस्ट कर रहे हैं।'' उन्होंने बताया।

''तो आपके यहाँ रेस्टरूम में लोग रेस्ट करते हैं।'' मैंने पूछा।

''ओफ्फो, आप पढ़े-लिखे लगते हैं, पर बातें कैसी अनपढ़ों जैसी कर रहे हैं! अरे, रेस्ट रूम में रेस्ट नहीं करेंगे, तो क्या करेंगे।'' उन्होंने पूछा।

सोच रहा हूँ कि इसे बता दूँ कि मॉल में रेस्टरूम में क्या किया जाता है!

पर नहीं, क्या पता मुझे बिलकुल ही बेवकूफ और अनपढ़ मान ले।

□

महानगर में पानी

पानी पर निम्नलिखित निबंध उस बच्चे की कॉपी से लिया गया है, जिसे निबंध प्रतियोगिता में प्रथम स्थान हासिल हुआ है—

पानी का हमारे जीवन में बहुत महत्त्व है।

पानी का बच्चों के लिए तो बहुत ही महत्त्व है, क्योंकि पानी के बगैर कोल्ड ड्रिंक नहीं बन सकती, और कोल्ड ड्रिंक के बगैर हमारा जीवन नहीं चल सकता। इसलिए हम कह सकते हैं कि पानी का हमारे जीवन में बहुत ही महत्त्व है।

पानी का प्रेम में भारी योगदान है, यह हमें हाल में अपने मुहल्ले के एक वाकये से पता चला। हमारे पड़ोस में बगल के फ्लैट में शर्माजी रहते हैं और सामने के फ्लैट में वर्माजी। हमारे मुहल्ले में पानी बिजली की तरह आता है, या कहें कि बिजली पानी की तरह आती है, कभी-कभार, अमरीका में रहनेवाली आंटी की तरह। सो हमारे मुहल्ले में पानी के इंतजार में हर परिवार के कुछ मेंबरान को जागना पड़ता है।

शर्माजी ने पानी का स्वागत करने की ड्यूटी अपने बेटे बंटू की लगाई। बंटू बालकनी के नल को खोलकर रात भर उसके इंतजार में बैठा रहता था।

सामने वर्माजी ने अपनी बेटी बंटी की ड्यूटी लगाई, पानी का स्वागत करने के लिए। बंटी बालकनी के नल को खोलकर रात भर उसके इंतजार में बैठी रहती थी।

बंटू और बंटी दोनों पहले बालकनी में बैठकर नल को देखते थे, फिर एक-दूसरे को देखने लगे और दोनों पता नहीं कहाँ फरार हो गए कि दोनों के घरवाले देखते ही रह गए।

मिसेज वर्मा अपनी बेटी के भागने की जिम्मेदारी पानी विभागवालों पर डालती हैं, और पानी विभाग का कोई बंदा हमारे मुहल्ले में आता है, तो उस पर चप्पल लेकर दौड़ जाती हैं।

पर पानी विभाग के नौजवान का मानना है कि पानी विभागवालों को तो धन्यवाद

दिया जाना चाहिए कि इसने प्रेम–मुहब्बत की नई राहें खोलीं।

तो हम कह सकते हैं कि पानी का प्रेम में खासा महत्त्वपूर्ण योगदान है।

पानी का अर्थव्यवस्था में भी बहुत महत्त्व है।

हमारे चाचाजी की अर्थव्यवस्था पानी ने ही सुधारी है, वे अब विधायक हो गए हैं। जिस मुहल्ले में चाचाजी शिफ्ट हुए थे, उस मुहल्ले में पानी की सप्लाई नहीं थी, चाचाजी ने पानी विभाग की टंकी से पानी चुराकर मुहल्ले में सप्लाई देना शुरू किया और मोटे नोट कमाए। अब चाचाजी विधायक हो गए हैं और हमारे मुहल्ले में पानी विभाग की ऑफिशियल सप्लाई आने ही नहीं देते। उनकी सप्लाई चकाचक चल रही है।

इस तरह से हम कह सकते हैं कि पानी का अर्थव्यवस्था में भारी योगदान है।

पानी का स्वास्थ्य में भी योगदान होता है।

दो दिन पानी नहीं आता, तो पापा को म्युनिसिपल्टी के ट्रक से बालटियों में पानी भरकर लाना पड़ता है, चौथी मंजिल तक आते–आते पापा का मोटापा काफी कम सा हो जाता है। मम्मी पापा से अकसर कहती हैं कि थैंक्स गॉड, इस पूरी गरमी पानी नहीं आए, तो तुम्हारा मोटापा, कोलस्ट्रोल बहुत कम हो जाएगा।

इस तरह से हम कह सकते हैं कि पानी का स्वास्थ्य में भी भारी योगदान है।

□

नालीमय शहर उर्फ इंडियन वेनिस

देश के कई इलाकों के नेता परेशान हैं। बयान-भाषण तैयार करवाए थे—सूखा राहत के लिए, अब बाढ़ पर बोलना पड़ रहा है। अफसरों, दलालों ने बड़ी-बड़ी योजनाएँ बनाई थीं, सूखा राहत में से रकम खाने की, पर बाढ़ ने खेल खराब कर दिया।

अब नई योजनाएँ बनानी पड़ रही हैं कि बाढ़ से कइसे खाया जाए।

"देखो, ऐसे मौके पर मैं सूखा राहत डिपार्टमेंट में हूँ, इस वक्त तो मुझे बाढ़ राहत में होना चाहिए। वैसे भोपाल में वैसी धाँसू बाढ़ नहीं आ रही है, जैसी मुंबई में आ रही है।" एक अफसर झींक रहा है।

"पर बाढ़ से तो भारी परेशानी हो रही है।" इस खाकसार ने समझाया।

"पब्लिक को, नेताओं को नहीं,अफसरों को नहीं,अब मजा आएगा।" नेताजी ने समझाया।

"पर मजा क्यों आएगा, अब तो बीमारियाँ फैलेंगी? प्रॉब्लम होंगी।" मैंने समझाने की कोशिश की।

"नहीं, मैं तो बाढ़ के बहाने वेनिस जाने के चक्कर में हूँ। वेनिस दुनिया का एकमात्र शहर है, जहाँ शहर का लोकल यातायत नाव से होता है। मैं वहाँ स्टडी करने के लिए जा रहा हूँ कि किस तरह से यहाँ बाढ़वाले शहरों में वेनिस का हिसाब-किताब सेट कर सकते हैं।" नेताजी बोले।

"पर वेनिस में पानी परमानेंटली रहता है, इसलिए नावें चलती हैं।" मैंने समझाने की कोशिश की।

"तो यहाँ भी भोपाल, उज्जैन में सड़कों पर परमानेंटली पानी का इंतजाम कर देंगे। अब वेनिस मॉडल को फालो करना है, तो इतना तो करना पड़ेगा। इसके लिए करेंगे यह कि नालियों को रुकवा देंगे। देखिए भोपाल भी वेनिस बन जाएगा।" नेताजी बोले।

''आपको शर्म नहीं आती।'' मैंने डाँटा।

''जी आती है, मेरे साथ के नेताओं ने सूखे राहत में पचास करोड़ रुपए कमा लिये हैं और मैं वेनिस नहीं जा पा रहा हूँ।'' नेताजी ने कहा।

''आपको शर्म आनी चाहिए कि आप जैसों की वजह से ही मुंबई, उज्जैन, बैतूल की बारिश में बस्तियों में कई-कई फीट पानी भर गया।'' मैंने डाँटा।

''अजी यूँ समझिए कि हमने अपने पुराने वादे को पूरा कर दिया है, हमने कहा था कि हम हर मुहल्ले में एक स्विमिंग पूल बनाएँगे। हमने अब घर के सामने ही स्विमिंग पूल बनवा दिए।'' नेताजी कह रहे हैं।

''पर आपको पता है कि पानी कितना गंदा है।'' मैंने फिर बताया।

''पानी को साफ कैसे किया जा सकता है, यह पता लगाने के लिए हम वेनिस जाएँगे।'' नेताजी फिर वेनिस की ओर उन्मुख हो गए।

अब मैं डर गया हूँ। सोच रहा हूँ कि वेनिसवालों को लिख दूँ कि इंडिया के नेता लोग वेनिस आ रहे हैं। मुंबई, दिल्ली, भोपाल को वेनिस बनाने की ताकत तो ये रखते हैं, अगर ये वेनिस में ज्यादा रुक गए, तो वेनिस को कहीं दिल्ली या मुंबई या भोपाल न बना दें।

□

आइए कूल फोटू देखें

अखबारों में मलिका सहरावत की फोटू छपी है, कान फिल्म महोत्सववाली। मलिकाजी मुसकराती हुई इठलायमान हैं। कान महोत्सव के इस फोटू में मलिका के कान तो साफ-साफ दिखायमान हैं ही, और भी बहुत कुछ है, जो देखा जा सकता है।

एक नौजवान से मैंने पूछा, ''क्या रिएक्शन है इस फोटू पर?''

''टेक इट कूल बॉय।'' नौजवान ने कहा।

''पर मैं तुमसे बड़ा हूँ, तुम मुझे बॉय कह रहे हो। और ऐसे फोटू को तुम कूल कह रहे हो।'' मैंने नौजवान से पूछा।

''देखिए, अब ऐसे फोटू को कूल ही कहा जाता है, और इधर अंकल लोग बॉय जैसी हरकतें करने लगे हैं, सो उन्हें बॉय ही कहा जाता है। अभी आपने कल अखबार में नहीं पढ़ा था कि बाजार में ऐसी कूल टाइप सीडी को खरीदने के लिए अंकल लोग ज्यादा आते हैं।'' नौजवान ने बताया।

''नई पीढ़ी बहुत गड़बड़ हो रही है। नई जनरेशन को ऐसे फोटू छोड़कर कुछ साधु-संतों की वाणी सुननी चाहिए। उनके कार्यों के बारे में जानना चाहिए।'' मैंने नौजवान को बताया।

''ओ रीयली, सो कूल। अंकल आपको पता नहीं है, साधु-संतों के कारनामों की सीडी भी बाजार में मिलती हैं, वे तो बहुत ही कूल हैं। अभी एक टीवी चैनल पर आपने नहीं देखी थी एक आश्रम के साधु के काम की सीडी, सो कूल।'' नौजवान मुझे बता रहा है।

''ओह नो, पर मुझे बताओ कि कान महोत्सव में इस तरह के मलिका के फोटू का क्या मतलब है।'' मैं नौजवान से पूछ रहा हूँ।

''देखिए, इस तरह के फोटू के जरिए मलिका पूरे विश्व को भारत की स्थिति के बारे में संदेश देना चाहती हैं कि भारत एक गरीब देश है, और वे भारत की गरीबी का

प्रतिनिधित्व करती हैं कि भारत में लोगों के पास पूरे बदन को ढँकने के लिए कपड़े भी नहीं होते।'' नौजवान बता रहा है।

''अगर यह गरीबी का प्रतिनिधित्व है, तो मलिका मुसकरा क्यों रही हैं?'' मैंने पूछा।

''यही बताने के लिए कि भारतीय गरीबी में भी मुसकराते हैं।'' नौजवान ने बताया।

''छोड़ो यह फोटू, हमें प्राचीन साहित्य पढ़ना चाहिए, उससे चरित्र मजबूत होता है।'' मैं छात्र को बता रहा हूँ।

''अंकल प्राचीन साहित्य तो और भी कूल है, अभी मैं एक प्राचीन श्लोक पढ़कर आ रहा हूँ। एक प्राचीन आचार्य ने लिखा है—निदाघशरदोर्बाला हिता विषयिणां मता, तरुणी शीतसमये प्रौढ़ा वर्षावसंतयो। अर्थात् गरमी और शरद में बाला और जाड़े में तरुणी और वर्षा तथा वसंत में प्रौढ़ा का संग स्वास्थ्यकारी होता है। बहुत ही कूल थे अपने पुराने आचार्य लोग। गरमी का सीजन है, सो कान महोत्सव के ऐसे फोटू देखना स्वास्थ्यकारी है।'' नौजवान प्राचीन ग्रंथ कोट कर रहा है।

मैं समझ नहीं पा रहा हूँ कि इसे कैसे समझाया जाए!

''छोड़िए अंकल, समझाने का काम बेकार का है। बड़े-बड़े समझदार ऐसे कूल फोटू देख रहे हैं, चलो मिलकर देखते हैं ऐसे कूल फोटू।'' नौजवान इस बार बहुत ही समझदारी भरे लहजे में कह रहा है।

आइए, आचार्यों के वचन मानें और गरमी में बालाओं के कूल फोटू देखें।

□

मोबाइल पर ललित निबंध

निम्नलिखित निबंध कक्षा सात के उस विद्यार्थी की कॉपी से लिया गया है, जिसने हिंदी निबंध की परीक्षा में टॉप किया है—

मोबाइल, जैसाकि सब जानते हैं, बहुत काम की चीज है। मोबाइल का आविष्कार जरूर किसी ऐसे बंदे ने किया होगा, जिसे फोन पर बहुत झूठ बोलने पड़ते होंगे। जैसा कि हम दैनंदिन जीवन में देखते हैं कि मोबाइल का बहुत शानदार इस्तेमाल झूठ बोलने में किया जा सकता है। जैसे पापा के मोबाइल पर फोन आता है कि आपको पहुँचना था इतने बजे, आप पहुँचे नहीं। तो पापा कहते हैं कि रास्ते में हैं जी। लैंडलाइन के फोन में इस तरह के झूठ के बोलने की सुविधा नहीं होती थी। थोड़ी देर बाद पापा का मोबाइल फिर बजता है, तो पापा लेटे-लेटे ही कह देते हैं कि जी रास्ते में ट्रैफिक जाम है, फँस गया हूँ। फिर एक घंटे बाद सोकर उठने के बाद पापा खुद ही अगली पार्टी को मोबाइल पर बता देते हैं कि जाम में फँसकर लेट हो गया था, तो सोचा अब तो पहुँचना बेकार ही है, सो वापस चला आया। इस तरह थैंक्स टू मोबाइल, आदमी बिना मोबाइल हुए ही ट्रैफिक जाम में फँसकर घर भी वापस लौट आता है।

मोबाइल का एक फायदा यह है कि आप किसी बोर किस्म के बंदे को टरका सकते हैं। जैसे अगर कोई बहुत ही चाटू किस्म का बंदा आपके सामने बैठा हुआ है, तो आप एसएमएस के जरिए अपने मित्र को मैसेज भेज सकते हैं—सेव मी, सेव मी। आपका आशय समझकर आपका मित्र फौरन आपको फोन कर देगा। आप फोन सुनने के बहाने वहाँ से उठकर जा सकते हैं और लौटकर आकर चाटू से कह सकते हैं कि अचानक इमरजेंसी काम से जाना पड़ रहा है, सॉरी।

मोबाइल से किसी की सामाजिक हैसियत का अंदाज लगाना आसान है, जिसके पास अब मोबाइल नहीं होता, वह परम किस्म का टॉप बंदा होगा, ऐसा माना जा सकता है। बाकी तो अफसरनुमा चपरासियों से लेकर चपरासीनुमा अफसरों, सबको मोबाइल रखना ही पड़ता है।

मोबाइल से समाज में उदारता आई है। पहले जिन बातों को छिछोरापन माना जाता था, मोबाइल रिंगबैक टोन के जरिए उन्हें सामाजिक मान्यता मिल गई है। जैसे पहले अगर कोई साठ साल का बूढ़ा अगर 'मर्डर' फिल्म का यह गाना गाता—भीगे होंठ तेरे, तो उसे परम छिछोरा मान लिया जाता। पर अब साठ साल के बूढ़े को फोन करने पर यह रिंगबैक टोन सुनाई पड़ सकती है कि 'भीगे होंठ तेरे, प्यासा दिल मेरा'। हर उम्र की स्त्री या पुरुष इस संदेश को अपने-अपने हिसाब से ग्रहण कर सकता है।

मोबाइल का आविष्कार बहुत सही समय पर हुआ, यानी अगर मोबाइल का आविष्कार कुछ सदियों पहले हो जाता, तो बहुत समस्या हो जाती। कालिदास 'मेघदूत' जैसा महाकाव्य न रच पाते, जिसमें एक प्रेमी अपनी प्रेमिका तक अपना संदेश पहुँचाने के लिए एक मेघ का सहारा ले रहा है। मोबाइल तब होता, तो कालिदास खट से एसएमएस भेजकर अपनी प्रेमिका तक अपनी बात पहुँचा देते। कालिदास को एसएमएस ही करना पड़ता, क्योंकि लांग डिस्टेंस की मोबाइल कॉल अफोर्ड करना किसी दौर के लेखक की बूते की बात नहीं है।

कतिपय विशेषज्ञों का मानना है कि कालिदास के लिए अपनी प्रेमिका से मोबाइल पर बात करना मुश्किल इसलिए भी होता, क्योंकि सुंदर प्रेमिकाओं का नेटवर्क हमेशा बिजी रहने की शिकायत इस दौर के प्रेमी भी करते हैं और उस दौर के प्रेमी भी करते। वैसे भी फुक्के लेखकों के लिए सुंदर प्रेमिकाएँ हमेशा से 'आउट ऑफ कवरेज एरिया' ही रही हैं, वक्त चाहे कालिदास का हो, या अब का हो।

मोबाइल फोन का एक फायदा यह भी है कि यह खो सकता है। हमारे घर में मम्मी और पापा में हर महीने झगड़ा होता है कि मम्मी लैंडलाइन फोन पर अपनी सहेलियों से इतनी लंबी बातें करती हैं कि बिल हजारों में आता है। पर लैंडलाइन फोन खो नहीं सकता। मोबाइल होता, तो खो जाता। मम्मी का मोबाइल फोन चोरी हो चुका है, जिसके लिए पापा उस चोर को धन्यवाद देते हैं।

वैसे तो नेता और मोबाइल में बहुत सी समानताएँ होती हैं, पर एक मामले में मोबाइल नेता से बिलकुल अलग होते हैं। हर मोबाइल पर आजकल एक साल की गारंटी मिलती है, पर ऐसी कोई गारंटी किसी नेता के बारे में एक दिन की भी नहीं दी जा सकती।

□

पल्स पोल

पल्स नामक विषय पर यह निबंध उस विद्यार्थी की कॉपी से लिया गया है, जिसने बीए में हिंदी निबंध के परचे में टॉप किया है—

पल्स जैसाकि सब जानते हैं कि कई प्रकार की होती हैं।

'पल्स पोलियो' का नाम हम सबने सुना है, 'पल्स पोलियो' उस खुराक का नाम है, जो पाकिस्तान की डेमोक्रेसी को अगर आजादी के शुरुआती दो-तीन सालों में रेगुलरली मिल जाती, वहाँ की डेमोक्रेसी यूँ लखड़ायमान न होती।

खैर, मामला सिर्फ इस वाली पल्स का नहीं है। पल्स यानी धड़कन पर पुराने टाइप के शायरों ने काफी कुछ कहा है। कई शेरों का आशय यह है कि महबूबा की ब्यूटी देखकर पल्स रुक गई, या पल्स लडखड़ा गई टाइप। मौजूदा संदर्भ में इन शेरों का विवेचन करने पर पता चलता है कि ये शायर निहायत ही फोकटी टाइप के लोग थे और पल्स को रोकने के लिए सिर्फ महबूबा की ब्यूटी पर ही निर्भर थे। घर में उड़द की दाल वगैरह लाने का काम नहीं करते थे। अरे अब तो उड़द की पल्स, यानी उड़द की दाल के भाव पूछ लो, तो पल्स यूँ ही रुक जाए।

अब के शायर महबूबा की ब्यूटी पर पल्स नहीं रोकते, वे पंसारी की दुकान पर जाकर उड़द की पल्स के भाव भर पूछ लेते हैं और पल्स रोक लेते हैं। हुकूमत को चाहिए कि वह पंसारियों को निर्देश कर दे कि कवि-शायर टाइप लोगों को उड़द के भाव न बताएँ, वजह यह है कि शायर अब खुदकुशी करने के लिए इस आसान से रास्ते का इस्तेमाल कर रहे हैं।

इस तरह से यह भी साफ होता है कि गालिब, मीर जैसे पुराने खलीफा शायर ठीक-ठाक शायरी उस दौर में ही कर पाए, जब उड़द की पल्स के मुकाबले महबूबा की ब्यूटी की गरिमा, महत्ता कायम थी।

खैर, पल्स की कारीगरी सिर्फ यहीं तक सीमित नहीं है। पल्स पोलियो की

अहमियत के साथ हमें पल्स पोल की महत्ता भी समझनी चाहिए।

पल्स पोल को समझना आसान नहीं है। वैसे यही पल्स पोल का उद्देश्य भी है। पल्स पोल नामक परिघटना तब घटित होती है, जब किसी निजी मोबाइल या लैंडलाइन फोन कंपनी के सेल्समैन से कोई कस्टमर फोन की दरों की बाबत दरियाफ्त करता है। पल्स पोल का टिपीकल संवाद कुछ यूँ हो सकता है—

सेल्समैन—देखिए हमारे टॉक टाइम 420 स्कीम में 420 का टॉक टाइम फ्री है, पर इसमें पल्स रेट एक मिनट दस सेकेंड में एक रुपए बीस लगती है। पहले तीस सेकेंड 45.88 पैसे प्रति सेकेंड की दर से लगेगी, इसके बाद के साढ़े सात सेकेंड की रेट 8.13 पैसे प्रति सेकेंड होगी। उसके बाद के ढाई सेकेंड में यह 1.34 पैसे के हिसाब से लगेगी। यानी एवरेज रेट 56.77 पैसे के हिसाब से लगेगी। इसमें 1.7657 परसेंट का डिस्काउंट आपको देंगे, अगर आप रात के बारह बजे के बाद बात करेंगे।

ग्राहक—देखिए रात के बारह बजे के बाद कौन जगता है, भले लोगों के लिए यह बात करने का समय है या जगकर बात करने का?

सेल्समैन—देखिए रात के बारह बजे के बाद चोर, उल्लू और हमारे ग्राहक जगते हैं। आप ऐसे मत बोलिए।

ग्राहक पर्याप्त घोंचू मुद्रा में—मतलब मुझे यह समझाइए कि एक मिनट में कितना खर्च होगा? मैं कैलकुलेट करता हूँ (ग्राहक कैलकुलेटर लेकर कुछ गुणा-भाग करने की कोशिश करता है)।

सेल्समैन—देखिए आप न कर पाएँगे। इस कैलकुलेशन के लिए बहुत वड्डा वाला कंप्यूटर चाहिए होता है। इसके कैलकुलेशन की प्रोग्रामिंग खुद बिल गेट्स ही कर सकते हैं। दरअसल उन्होंने सिर्फ एक बार प्रोग्रामिंग और की, इतने चकरा गए कि अब फिर इसे हमारी कंपनी के हवाले कर दिया है।

ग्राहक—देखिए, यह पल्स पोल मेरी समझ में नहीं आ रही है।

सेल्समैन—देखिए, मैं आपको कुछ ईजी स्कीम बताता हूँ। देखिए, इस स्कीम में कोई रेट नहीं है, सिर्फ टॉपअप चार्ज है हर महीने पाँच सौ रुपए का। इसमें हम आपको मंगल ग्रह, शुक्र ग्रह की कोई भी कॉल फ्री देंगे। देखिए, वहाँ हमारा नेटवर्क तो जाता है। और हाँ, इस स्कीम में पल्स रेट तीस सेकेंड के हिसाब से लगती है। प्रति तीस सेकेंड 24.67 पैसे के हिसाब से लगती है, संडे को। हाँ, मंडे को 78.6755 पैसे के हिसाब से, और हाँ, मंगल को यह रेट 78.77 हो जाती है, और हाँ बुध को…।

ग्राहक बेहोश होकर गिर गया है।

सेल्समैन ने उसकी जेब से पर्स निकाला है और निकल लिया है।

□

साड़ी संहिता

ऐसी कल्पना उभरती है कि जब परमात्मा ने पूरी सृष्टि बना ली होगी, तमाम रंग बना लिये होंगे, तब मिसेज परमात्मा को बुलाकर वे रंग दिखाए होंगे। परमात्मा ने मिसेज परमात्मा से कहा होगा कि बताओ इन रंगों का क्या करें? मिसेज परमात्मा ने निश्चित तौर पर कहा होगा कि इतने सारे रंगों की साड़ियाँ होनी चाहिए। सिर्फ इतने ही रंगों की क्यों, इन रंगों को मिक्स कर दिया जाए, फिर जितने किस्म के शेड बनें, उन सबकी साड़ियाँ होनी चाहिए, या उतने शेड के सलवार-सूट होने चाहिए।

परमात्मा को रंगों का उद्देश्य समझ में आ गया होगा।

एक और कल्पना उभरती है, सम्राट् अकबर गुजरात फतह करके लौटे हैं। फतेहपुर सीकरी में जोधाबाई स्वागत करते हुए पूछ रही हैं कि सूरत की स्पेशल प्रिंट की साड़ियाँ लाए या नहीं?

अकबर घबरा रहे हैं, बड़े-बड़े सूरमा निपटा दिए। पर ये स्पेशल प्रिंट की साड़ियाँ नहीं निपट पाईं।

बड़े-बड़े युद्धवीर इस मोरचे पर धराशायी हुए हैं।

साड़ी कितना संवेदनशील विषय है, यह हर विवाहित जानता है।

साड़ी दरअसल लेख का नहीं, किताब का विषय है। इस खाकसार ने कोशिश की, कि पुराने विद्वानों द्वारा इस मसले पर व्यक्त की गई राय को समझे। पर यह जानकर बहुत निराशा हुई कि बहुत बड़े विद्वान् भी साड़ी के मसले पर साइलेंट हैं, यानी इस विषय को सिर्फ तजुरबे से ही समझा जा सकता है।

हर विवाहित बंदे को जीवन में एक बार सूरत जरूर जाना चाहिए। वहाँ एक साड़ी बाजार है। साड़ियाँ-ही-साड़ियाँ, तरह-तरह की साड़ियाँ। यहाँ आकर संयम, धैर्य के ऐसे पाठ पढ़े जा सकते हैं, जो कहीं और उपलब्ध नहीं हैं।

कुछ सीन इस प्रकार हैं—साड़ी की दुकान में आदरणीया घुसी हैं—

कुछ सिल्क में काले रंग की दिखाइए।

जी बिलकुल, देखिए। ये काले रंग की हैं, बहुत सारी।

नहीं, कुछ स्पेशल टाइप का काला दिखाइए।

देखिए ये वाली साऊथ इंडियन काली है, ये वाली अफ्रीकन काली है। देखिए, स्पेशल आज ही आई हैं।

नहीं, ये वाली वैसी वाली काली नहीं हैं, जैसी मुझे चाहिए।

आपको कैसी चाहिए?

देखिए, मुझे स्पेशल काली चाहिए। वह, देखिए, वह वाला कलर, हाँ, वह निकालिए।

देखिए, वह काली साड़ी नहीं है, वह गंदा कपड़ा है, दुकान की सफाई इससे करते हैं। यह सूती है।

ठीक इसी शेड की आप मुझे सिल्क में नहीं दिखा सकते?

दुकानदार का मुँह गिरे सेनसेक्स की तरह हो गया है।

दुकानदार के सारे सेल्समैन फिर चौकस हो गए हैं, मुसकराते हुए, अगली आदरणीया से निपटने के लिए।

मैंने पूछा कि भाई निराश नहीं होते, इस तरह के वाकयों से? दिन भर यही सब कैसे झेलते हो?

दुकानदार एकदम फिलोस्फिकल हो जाता है—साड़ी प्रस्तुताधिकारस्ते, मा उनकी पसंद कदाचना, यानी हमारा अधिकार सिर्फ साड़ी प्रस्तुत करने भर का है, वह उन्हें पसंद आएगी या नही, इस पर हमारा अधिकार नहीं है।

गुस्सैल, बहुत अधीर टाइप के बंदों को एक हफ्ते के लिए साड़ी बेचने की ट्रेनिंग देनी चाहिए। अकल एकदम ठिकाने आ जाएगी, जब कुछ इस टाइप के सीन से पाला पड़ेगा—

आदरणीया दुकान में घुसी हैं और एक साथ सब तरफ निगाह डाली है और कहा कि वह वाला शेड, इस डिजाइन में, उस फिनिश में, इस कपड़े में और उस प्राइज में चाहिए।

भारतीय विदेश सेवा के अफसर जब पाकिस्तान के कब्जेवाले कश्मीर पर बातचीत करने जाते हैं, तो उन्हें भी तमाम तरह की शर्तों का सामना करना पड़ता है।

आदरणीया कह रही हैं कि डिजाइन तो ठीक है, पर कलर वह वाला चाहिए।

ये लीजिए, वह वाला कलर इस डिजाइन में।

पर देखिए, वह वाला स्टफ नहीं है।

नहीं, वह ही वाला स्टफ है।

लग नहीं रहा है।

अब कोई क्या करे!

मुश्किल बातचीत को कैसे आगे बढ़ाएँ, इस विषय पर प्रशिक्षण के भारतीय विदेश सेवा के नए-पुराने कूटनीतिज्ञों को साड़ी बिक्री केंद्रों में भेजा जाना चाहिए।

पुराने टाइप के पतियों के लिए तो यह सीन भी परिचित सा होगा—

अच्छा बताओ, कैसी लग रही है यह?

बहुत अच्छी, ग्रेट।

और ये वाली?

बहुत अच्छी, बहुत ही अच्छी।

पर जो साड़ी वे लेती हैं, वह कोई तीसरी या चौथी होती है।

"जब तुम्हें अपने ही मन की लेनी होती है, तब तुम मुझसे पूछती क्यों हो।" पति शिकायत करता है।

कन्फर्म करने के लिए कि तुम्हारी च्वाइस घटिया है। मुझे वे साड़ियाँ घटिया लग रही थीं, तुम्हारी राय से तुम्हारा घटियापन जाहिर हो गया।

खैर, चलूँ, सूरत जा रहा हूँ, साड़ी की दुकानों पर बैठकर धैर्य और संयम हासिल करूँगा।

□

सत्यनारायण कथा–2016

मामले डेंजर होते जा रहे हैं, नए बच्चों को कुछ पुरानी बातें समझाना मुश्किल हो रहा है। एक बच्चे को सत्यनारायण की पुरानी कथा समझाने की कोशिश कर रहा था—एक लकड़हारा था, वह जंगल में लकड़ी काटने जा रहा था।

बच्चे ने पलट सवाल किया कि यह लकड़हारा क्या होता है?

''बेटे, वे जंगल में लकड़ी काटने जाते हैं।'' मैंने समझाने की कोशिश की।

''यह जंगल क्या होता है।'' बच्चे ने आगे पूछा।

''जंगल समझो कि शहर जब खत्म हो जाता है, तो जंगल शुरू होते हैं।'' मैंने समझाने की कोशिश की।

''शहर जब खत्म हो जाते हैं, तो फार्म हाऊस शुरू होते हैं, शॉपिंग मॉल शुरू होते हैं, हाईवे शुरू होते हैं, ढाबे शुरू होते हैं। जंगल कहाँ शुरू होते हैं।'' बच्चे ने पूछा।

''समझो कि हिमालय के पास कहीं के गाँव का लकड़हारा था।'' मैंने आगे समझाने की कोशिश की।

''हिमालय क्या होता है? ये आप अंग्रेजी में क्यों बोलते हैं? हिमालय की हिंदी क्या होती है?'' बच्चे ने आगे पूछा।

''बेटा, हिमालय, यानी रेंज ऑफ हिल्स, यह इंडिया में होता है।'' मैंने बताया।

''मैं अच्छे स्कूल में पढ़ता हूँ, हमें अमरीका के बारे में बताया जाता है। अमरीका के हिल्स के बारे में बताया जाता है। आखिर सैटल तो एक दिन अमरीका में ही होना है। हमारे स्कूलवाले इंडिया की चीजों के बारे में पढ़ाने में टाइम वेस्ट नहीं करते।'' बच्चा बता रहा है।

यह और पेंच है। समझदार बच्चे इधर इंडिया के बारे में समझते ही नहीं हैं। पेरेंट्स मानकर चलते हैं कि ठीक-ठाक बच्चा निकला, तो अमरीका ही जाएगा। इंडिया में थोड़े ही रुकेगा। जो इंडिया में रुक गया, वह वही है, जिसे अमरीका नहीं तो दुबई,

नहीं तो मॉरीशस तक का वीसा नहीं मिला।

बात में दम है, इसलिए नए बच्चों को सत्यनारायण कथा तो दूर, लकड़हारे तक के बारे में समझाना मुश्किल है। इस खाकसार ने एक नई सत्यनारायण कथा तैयार की है, सो आप सबकी सेवा में पेश है—

एक समय की बात है। एक सिलिकान सिटी बेंगलूरू में रॉबर्ट, मारिया और उनका बेटा बर्टी रहता था। ये सभी इंडियन थे, पर अमरीका में सैटल होने के खयाल से इन्होंने अपने नाम कुछ अमरीकन टाइप कर लिये थे। सारे समझदार लोग यही करते थे। एक बार की बात है। जैसाकि सारे समझदार बच्चे करते थे, रॉबर्ट ने भी एक दिन वीजा के लिए अमरीकन एंबेसी में एप्लाई किया। उसके वीजा की एप्लीकेशन रिजेक्ट हो गई। एंबेसी से लौटते समय उसने देखा कि एक केले के वृक्ष के नीचे एक सूट-बूटधारी अपनी जींसधारी पत्नी के साथ पूजा कर रहा था। पूछने पर उसने बताया कि उसका वीजा भी पहले अमरीकन एंबेसी में रिजेक्ट हो गया था। उसने सत्यनारायण भगवान् की आराधना की और प्रसाद स्वरूप सॉफ्टवेयर इंजीनियरिंग में पढ़नेवाले छात्रों में ग्यारह सीडी बाँटीं। इसके बाद उसका वीजा क्लियर हो गया।

ऐसे वचन सुनकर बर्टी ने भी मन-ही-मन संकल्प लिया कि वह भी ऐसा ही करेगा।

उस दिन बर्टी के पापा ने उससे सौ किलो आलू लाने का आदेश दिया। एक स्मार्ट बच्चे की तरह बर्टी सिर्फ नब्बे किलो आलू लाया और दस किलो आलू की रकम अंदर कर ली। आलू चूँकि बहुत महँगे थे, इसलिए बर्टी ने बहुत रकम बचा ली।

उसने केले के पेड़ के नीचे पूजा की और इक्कीस सीडी छात्रों में बाँट दीं।

इसके परिणाम आए और अगली बार ही उसका अमरीकन वीजा क्लियर हो गया। पर, पर, पर, वह जाने से पहले सत्यनारायण कथा करवाना भूल गया।

वह अमरीका गया और बहुत डॉलर खींचे, लौटकर जब वह आया तो सूटकेस में बहुत महँगे सॉफ्टवेयर प्रोग्रामों की सीडी लेकर आया। वह जैसे ही एयरपोर्ट पर उतरा, एक साधु ने उससे कहा कि हे वत्स तेरे सूटकेस में क्या भरा है?

बर्टी ने परिहास करते हुए कहा कि कुछ नहीं, इसमें कीड़े-मकोड़े हैं, वायरस हैं।

साधु ने कहा कि तेरे वचन सत्य हो जाएँ।

बर्टी ने घर जाकर उन कार्यक्रमों की सीडी को चलाया, तो उनमें वायरस आ गए। सीडी चली नहीं।

बर्टी बहुत रोया, परेशान हुआ। उसकी बरसों की मेहनत पर वायरस फिर गया।

तब ही उसे साधु की याद आई। फौरन से उसने केले के वृक्ष के नीचे पूजा-पाठ

की, तत्काल वह साधु प्रकट हुआ और बर्टी ने उसके चरणों में पड़ते हुए कहा कि हे महाराज मुझसे गलती हो गई।

साधु ने उसे आशीर्वाद दिया, तत्पश्चात् बर्टी ने भारत में और तत्पश्चात् अमरीका में सुखपूर्वक जीवन व्यतीत किया। बोलो श्री···की जय!

□

शादी उर्फ रोजगार उर्फ सोल्यूशन

यह निबंध उस छात्र की कॉपी से लिया गया है, जिसने एमए की परीक्षा में निबंध के परचे में टॉप किया है—

दिल्ली में एक दिन में पाँच हजार शादियाँ, या मुंबई में एक दिन में तीन हजार शादियों की खबरें हमें बताती हैं कि शादी हमारे देश का बहुत बड़ा कारोबार है। इससे लाखों को रोजगार मिलता है, करण जौहर और सूरज बड़जात्या जैसे फिल्म निर्देशकों को भी। विचारणीय प्रश्न है कि अगर शादी का चलन न होता, तो सूरज बड़जात्या फिल्म किस पर बनाते? ऐसी सूरत में उन्हें हाथी मेरे साथी, या शेर मेरे हमदम जैसी फिल्में बनाती पड़तीं। हालाँकि हाथी मेरे साथी जैसी फिल्म में भी आखिर में हीरो और हीरोइन की शादी हो जाती है। शादी के बगैर कहीं काम नहीं चलता।

इंडिया में शादी को सात जन्मों का बंधन बताया जाता है, इसलिए बंदे सब्र-तसल्ली से पूरी जिंदगी काट देते हैं, आस रहती है कि हो सकता है कि यही सातवाँ आखिरी फाइनल जन्म हो। हो सकता है कि अगले जन्म में कोई और मिल जाए। कोई और भी कोई और की तलाश में होता है। इसलिए कटती रहती है। एक सर्वेक्षण में यह सामने आया है कि पूरे विश्व में एक ही परफेक्ट पत्नी होती है, और वह हर पड़ोसी के घर में होती है तथा पूरे विश्व में एक ही परफेक्ट पति होता है, जो हर पड़ोसन के पास होता है। इसलिए कई बार तो पड़ोस को देखकर ही जिंदगी निकल जाती है, क्योंकि पड़ोस भी अपने पड़ोस के सहारे ही चल रहा होता है। तो इस तरह से पड़ोसियों की ओर ध्यान देने की प्रवृत्ति भी शादी के बाद ही उत्पन्न होती है।

कतिपय जानकारों का कहना है कि शादी के बाद समझदार आदमी के ज्यादातर टेंशन खत्म हो जाते हैं। छोटे-मोटे टेंशन तो समझदार आदमी के आस-पास भी नहीं फटकते शादी के बाद। इसकी एक वजह यह है कि शादी के बाद बंदा बड़े-बड़े टेंशन झेलने का इस कदर आदी हो जाता है कि छोटों की ओर ध्यान नहीं जाता। शादी से पहले

जो लोग गर्लफ्रेंड के आधे घंटे लेट पहुँचने पर परेशान हो जाया करते थे, शादी के बाद वे किसी के घंटों तक न आने पर भी चिंतित नहीं होते, क्योंकि वे इस चिंता में फँसे हुए होते हैं कि हाय वह चेक नहीं आया है, जिसके अंगेस्ट फोन के बिल, कार की मासिक किश्तों के चेक काटे हैं। चेक की चिंता दीदार-ए-सनम की चिंता पर ब्रेक लगा देती है। शादी बार-बार, लगातार, लगभग हर रोज हमें सिखाती है कि अगर बड़ी समस्याओं में उलझना सीख जाएँ, तो छोटी-मोटी समस्याएँ हमारा कुछ नहीं बिगाड़ सकतीं।

अगर हम बच्चे के स्कूल की एडमिशन की चिंता में घुस जाएँ, तो नल का न आना हमें नहीं सता सकता। अगर पहले ही हफ्ते में बैंक से गायब बैलेंस पर चिंतन हम शुरू कर दें, तो गायब बिजली हमें बिलकुल परेशान नहीं कर सकती।

अगर बड़ी समस्याओं में घुस जाओ, तो फिर बाकी की समस्याएँ खुद-ब-खुद खत्म हो जाती हैं, यह फंडा अब तो इंटरनेशनल लेवल पर चलने लगा है। बुश इराक में घुसकर ऐसी समस्या खड़ी कर देते हैं, कि अमरीकन बाकी सारी समस्याओं को भूलकर सिर्फ इराक-इराक करने लगते हैं।

खैर, हमें समझना चाहिए कि इंडिया में ज्यादातर लोग कुछ करें या न करें, शादी जरूर करते हैं। हालाँकि शादी के बाद ज्यादातर लोग इस प्रश्न पर भी विचार करते हैं कि क्यों की। क्यों की, के प्रश्न पर विचार करते-करते उन्हें पता चलता है कि अब तो उनके बच्चों की शादी का टाइम आ गया। इसके बाद तो खुद बंदे का ही टाइम आ लेता है।

और फिर बंदा निकल लेता है अंतिम यात्रा पर, अगले जन्म के लिए, ताकि फिर शादी कर सके, सातों जन्म की शादियों में से किसी एक का हिसाब-किताब निपटा सके।

□

किस्सा ए-कोलस्ट्रोल

देखोजी, कैसी-कैसी फ्रॉडबाजी है दुनिया में! कैसा भला सा नाम है कोलस्ट्रोल, जैसे लुईस कैरोल, जैसे पामेला एंडरसन, जैसे शिंडी क्राफर्ड, पर कोलस्ट्रोल की हरकतें देख लो। एक ज्ञानी हार्ट-स्पेशलिस्ट ने बताया कि कोलस्ट्रोल दिल का ट्रैफिक जाम कर देता है।

बड़ी विकट सी कल्पना उभरती है—दिल के एक कोने में इस हसीन की तसवीर है, दिल के उस कोने में उस हसीन की तसवीर है, कि कोलेस्ट्रोल कूद लिया है, सबको साफ करता हुआ, खुद जमता हुआ। दिल के ट्रैफिक में कोलस्ट्रोल भभ्भड़ मचाए हुए है। जगह न मिलने पर दिल का ट्रेफिक जाम करता हुआ, राम नाम सत्य है।

सच, किसी हसीन की तसवीर तो छोड़ो, तसवीर के खयाल से ही कोलस्ट्रोल का हौला बैठ जाता है कि हसीन को जगह दे देंगे, तो कोलस्ट्रोल को निकलने की जगह कैसे मिलेगी? जगह नहीं मिलेगी, तो ट्रैफिक जाम हो जाएगा। मेरी सलाह यह है कि मनचलों, लुच्चों को कोलस्ट्रोल कोर्स के तहत खौफनाक तरीके से यह समझा दिया जाए कि कोलस्ट्रोल की निकासी की राह ठीक-ठाक रखनी है, तो दिल को खाली रखो, किसी हसीन का खयाल तक न करो।

एक हिट शेर है न—बाद मरने के मेरे, घर से ये समाँ निकला, चंद तसवीरे बुतां और कुछ हसीनों के खतूत।

यह शेर अब कुछ इस तरह से रिवाइज किया है—

बाद हार्ट अटैक के, दिल से ये समाँ निकला, कुछ हसरतें नाकाम और कुछ कोलस्ट्रोल।

खैर, मेरे मित्र लोग खुश न हों, मुझे हार्ट अटैक नहीं हुआ है। दिल के एक्सपर्टों से यूँ ही बातचीत हो गई।

पुराना वक्त अच्छा था, जब कोलस्ट्रोल नहीं होता था।

तब दिल में कइयों को जगह दी जा सकती थी। इधर जैसे-जैसे नॉलेज बढ़ी है, इनसान को नए-नए टेंशनात्मक तरीकों से डराने का जुगाड़ हो गया है। एक कोलस्ट्रोल फ्री बटर का पैकेट देख रहा था, उसमें लिखा था—रिफाइंड वेजीटेबल आयल्स, स्किम्ड मिल्क पाउडर, कॉमन साल्ट, इमल्सिफाइर्स, स्टेबलाइजर्स, क्लास टू प्रीजर्वेटिव्स, सीक्वेस्टरिंग एजेंट्स ऐंड एंटीआक्साइडेंट्स, विटामिन ए नॉट लैस दैन 30 आईयू-जी, विटामिन डी 2 आईयू-जी, विटामिन ई 3 एमजी। दो-चार शब्दों के अलावा इसमें कुछ समझ नहीं आया। जिसे सिर्फ मक्खन समझकर खाया जा रहा है, उसमें एजेंट्स पड़े हैं, सीक्वेस्टरिंग एजेंट। दूसरे ज्ञानी ने बताया कि इससे भी खतरा है। खतरा सिर्फ आईएसआई के एजेंट से नहीं है, सीक्वेस्टरिंग एजेंट्स से भी है।

खतरे कोलस्ट्रोल में तो हैं ही, उसकी अनुपस्थिति में अन्य खतरे हैं।

कोलस्ट्रोल से बचे बंदा, तो क्या पता किडनैप ही हो जाए। किडनैप न हो, तो क्या पता भारतीय रेल में दुर्घटनाग्रस्त हो जाए। रेल से बचे, तो सीरियल किलर मार दे। सीरियल किलर न मारे, तो उस वाले सीरियल की बोरियत ही किलर हो जाए, जो पिछले दस सालों से लगातार चले जा रहा है।

अजी इंडिया में इतनी वजहें हैं मरने की, अकेले कोलस्ट्रोल को क्या ब्लेम करें?

तो क्या करें, भरपूर मक्खन खाकर कोलस्ट्रोल जनित हार्ट-अटैक से मर जाएँ! नहीं, हार्ट अटैक में यही आफत है कि काम इतना चटपट हो जाता है कि मरनेवाला मरने का मजा भी नहीं ले पाता। वैसे, मरने का मजा तो सिर्फ कैंसर में होता था, जिसमें बंदा पुराने दौर के राजेश खन्ना युग के हीरो की तरह कई गाने गाते हुआ एकाधिक सुंदरियों को प्रभावित करने का डौल जमा लेता था। राजेश खन्ना की 'आनंद' देखकर मैंने भी एक बार इच्छा व्यक्त की, कि हाय मौत हो, तो कैंसर से। इस पर घरवालों ने बहुत डाँटा कि बहुत खर्च हो जाता है कैंसर में, इतने पैसे कहाँ से आएँगे? अधिकांश लेखकों के घरवाले सौंदर्यबोध को नहीं समझते, कैंसर के खर्च को देखते हैं, इसके कला पक्ष को नहीं। घरवालों ने कहा कि मरना हो, तो रोड एक्सीडेंट में मरो, या हार्ट अटैक में, न्यूनतम खर्च में। फिर अमरीका स्थित सारे रिश्तेदारों ने कहा कि देखो, गरमी की छुट्टियों में मरना, वरना नहीं आ पाएँगे। अमरीका में अपने मरने की छुट्टी भी नहीं मिलती।

सो साहब जी रहे हैं। लेखक की आत्मा बहुत सख्त होती है, अरे जिसे प्रकाशकों की बेरुखी, रॉयल्टी पेमेंट भुगतान का विलंब, आलू-उड़द के बढ़ते भाव नहीं मार सकते, उसे कोलस्ट्रोल क्या मार लेगा? चलो दिल खोलकर मक्खन खाएँ। कोलस्ट्रोल तेरी ऐसी-तैसी।

□

बिप्स के लिप्स की टिप्स...

उस टीवी चैनल का रिपोर्टर कुछ दिनों से कुछ ज्यादा ही मेहरबान दिख रहा है। उसने तीसरी बार मेरी प्रशंसा की। प्रशंसा को लेकर अपना फंडा यह है कि अगर कोई एक बार प्रशंसा करे, तो इसे शिष्टाचार मानना चाहिए।

दूसरी बार प्रशंसा लिफ्टाचार की वजह से की जा सकती है। अगर किसी के कार-स्कूटर पर लिफ्ट चाहिए, और लगातार चाहिए, तो इस तरह की प्रशंसा आम तौर पर कर दी जाती है।

पर तीसरी बार की प्रशंसा में भ्रष्टाचार को सूँघना चाहिए। मैं भ्रष्टाचार को सूँघने लगा। मैंने पूछा कि गुरु क्या खेल है। फोकटी में प्रशंसा क्यों?

वह बोला ‘‘जी, आपने जितने आइडिए मुझे मजाक-मजाक में दिए थे, उन सब पर हमारे टीवी चैनल ने प्रोग्राम बना लिये हैं। सारे के सारे हिट जा रहे हैं। कुछ और आइडिए दीजिए न।’’

‘‘क्या मतलब।’’ मैंने पूछा।

‘‘देखिए, हमारे बॉस का कहना है कि जितने भी घटिया टाइप लेखक हैं, उन सबके पास हिट टीवी प्रोग्रामों के लिए बहुत ही कारगर आइडिए हैं। सो सर आपको पकड़ा है।’’ वह बिलकुल भक्तिभाव से बोला।

उसके मुँह पर छाई सच्चाई देखकर मुझे लगा कि उसने यह बात सच में मेरे सम्मान में ही कही है। सो साहब, इस खाकसार ने कुछ और आइडिए उस टीवी चैनल को दिए हैं। आप भी गौर फरमाएँ—

बाबी चार्मिंग की गुड मॉर्निंग

बाबा इधर टीवी पर बहुत हो लिये हैं। अब बाबी चाहिए। कुछेक स्मार्ट बाबियों की सख्त दरकार हैं। ये स्मार्ट बाबियाँ अगर ये बताएँ कि जीवन क्षणभंगुर है, तो कई

दर्शक इस क्षण को ही जीवन का सार्थक क्षण मानकर देखेंगे, बल्कि इसमें कुछ अमरीकन कन्याओं को बतौर अध्यात्म गुरु पेश किया जाए। कार्यक्रम का नाम हो—बाबी चार्मिंग की गुड मॉर्निंग।

अमरीकन बाबी को लाने से प्रोग्राम कुछ अपमार्केट बनेगा। क्या है कि देसी बाबाओं से मार्केट डाऊन हो जाता है। नहीं चलेगा।

इस प्रोग्राम में क्या होगा, जी वही होगा, जो और आध्यात्मिक कार्यक्रमों में होता है।

थोड़ा सा सत्य-सत्य, बाबाजी के प्रवचनों ने हमें इतना सुखी बनाया, यह बताते हुए बाबाजी के कुछ भृत्य, फिर अंत में बाबीजी के कुछ नृत्य।

बिप्स के लिप्स के टिप्स

यह प्रोग्राम बिपाशा बसु पेश करेंगी, या जो लड़की पेश करे, उसका नाम बिपाशा रख दिया जाए। बिपाशा को अपमार्केट इलाकों में यही कहा जाता है—बिप्स। वे ब्यूटी की टिप्स बताएँगी, सिर्फ मरदों को।

कमर का साइज कम करने के लिए करेले का जूस टमाटर के छिलकों में मिलाकर खाएँ। पानी की कैलोरी कम करने के लिए उसे उस स्पेशल छलनी से छानें, जिसका निर्माता यह प्रोग्राम स्पांसर करेगा।

बताओ साइज, ले जाओ प्राइज—यह कांटेस्ट इस प्रोग्राम में चलाया जाएगा?

इसमें पूछा जाएगा कि बताओ बिपाशा की जींस का साइज क्या है 30, 32, 36, 38, जिस दर्शक का उत्तर सही होगा, उसे बिपाशा अपनी एक जींस बतौर गिफ्ट देंगी, स्पेशल प्राइज पर, सिर्फ पाँच हजार रुपए पर सिर्फ।

□

शुभ मंगल सावधान

हर समझदार भारतीय को राष्ट्र के प्रति नमन भाव रखना चाहिए, पर महाराष्ट्र के प्रति विशेष नमन भाव रखना चाहिए। इसलिए नहीं कि महाराष्ट्र की राजधानी मुंबई में आलिया भट्ट या कैटरीना कैफ रहती हैं, बल्कि इसलिए कि महाराष्ट्र ने पूरे देश को एक विशेष किस्म की समझदारी दी है। यूँ तो यह समझदारी मूलत: शादी की रस्मों से ताल्लुक रखती है, पर इसे लगभग हर क्षेत्र में विस्तारित किया जा सकता है।

पूरे ब्रह्मांड में सिर्फ महाराष्ट्र ही ऐसा इलाका है, जहाँ शादी की रस्म के फाइनलीकरण से पूर्व तीन बार चेतावनी दी जाती है—शुभ, मंगल, सावधान।

यानी कि अबे दूलहे सावधान। दुलहन सावधान। दोनों एक-दूसरे से सावधान।

सावधान की एक कथा यूँ है कि शिवाजी के गुरुदेव समर्थ रामदासजी विवाह मंडप तक पहुँच गए थे। विवाह हुआ ही चाहता था कि सावधान सुनकर रामदासजी सावधान हो गए और भाग निकले।

रामदास अगर विवाहित हो जाते, तो समर्थ रामदास न हो पाते। गुरुवर ने यूँ भागकर साफ किया कि समझदार आदमी के पास दो ही च्वाइस हैं, या तो समर्थ हो जाओ या विवाहित। विवाहित तो बहुत हुए, पर समर्थ रामदास ही हुए।

समर्थ रामदास न होते, तो शिवाजी न होते। शिवाजी न होते, तो महाराष्ट्र न होता, महाराष्ट्रीयन न होते, तो गोखले, तिलक, लता मंगेशकर, पु.ल. देशपांडे, सुनील गावस्कर, सचिन तेंदुलकर और हाँ, कहने में संकोच होता है, पर कहना पड़ता है कि आलोक पुराणिक भी न होते।

गोखले, तिलक न होते, तो देश आजाद न होता। देश आजाद न होता, तो बहुत दिक्कत हो जाती। देश के बच्चे अमरीका, इंग्लैंड पर अपना झंडा फहराकर नॉन रेजीडेंट इंडियन कैसे बनते? क्योंकि अगर देश आजाद न होता, तो हम ब्रिटेन के हिस्से होते, बोले तो ब्रिटेन होते। अब ब्रिटेन में ही रह रहे होते, तो अमरीका, ब्रिटेन जाने के लिए

मार क्यों मचाते? अमरीका, ब्रिटेन जाने की मार न मचाते, तो बताइए, माइक्रोसॉफ्ट से लेकर गूगल जैसी बड़ी ग्लोबल कंपनियों में बड़े पदों पर भारतीय कैसे अपना झंडा फहरा रहे होते?

इससे पता चलता है कि अगर गुरु रामदास सावधान सुनकर ना भागते, तो भारतीय नौजवान अमरीका में झंडा नहीं फहरा पाते।

सावधान, सावधान साहब वक्त बहुत सावधान रहने का है, पर सवाल यह है कि किस-किस से सावधान रहे बंदा? बीवी से, नेता से, भ्रष्ट अफसर से, टूटी सड़क पर फुलटू मजबूती से जमे राहजनों से, किस-किस से सावधान रहे?

खैर, आम आदमी की जिंदगी में शुभ-मंगल तो कम ही है, तो फुल जिंदगी सिर्फ सावधान रहने में निकाल दीजिए।

□

कुछ फेयर और हैंडसम प्रश्नोत्तर

सवाल—महिलाओं के लिए फेयर ऐंड लवली क्रीम थी, पर पुरुषों के लिए फेयर ऐंड हैंडसम क्रीम आई है। क्या पुरुषों को लवली नहीं होना चाहिए, उनका काम सिर्फ हैंडसम होने से चल जाता है, क्यों?

जवाब—हैंडसम का मतलब है, हैंड में सम यानी रकम, तब ही पुरुष का मामला जमता है। उनका काम सिर्फ लवली होने से नहीं चलता। वैसे अब तो महिलाओं का भी हैंडसम होना जरूरी है। सिर्फ लवली के बाजार भाव बहुत डाऊन हैं।

सवाल—जो पुरुष फेयर ऐंड हैंडसम नहीं लगाते, वे क्या हैंडसम नहीं होते?

जवाब—नहीं, चुपके से लगाते होंगे। बताते नहीं हैं, क्या पता बाद में बताएँ। जैसे बरसों तक अमिताभ बच्चन की शानदार एक्टिंग देखकर सब समझते रहे कि अमिताभजी की मेहनत-समर्पण इसके पीछे है। पर उन्होंने अब जाकर बताया कि वैसा वाला तेल, ये वाली क्रीम, ये वाला कोल्ड ड्रिंक, वैसा वाला च्यवनप्राश इसके लिए जिम्मेदार हैं। असली बात लोग बाद में बताते हैं जी।

सवाल—पुरुष हैंडसम हो जाए, तो क्या होता है?

जवाब—बेटा क्लियर है, ज्यादा कन्याएँ उसकी ओर आकर्षित होती हैं।

सवाल—क्या पुरुष के जीवन का एकमात्र लक्ष्य यही है कि कन्याएँ उसकी ओर आकर्षित हों?

जवाब—नहीं, इमरान हाशमी की तमाम फिल्में देखकर पता लगता है कि पुरुषों का लक्ष्य दूसरों की पत्नियों, विवाहिताओं को आकर्षित करना भी होता है।

सवाल—मैं अगर फेयर ऐंड हैंडसम लगाऊँ और फिर भी सुंदरियाँ आकर्षित न हों, तो क्या मैं कंपनी पर दावा ठोंक सकता हूँ?

जवाब—नहीं, तमाम इश्तहारों के विश्लेषण से साफ होता है कि सुंदरियाँ सिर्फ क्रीम लगाने भर से आकर्षित नहीं होतीं। इसके लिए वह वाला टायर भी लगाना पड़ता

है, इसके लिए वैसी वाली बीड़ी भी पीनी पड़ती है, इसके लिए वैसी सिगरेट भी पीनी पड़ती है, इसके लिए वैसी वाली खैनी भी खानी पड़ती है, इसके लिए वैसा वाला टूथपेस्ट भी यूज करना पड़ता है, इसके लिए वैसा वाला कोल्ड ड्रिंक भी पीना पड़ता है।

सवाल—बंदा इसी सब में सुबह से शाम तक बिजी हो जाएगा, तो फिर वह और काम क्या करेगा?

जवाब—हाँ, यह सब इश्तहारों में नहीं बताया जाता कि सुंदरियों को आकर्षित करना पार्ट-टाइम नहीं, फुल टाइम एक्टिविटी है। बंदा सिर्फ एक ही काम में लगा रहे, सुंदरियों को आकर्षित करने में।

सवाल—तमाम इश्तहार पुरुषों से आह्वान करते हैं कि वे यह खरीदकर या वह खरीदकर सुंदरियों को आकर्षित करें, पर सुंदरियों से यह आह्वान नहीं किया जाता कि वे ये वाला टायर खरीदकर या वैसी वाली सिगरेट पीकर या बीड़ी पीकर या टूथपेस्ट यूज करके पुरुषों को आकर्षित करें। इसका क्या मतलब है?

जवाब—इसका यह मतलब है कि इस देश की महिलाएँ बहुत बिजी रहती हैं। सुबह परिवार के लिए खाना बनाकर नौकरी करने जाती हैं। फिर नौकरी से लौटकर बच्चों का होमवर्क कराकर खाना बनाती हैं। उन्हें फुरसत नहीं है कि फोकटी में फालतू में पुरुषों को आकर्षित करती बैठें। इस देश के पुरुष निहायत ठलुए हैं, सुबह से रात तक सिर्फ सुंदरियों को आकर्षित करने के काम में लगने में उन्हें कोई गुरेज नहीं होता।

इस लेख से हमें यह शिक्षा मिलती है कि इस देश की महिलाएँ बहुत ही इंटेलीजेंट और कर्मठ हैं तथा पुरुष निहायत ही निठल्ले एवं बेवकूफ हैं।

□

कजिन कलेश

इससे अच्छा था कि स्कूल चलते रहते, छुट्टियाँ नहीं होतीं। सिर्फ स्कूल जाना पड़ता था। अब तो आफत हो गई है—कक्षा पाँचोन्मुख चुन्नूजी बता रहे हैं।

हाँ, बहुत आफत है। सुबह पापा क्रिकेट एकेडेमी में भेजते हैं। दोपहर को क्रिएटिव राइटिंग की वर्कशॉप। दोपहर में ही ड्राइंग की क्लास। शाम को भरतनाट्यम की क्लास। रात को पापा जिम भेजते हैं बॉडी बनाओ। देर रात में फिर होली डे होमवर्क, फिर''मुन्नूजी अपनी बता रहे हैं।

अब के चुन्नुओं-मुन्नुओं की बात में दम है। पहले छुट्टी होती थी, तो बालक-बच्चे फ्री हो जाते थे। अब बच्चे दुआ करते हैं कि गरमी की छुट्टी न हो।

''बता तेरी मम्मी तुझे भरतनाट्यम क्लास में क्यों भेजती हैं?'' चुन्नू पूछ रहा है।

''क्योंकि मेरा एक कजिन भरतनाट्यम का एक कंपटीशन जीत चुका है। उस कजिन के चक्कर में आफत हो गई है।'' मुन्नूजी बता रहे हैं।

ये कजिन भी विकट कलेश हैं। मरवा देते हैं। मेरा एक कजिन चार्टर्ड एकाउंटेंट हो गया था। फिर तो कुनबे की तमाम माँओं ने कई चुन्नुओं को चार्टर्ड एकाउंटेंट बना डाला। बना क्या डाला जी, बचपन और जवानी तबाह कर डाली। जो उम्र सौंदर्यबोध जाग्रत् करने की थी, उसमें खाते बनाना सीखते रहे। मैं जानता हूँ, जिनके कजिन आवारा थे, उन सबके बचपन बहुत चकाचक गुजरे। बचपन में बंदा आवारा हो जाए, तो फिर भविष्य भी ठीक-ठाक ही कटता है। कजिन थोड़ा पढ़ाकू टाइप मिल जाए, तो जिंदगी तबाह समझो।

सबसे खुश वे बच्चे हैं, जिनके कजिन होते ही नहीं और होते हैं तो सीए, आईएएस, इंजीनियर डॉक्टर नहीं होते। एक सीए या डॉक्टर कजिन कुनबे के कई कजिनों की जिंदगी तबाह कर देता है।

खैर, जी बात तो चुन्नू-मुन्नू की हो रही थी।

''अबे ये तेरे पापा तुझे बॉडी बिल्डिंग के लिए क्यों भेजते हैं।'' चुन्नू, मुन्नू से पूछ रहा है।

''क्योंकि उन्हें सलमान खान बहुत पसंद है।'' मुन्नू बता रहा है।

''फिर तू ड्राइंग बनाना क्यों सीखता है।'' मुन्नू आगे पूछ रहा है।

''क्योंकि नानाजी मकबूल फिदा हुसैन के फैन हैं।'' चुन्नू बता रहा है।

बहुत टेंशनात्मक सीन है। बच्चे को एक साथ मकबूल फिदा हुसैन, सलमान खान, सचिन तेंदुलकर, जावेद अख्तर सब बनाने की तैयारी चल रही है।

कहीं से हुसैन कम बन पाता है, तो नानाजी ठोंकते हैं। सलमान खानत्व में कहीं कमी हो, तो पापाजी हड़काते हैं। हाय-हाय!

''आज मैंने शहजादा सलीम की कहानी पढ़ी। जिस उम्र में हम इतना काम करते हैं, सलीम मियाँ अनारकली के साथ कबूतर उड़ाते थे। यार वह टाइम ठीक था। थोड़ा लेट पैदा हुए।'' चुन्नू-मुन्नू को बता रहा है।

मैं भी सहमत हूँ, अब के बच्चे थोड़ा लेट पैदा हुए हैं। पहले हुए होते, तो सिर्फ कबूतरबाजी करते हुए ही सल्तनत सँभाल लेते।

हाय, इतना लेट क्यों पैदा हुए?

□

सेन्सेक्सी माइक्रोसॉफ्टी...

लेखक फालतू होता है। फालतू न होता, तो लेखक क्यों बनता? फालतू बंदों के जिम्मे जो काम लगाए जाते हैं, उनमें एक यह है कि बच्चों के नाम तलाशना।

नामों का मामला इधर पेचीदा हो गया है। पहले जो नाम बता दो, माँ-बाप ले जाते थे। अब कई शर्तें ठोंक देते हैं—जी यूनिक होना चाहिए। ऐसा नाम ब्रह्मांड में किसी का नहीं होना चाहिए। ऐसों को मैं बताता था कि आप अपने बच्चों के नाम रखें—दिल्ली-आगरा पैसेंजर या तूफान मेल। इस तरह के नाम यूनिक होते हैं। इस तरह के नामवाले बच्चों में बाद में शिकायत मिली कि ये बच्चे बहुत ढीले हैं, जहाँ भी पहुँचते हैं लेट पहुँचते हैं। दो-चार घंटे की लेटगिरी तो सामान्य सी बात है। रेलवे पर नाम रखना बंद किया।

कुछ दिनों बाद मैं साहित्यकारों के नामों पर उतरा, एक बच्चे को नाम दिया सूर्यकांत, दूसरे बच्चे को नाम दिया महादेवी। उनके पिताओं ने शिकायत लानी शुरू की कि सब ये पूछते हैं कि आप तो समझदार टाइप बाप लगते हैं, फिर बच्चों को साहित्य की लाइन में क्यों डालने के चक्कर में हैं?

मैंने उन्हें समझाया कि साहित्य की लाइन थोड़े ही होती है। साहित्य का तो सृजन होता है। साहित्यकार तो महान् होता है।

कई बंदे इस पर पूछते कि महान् पोस्ट का सेलरी ग्रेड क्या होता है? सूर्यकांत त्रिपाठी निरालाजी की सेलरी का ग्रेड क्या था?

एक बच्चे का नाम मैंने सजेस्ट किया—गालिब।

पापा बुरा मान गए, बोले कि जी बहुत बुरे हाल थे उनके तो। दारू पीने तक के लिए उधार माँगते थे। अपना बच्चा तो ऐसा हो, जो सबको दारू पिलाने की हैसियत वाला हो।

मैंने गुस्से में कहा कि तो फिर इसका नाम रख दो—तेलगी।

पापा ने कहा कि थैंक्यू, आप गुस्से में ही सही आइडिए बताते हैं।

फिर साहब साहित्य का दामन भी छोड़ना पड़ा।

कुछ नाम बहुत पहले मैंने टीवी ब्रांडों पर रखे थे—जैसे टैक्सला, वैस्टर्न, डायनोरा, सैलोरा। कुछ दिन तो सब ठीक चला। फिर पापाओं ने शिकायत लेकर आना शुरू किया कि वीडियोकोन, सैमसंग नाम के बच्चे हमारे बच्चों को पुराना मॉडल कहकर चिढ़ाते हैं। क्या करें?

टेक्निकल मामलों में यही आफत है कि कौन सा ब्रांड कब पुराने मॉडल का मान लिया जाए, पता नहीं।

एक बच्ची का नाम मैंने रखा था—'विंडोज 95', बहुत पॉपुलर हुआ। पर अब सब उसे चिढ़ाते हैं कि तू तो टाइम से बहुत पीछे चल रही है।

अब कुछ सदाबहार नाम तलाशने के गुंताड़े में हूँ। कल एक पिताजी अपनी बेहद नकचढ़ी, उत्पाती बालिका को लेकर आए। कल ही सेनसेक्स उत्पात मचाकर बंद हुआ था। मेरे मुँह से बच्ची को देखते ही निकल गया—सेनसेक्सी। मुझे लगा कि पिताजी गुस्सा हो जाएँगे, नाम के अंत में सेक्सी आना बहुत अच्छी बात नहीं है।

पर नहीं, पिताजी खुश हो गए। एक बात और अब समझ में आई है कि जिन नामों को बीस साल पहले सुनकर पापा लोग बुरा मानते थे, अब उन्हीं नामों पर खुश होते हैं।

इधर मैं तकनीक पर उतरा हूँ। इसी तर्ज पर मैंने कुछ बच्चों के नाम रखे हैं—सॉफ्टवेयर प्रसाद, माइक्रोसॉफ्टी, वायरसी।

बस, एक तकलीफ इस तरह के नामों में है कि पापा लोग बताते हैं कि ये बच्चे जब कहीं अटक जाते हैं, तो फिर चार-छह घंटे से पहले स्टार्ट नहीं होते।

□

हम ही नीच नहीं गालिब

एक खास तरह का संतोष हासिल होता है, बहुत पुरानी चोरी, डकैती या ठगी की खबरें पढ़कर, यह शेर याद हो आता है—

जिन्हें समझा था बदमाशी का गिलास, वो गहराई में कुएँ हैं,
हम ही नीच नहीं गालिब, हमसे पहले भी परम विकट हुए हैं।

(यूँ यह शेर तो इस खाकसार का ही है, पर गालिब के नाम से चलाए जाने में मुझे हर्ज नहीं है)।

20 अप्रैल, 1961 के 'हिंदुस्तान' अखबार के पेज सात पर दो कॉलम की हेडिंग वाली एक खबर यूँ है—

'महिला कथा करे और उसके साथी सूने घरों में चोरी करें' हमारे संवाददाता द्वारा डाक से, हैदराबाद पुलिस की ओर से यहाँ एक ऐसे दल पर मुकदमा चलाया जा रहा है, जो एक अंतरराज्यीय संगठन से संबंधित बताया जाता है। इन डाकुओं के साथ एक महिला भी है। यह दल देहातों में डाके डाला करता था। महिला किसी सार्वजनिक स्थान पर गीता, रामायण अथवा भागवत की कथा किया करती थी और जब ग्रामवासी उसकी कथा सुनने के लिए एकत्रित होते थे, तब पुरुष सूने घरों में पहुँचकर माल-मत्ता लेकर चल देते थे।...

महिलाएँ तब भी हर क्षेत्र में पुरुषों के साथ कंधा-से-कंधा मिलाकर चल रही थीं, यह खबर पढ़कर यह पता लगा। यह भी पता लगा कि भगवत कथा कैसे सुफल देती है, तत्काल।

एक बाबाजी मुझसे हाल में बोले कि बच्चा, तू मीडिया का बंदा है, टीवी चैनल कवर नहीं करते हमारा प्रवचन। कुछ जुगाड़मेंट बता।

मैंने बताया कि बाबाजी प्रवचन में कुछ नौजवानों को लाओ, कुछ शूं शां लाओ। तब टीवीवाले आएँगे। इधर रिमिक्सिंग का मामला है। आप पुराने गीतों के आध्यात्मिक

रिमिक्स निकाल दीजिए। कुछ कन्याएँ उनपर नृत्य करें, कुछ बालक उनपर नृत्य करें। माहौल एकैदम डीजे, वीजे टाइप बना दीजिए। इस टाइप का अध्यात्म बहुत चलता है।

''पर कुछ स्पष्टली कहिए न।'' बाबाजी एकदम उत्सुक हो गए।

देखिए, उस गाने का रिमिक्स लाइए, जिसकी धुन पर बालक-बालिकाएँ थिरकें, वैसा गीत। अरे दीवानों मुझे पहचानो, कहाँ से आया, मैं हूँ कौन। एक लेटेस्ट गाना है, झलक दिखला जा, एक बार आ जा आ जा आ जा—मैंने कहा।

पर ये तो फिल्मी गीत हो जाएँगे, बाबाजी थोड़ा शरमाकर बोले—

ये तो विशुद्ध आध्यात्मिक गीत हैं बंदा, पूछ रहा है, कहाँ से आया, मैं हूँ कौन? यानी बंदा अपने स्व को अपने ब्रह्म को तलाशने की कोशिश में पूछ रहा है, अरे दीवानों मुझे पहचानो, यानी मेरा सच्चा स्वरूप वह नहीं है, जो दिखता है। दूसरे गाने में ऊपरवाले से रिक्वेस्ट की जा रही है कि झलक दिखला जा, एक बार आ जा। इस पर बालक बालिका डांस करेंगे, तो देखिए कैसा आध्यात्मिक समाँ बँधेगा, मैंने क्लेरिफिकेशन दिया।

बाबा खुश होकर कह रहे हैं कि आप परमानेंटली मेरे जूनियर क्यों नहीं बन जाते?

नहीं बनना। वरना पचास साल बाद जब कोई 'हिंदुस्तान' की फाइल देखेगा, तो मेरा शेर मुझ पर ही फिट कर देगा कि हमसे पहले भी परम विकट हुए हैं।

□

एकला चलो रे और फूँ-फाँ मोटरसाइकिल

अभी-अभी एक विज्ञापन लिखनेवाले से मिलकर आ रहा हूँ, वह कह रहा था कि टॉर्च का इश्तहार बनाना है। सोच रहा हूँ कि हनुमानजी को लंका से संजीवनी बूटी के लिए हिमाचल साइड जाते हुए दिखा दूँ और फिर सवाल लिखूँ कि इतनी दूर का सफर बगैर ऑलरेडी टॉर्च के कैसे हुआ होगा?

आगे स्लोगन होगा—दिसंबर हो या मार्च, ऑलरेडी टॉर्च। मैंने कहा कि अच्छा विजुअल बनेगा। हनुमानजी लौट रहे हैं, एक हाथ में संजीवनी वाला पर्वत, दूसरे हाथ में टॉर्च।

इश्तहारवाले के चेहरे पर वह वाला भाव आ गया, जो परम किस्म के बुद्धिमानों और बेवकूफों के चेहरे पर आता है, देखो हम कितने चंट-चालाक हैं!

पर नहीं साहब, इनसे भी पहले बहुत कारीगर हो गए हैं। अभी 15 अगस्त, 1960 का एक अखबार देख रहा था। उसमें एक विज्ञापन यूँ था कि चलिए, पैदल घूमें, पैदल चलिए और खुश रहिए, पैदल चलिए और तंदुरुस्त रहिए, कहा था विख्यात औपन्यासिक चार्ल्स डिकेंस ने। जिंदगी को लंबी बनाने का सबसे अच्छा उपाय है पैदल घूमना। दृढ़ता से, लगन के साथ। बाटा, बाटा शू कंपनी प्राइवेट लिमिटेड।

अब पता चला कि चार्ल्स डिकेंस ने साहित्य थोड़े ही रचा था, उन्होंने तो जूता कंपनी के लिए इश्तहार लिखे थे।

मुझे एक धाँसू विज्ञापन दिखाई दे रहा है। सुरम्य घाटियाँ बुला रही हैं, पेड़ बुला रहे हैं, पौधे बुला रहे हैं। तू किसी की चिंता मत कर, किसी की परवाह मत कर। अकेला चला चल। गुरुदेव रवींद्र नाथ टेगौर ने कहा कि एकला चलो रे, यानी अकेला चला चल। साथ में बस मोटरसाइकिल ले। फूँ-फाँ मोटरसाइकिल, 120 सी सी, डबल सिलेंडर, शानदार हॉर्न युक्त।

गुरुवर ने कविता थोड़े ही लिखी थी, मोटरसाइकिल का विज्ञापन लिखा था।

एक और इश्तहार सूझ रहा है—भारत में गाँव बसते हैं। गाँव में मेहनतकश किसान बसते हैं। मेहनतकश मेहनत खुद करता है, पर उसके लिए कश लगाने का जुगाड़ करना हमारी जिम्मेदारी है, समाज की जिम्मेदारी है, राष्ट्र की जिम्मेदारी है। मेहनत करनेवाले का कश पर हक है, तब ही तो वह मेहनतकश है। मेहनतकशों फुल जोरदारी से अपने अधिकार की माँग करो। लोकमान्य तिलकजी ने भी कहा था, "स्वराज मेरा जन्मसिद्ध अधिकार है, इसे लेकर रहूँगा।"

स्वराज बीड़ी, लंबी मेहनत, लंबा कश, मेहनतकशों का अधिकार, स्वराज बीड़ी, पीढ़ी-दर-पीढ़ी।

एक और विज्ञापन देखिए—शानदार एक्सचेंज ऑफर। बहुत कम दें, बहुत ज्यादा लें। पुरानी एयरकंडीशनर देकर नया एयरकंडीशनर ले जाएँ। पुराना कूलर देकर नया कूलर ले जाएँ। सुभाषचंद्र बोस के रास्ते पर चलकर दिखाएँ। सुभाषचंद्र बोस ने इस देश में एक्सचेंज ऑफरों की नींव रखी थी, जब उन्होंने कहा था, "तुम मुझे खून दो, मैं तुम्हें आजादी दूँगा।" आइए, सुभाषचंद्र बोस के आदर्शों पर चलकर अपना जीवन सार्थक करें। तुम मुझे पुराना टीवी दो, मैं तुम्हें नया टीवी दूँगा।

अरे वाह, तुम तो बहुत नीच किस्म का चिंतन करने लगे हो, यानी तुम अब हमारे धंधे के काबिल हो गए हो। इश्तहार बनानेवाले मित्र ने मुझे अपने धंधे के काबिल मान लिया है।

□

इनवेस्टर और सेनसेक्स क्रेश गीता

सत्संग क्या होता है, अब मालूम चला। बहुत दिनों से पड़ा था लेखक टाइप लोगों के कुसंग में। पिछले चार–पाँच दिन प्रॉपर्टी और शेयर बाजार के विद्वानों के साथ गुजरे, ज्ञान–चक्षु खुल गए।

मैं शेयर बाजार के विद्वानों और कुछ प्रॉपर्टी डीलरों को ताजमहल दिखाने ले गया। एक बोला कि कितना वैल्यूएशन होगा इसका, शायद करीब एक हजार करोड़ रुपए। इसे शादी के लिए रोज किराए पर दे दिया जाए, तो रोज ही पच्चीस लाख तो यूँ ही पीट सकते हैं। बाई गॉड क्या प्लॉट है, फोर साइड ओपन। नीचे की तरफ दुकानें बनाकर किराए पर उठा दो, तो पचास लाख की कमाई वह अलग।

मैंने कहा कि सर, यह तो शाहजहाँ के प्यार की निशानी है।

''चुप, तुम्हें कुछ नहीं पता। इस बिल्डिंग का सही इस्तेमाल यही है कि इसे फंक्शन के लिए किराए पर दिया जाए। औरंगजेब इसी बात पर बाप से नाराज हो गया होगा। बेटे ज्यादा समझदार होते हैं। बाप मकान बनाते हैं, बेटे उसके नीचे दुकान का डौल जमाते हैं। शाहजहाँ तैयार नहीं हो रहा होगा इसके नीचे दुकान बनवाने के लिए, तब ही औरंगजेब ने शाहजहाँ को अंदर करवा दिया होगा।'' प्रॉपर्टी विद्वान् बता रहे थे।

''आप नोटों के अलावा कुछ और भी सोचते हैं कि नहीं।'' मैंने एक शेयर विद्वान् से पूछा।

''हाँ, नोटों के अलावा हम बहुत कुछ सोचते हैं। नोटों के अलावा हम डॉलरों की भी सोचते हैं। बेटा, तुम्हें पता नहीं कि अर्जुन भी शेयरों में डील करता था।'' एक शेयर विद्वान् ने बताया।

''कौन महाभारतवाला अर्जुन।'' मैंने चकरायमान अवस्था में पूछा।

''बिलकुल, अगर तुम गीता के उपदेश पढ़ो, तो तुम्हें पता लग जाएगा कि यह ऐसे इनवेस्टर को दिए जा रहे हैं, जिसने सेनसेक्स के क्रेश में रकम गँवा दी हो और जो

आत्महत्या करने जा रहा हो। समझो अर्जुन ने शेयरों में बहुत से नोट गँवा दिए थे, भगवान् श्रीकृष्ण उसे समझाने की कोशिश कर रहे थे कि हे अर्जुन, तू परेशान न हो। जो लिया, यहीं लिया, जो दिया, यहीं दिया।

''यानी हे इनवेस्टर परेशान न हो, सेनसेक्स के क्रेश में तेरा क्या गया, कुछ नहीं, तू साथ क्या लाया था, कुछ नहीं। तू साथ रिलायंस का शेयर नहीं लाया था, तू साथ इन्फोसिस का शेयर नहीं लाया था। यहीं पर तूने इन्हें खरीदा, यहीं पर तूने इनके भाव बढ़ते देखे, यहीं पर तूने इन्हें क्रैश होते देखा।''

''भगवान् ने गीता में कहा था कि जो आज तेरा है, कल किसी और का होगा। परसों किसी और का होगा।

''अर्थात् हे इनवेस्टर, तू बिलकुल परेशान न हो, जो रकम किसी जमाने में हर्षद मेहता की हुआ करती थी, आज किसी और मेहता की है। इसके बाद किसी और मेहता की होगी। शेयर में कमाई परमानेंटली किसी की नहीं होती। सेनसेक्स हमेशा ऊपर ही नहीं जाती।

भगवान् ने कहा कि हे अर्जुन, कर्मण्याधिकारस्ते, मा फलेषु कदाचन।

अर्थात् भगवान् उन निवेशकों को सांत्वना दे रहे हैं, जिनकी रकम चोर किस्म के प्रमोटरों की कंपनियों में डूब गई है। भगवान् कह रहे हैं कि हे इनवेस्टर, सिर्फ कर्म, यानी नोट लगाना तेरे हाथ में है। मा फलेषु कदाचन उनका डिवीडेंड, लाभांश, उससे कमाई पर तेरा अधिकार नहीं है।

मुझे तो पक्के तौर पर यकीन हो गया है कि अर्जुन जरूर शेयरों का कारोबारी था, आपको हुआ या नहीं?''

□

अदा फोटू खिंचाने की

कुछ परमानेंट टाइप की अदाएँ हैं, जिन्हें देखते-देखते बोर हो गए हैं।

किसी डिपार्टमेंट मंत्रालय की रिपोर्ट मंत्रीजी टेबल पर कलमदान सामने रखकर कुछ लिखने-पढ़ने का उपक्रम कर रहे हैं। कागज खाली है।

इस अदा का लॉजिक क्या है, एक बार मैंने एक फोटू एक्सपर्ट से पूछा।

उसने बताया कि इस नौसिखिया अदा में मंत्रीजी समझाने की कोशिश कर रहे हैं कि यह मत समझना कि मैं पढ़ता-लिखता हूँ। पढ़ता, तो क्या यहाँ तक पहुँच पाता? नहीं न।

अभी चित्रकूट में एक सम्मेलन हुआ है। भारी फोटूएँ दिखाई गईं वहाँ की। वहाँ तमाम वक्ताओं ने कहा कि हर घर में ददुआ डकैत पैदा हो, तब बात बने।

ददुआ वहाँ की पॉलिटिक्स तय करते हैं।

पढ़ाई करते होते, तो क्या होते? कहीं आर्टिकल लिख रहे होते।

आर्टिकल लिखनेवाले से ज्यादा महान् आर्टिकल का विषय होता है।

फंडा यह निकला, पढ़ाई करनेवाले सिर्फ इतनी काबलियत जुटा पाते हैं कि लिख पाएँ। बिना पढ़े आदमी इतनी काबलियत अर्जित कर सकता है कि उसपर आर्टिकल लिखे जाएँ।

खैर, बात फोटू की अदा की हो रही थी।

अभी नवजोत सिंह सिद्धू की एक फोटू देखी। स्टिल फोटू थी। फिर भी अगड़म-बगड़म आवाजें आ रही थीं।

फोटोग्राफर ने बताया कि सिद्धू इफेक्ट कुछ यूँ है कि उनकी स्टिल फोटू भी चुप नहीं रह सकती।

पहले के लेखक खिंचाया करते थे फोटू कुछ इस अंदाज में, एक उँगली दाएँ या बाएँ गाल पर, असीम क्षितिज की ओर ताक रहे हैं, जैसे वहाँ से लिखने के विषय झरेंगे!

मैंने बचपन में एक बार अपने बुजुर्ग से पूछा था कि ये लेखक आसमान की ओर क्यों ताकते रहते हैं? उन्होंने बहुत समझदारी से जवाब दिया कि भूखा है, बेचारा। लेखन से कुछ खाने-पीने को नहीं मिलता। आसमान में ऊपरवाले से प्रार्थना कर रहा है कि कुछ टपका। तुम लेखक कभी मत बनना। इसी में समझदारी है।

हर नई पीढ़ी के लिए असली समझदारी का काम यह है, वह पुरानी पीढ़ी को कतई नासमझ समझे। सो मैंने अपने बुजुर्ग की बात नहीं मानी।

पर अपना मामला अलग है, अपना ओरिजनल फोटू कुछ यूँ बनेगा कि भुक्खड़ों वाले अंदाज में दरवाजे की ओर ताक रहे हैं कि कब कोई कुरियरवाला या डाकिया आए और कहीं के भुगतान का चेक लाए। अपना फंडा क्लियर है—लेखन के इतिहास में नाम हो या न हो, कई सारे चेकों पर अपना नाम होना चाहिए।

नई चाल के लेखक असीम क्षितिज की ओर ताकना अफोर्ड नहीं कर सकते।

विषय अब राखी सावंत के फोटू से निकल रहे हैं।

अभी एक फोटू छपा, राखी सावंत मिलीं महिला आयोग की अध्यक्षा से। फोटू में अध्यक्षाजी बहुत उदास थीं, राखीजी चहक सी रही थीं। शिकायत कौन कर रहा था, यह पता नहीं लग पा रहा था।

राखीजी की हँसी-खुशी की ऐसी फोटू देखकर पता लगता है कि हर बंदा अगर तमाम शिकायतों के बारे में टीवी चैनलों, अखबारों को हँसी-खुशी मुसकराकर बताना शुरू कर दे, तो सारी समस्याएँ निपट सकती हैं। राखी सावंत की इतनी शिकायतें, इतनी तरह से तमाम टीवी चैनलों ने दिखाईं कि मुझे पक्का हो गया कि अब टीवी चैनल सबकी शिकायतों पर ध्यान देने लग जाएँगे।

अपनी एक शिकायत को लेकर एक टीवी चैनल को मैंने फोन किया कि सर, मुझे शिकायत है कि मेरे मुहल्ले में पानी नहीं आ रहा है। पंद्रह दिन से नहीं आ रहा और इसकी सप्लाई ठीक करने के लिए कोई भी नहीं आ रहा है। टीवी पर मेरा भी फोटू दिखाइए शिकायत करते हुए।

टीवी चैनलवाले ने पूछा कि आप राखी सावंत हैं क्या? और आपको कोई किस कर गया है क्या?

मैंने कहा कि जी, मैं राखी सावंत नहीं हूँ।

"तो हम आपको क्यों दिखाएँ?" टीवीवाला कह रहा है।

टीवीवाला सही कह रहा है। अब मैं राखी सावंत नहीं हूँ, तो यह मेरा पर्सनल प्रॉब्लम है, इसमें बताइए कोई क्या कर सकता है?

□

दिल्ली का बैड लक

सच्ची में मुंबईवाले लकी हैं। मुंबई में आलिया भट्ट, कैटरीना कैफ हैं, मानसून है और झमा-झम बारिश है।

दिल्ली में दुनिया-जहान के नेता हैं, लपटदार गरमी है और, और क्या इतना काफी नहीं है?

बहुत चकाचक सीन दिखा रहे हैं टीवी चैनलवाले मुंबई के—एक रिपोर्टर एक नौजवान से पूछ रही है कि बारिश में आप फँस गए हैं चार घंटे से, बहुत परेशानी हो रही होगी?

नौजवान कैमरे के सामने पूरी बत्तीसी खोलकर हँसते हुए कह रहा है कि हाँ, बहुत परेशानी हो रही है, बहुत ही परेशानी हो रही है। उस नौजवान के पीछेवाला परेशान नौजवान हँसते हुए मोबाइल से अपने घर पर फोन कर रहा है कि देख लो, मुझे फलाँ चैनल पर, मैं परेशान दिखाया जा रहा हूँ।

कैमरे के सामने परेशानी इसी तरह से होती है। मुझे एक आइडिया सूझ रहा है, कोलगेटवाले चाहें तो ले सकते हैं। ऐसे कई परेशान बंदों को हँसते हुए दिखाया जाए, फिर एक जिंगल उभरे—जो कोलगेट से सुबह ब्रश करते श्रीमान, वे परेशानी में भी ऐसे होते हैं परेशान।

मुंबई के नौजवानों से दिल्ली के नौजवानों को ईर्ष्या होनी चाहिए। बारिश तरह-तरह के मौके देती है। पिछले साल मुंबई की झमा-झम बारिश में मैं मुंबई में ही था। जिस बिल्डिंग में मैं रहता था, वहाँ के करीब बीस नौजवान बालक और बालिकाएँ शाम को घर ही नहीं पहुँच पाए। दफ्तर के साथियों के साथ कहीं फँसे रह गए। चार-छह दिन तक यही होता रहा। बाद में बारिश चली गई, पर इनमें से कई बाद में भी फँसे रहने लगे। बारिश में फँसने का जो बीज पड़ा था, वह काफी तेजी से मेच्योर हुआ। फलस्वरूप इनमें से करीब पंद्रह ने प्रेम विवाह किया। बारिश ने जो फँसाया, तो फिर

पूरी जिंदगी के लिए ही फँसे।

बारिश सच्ची में नौजवानों के बहुत काम आती है।

एक कंपनी का प्रबंध निदेशक झींक रहा है कि हाय, बारिश ने सब चौपट कर दिया।

अरे दुष्ट तुझे कुछेक करोड़ का कारोबार चौपट होता दिख रहा है। नहीं देख रहा है कितने नौजवानों के घर बसने का जुगाड़मेंट हो रहा है!

दिल्ली के नौजवानों को सरकार से माँग करनी चाहिए कि मुंबई के नौजवानों को उपलब्ध मौके उन्हें भी उपलब्ध हों।

टीवीवाले परेशान हैं, बारिश को इंटरेस्टिंग कैसे बनाएँ?

एक टीवीवाले मित्र को मैंने एक टीआरपी खेंचू सुझाव दिया कि प्रोग्राम का नाम हो 'शेयर ऐंड केयर'—इसमें राखी सावंत बतौर रिपोर्टर हर कॉलेज, हर दफ्तर जाकर लोगों की परेशानी पूछें, फिर राखी अपनी परेशानी बताएँ। इस बहाने राखी के 'किस' के फुटेज फिर दिखा दो।

बरसात में राखी रिपोर्टिंग करते हुए दिखेंगी तो सारी टीआरपी तुम्हारी।

इस ऊल-जलूल सुझाव को आज के दिन का मजाक मानकर मैं बैठा ही हूँ कि मित्र का फोन आ गया है, आइडिया मंजूर। आप इसकी स्क्रिप्ट लिख दीजिए।

इस बारिश से एक सबक और मिला है कि कोई भी बेहूदा सुझाव किसी टीवी चैनल को नहीं देना चाहिए, वरना इतनी बारिश में भी काम करना पड़ता है।

□

स्टेट्स की बैटरी

बात कुछ कड़वी है, पर सच है कि बंदा इन दिनों एक दिन में चार बार ऊपरवाले को याद नहीं करता है, पर चार बार बैटरी को याद कर लेता है, हाय मोबाइल की बैटरी ठप्प तो न हो गई। या अगर न हो गई हो तो रात तक घर पहुँचने से पहले तो न हो जाएगी। बैटरी के दीर्घजीवी होने की कामना ही अभीष्ट हो गई है, बैटरी की याद को अगर राम नाम की याद के समकक्ष रखने को कुछ विद्दवज्जन तैयार हो जाएँ तो फिर साफ यह होगा कि इन दिनों लोग विकट आस्तिक हो चले हैं।

बैटरी का दीर्घजीवी होना एक बहुत खास मुद्दा हो गया है। मुझे लगता है कि कुछ समय बाद लोग मिलने के बाद एक-दूसरे का हाल पूछने के बाद फौरन पूछेंगे कि और मोबाइल में बैटरी का हाल ठीक तो है न। बंदा जवाब देगा ठीक है या कहेगा, इमरजेंसी का सीन है, सिर्फ बीस परसेंट बची है।

कुछ दिनों बाद सीन यह होगा कि बंदा एक कार में लैपटाप, टैब, स्मार्टफोन लादे चल रहा है, पीछे एक बड़े ट्रक में बैटरी का बड़ा संस्करण बैटरा लदकर चल रहा है। बैटरा है तो सब चलेगा, वरना लैपटाप, टैब, स्मार्टफोन सब बुझी भट्टियों के ढाबे जैसे हैं, जो हैं तो पर उनसे मिलना कुछ नहीं।

एक मोबाइल कंपनी का सेल्समैन बता रहा था कि मोबाइल से फोटू खींचें, सेल्फी खींचें, फेसबुक पर लगाएँ, इंस्टाग्राम पर लगाएँ, ट्विटर पर ठोंकें, गूगल ग्रुप में शेयर करें, म्यूजिक सुनें, रेडियो सुनें, मैप्स तलाशें।

मैंने उसे डाँटा कि और इस सब में बैटरी कितनी खर्च होगी।

उसने आगे बताया कि जी जल्दी ही एक बैटरी भी हमारी कंपनी ला रही है, अलग से खरीदें। स्मार्ट बंदे की यही निशानी है कि उसके स्मार्ट फोन की बैटरी एक घंटे में वैसे ही हो जाती है, जैसी दो रैलियों से राहुल गांधी थक जाते हैं। बैटरियाँ सिर्फ अब उन्हीं की बच रही हैं, जो अपने मोबाइल का कायदे से यूज नहीं करते। बैटरी लंबी

चलने का एक ही मतलब है कि बंदा निकम्मा है, कतई। राष्ट्र कर्मठता माँगता है। कम-से-कम मोबाइल कंपनियों का आदर्श गणतंत्र को कर्मठता माँगता ही है।

मैंने झुँझलाकर उससे कहा कि संगीत सुनने से लेकर फेसबुकबाजी तक मोबाइल पर करने की मुझे क्या पड़ी है।

इस पर मोबाइल सेल्समैन बोला कि मुझे तो पड़ी है कि आप ये सब काम करें, और बैटरी जल्दी खत्म होने से दु:खी हों और फोन ही बदलने की सोचें, नया फोन मेरी कंपनी का लें या नई बैटरी मेरी कंपनी की लें।

सही बात यही है कि आप मोबाइल से दुनिया-जहान के काम करें, ऐसा करने की आपको भले ही न पड़ी हो, पर मोबाइल कंपनी को पड़ी है। जितना मोबाइल यूज होगा, उतना पुराना होगा, फिर छह-आठ महीने में नया लीजिए। फिर-फिर लेते जाइए। आपके पुराने मोबाइल को वही मोबाइल कंपनी पसंद न करती, जिसने उसे बनाया होता है। पुराने मोबाइल से मुनाफा कमाया जा चुका है। अब नया मोबाइल खरीदें।

मैंने सेल्समैन से निवेदन किया कि तुम स्मार्टफोन उपभोक्ताओं को बैटरी बचाने के लिए प्रेरित करो न। वरना वे परेशान होते हैं।

मोबाइल सेल्समैन ने बताया कि जिस दिन मोबाइल उपभोक्ता बैटरी बचाने में लग गए, हम न बच पाएँगे। हम तो यह प्रचार करनेवाले हैं कि बड़ा बैटरा ही बड़े आदमी का स्टेट्स है।

यों बंदे का स्टेट्स तय करने के लिए कई मानक हैं। मोबाइल के मॉडल से लेकर कार के मॉडल को देखकर इधर स्टेट्स तय किया जा रहा है। पर जल्दी ही बैटरी स्टेट्स का मानक होनेवाला है। अगर बंदा पीछे बैटरी लादे नहीं घूम रहा है तो साफ होगा कि इसके पास नॉर्मल टाइप का नॉन-स्मार्ट टाइप मोबाइल है।

चिरकुट किस्म के मोबाइल को लादे घूम रहा है, इसकी हैसियत जीरो मानी जाए।

कार के पीछे एक ट्रक लादे चले बंदा, जिसमें बैटरियाँ लदी हों तो सामनेवाला समझ पाएगा। अईसे ही नहीं है मामला, स्मार्ट मोबाइल है, टैब है, लैपटाप है और ये न सिर्फ हैं, बल्कि इनका यूज भी होता है। लगातार होता है, बार-बार होता है। बैटरी को जो लादकर न चल रहा है, उसे क्या माना जाए, निकम्मा। आश्वस्त रहिए, मोबाइल कंपनियाँ और बैटरी कंपनियाँ किसी को निकम्मा रहने नहीं देंगी।

□

हड़प्पा-काल का लाइव शो

डिस्क्लेमर—प्राचीन अँधेर-नगरी की ये अति प्राचीन बिजली-कथाएँ अगर किसी को उत्तर-प्रदेश, बिहार और दिल्ली की लगें तो इसकी जिम्मेदारी तमाम सरकारों की है।

बिजली कथा एक—छत पर भजन

अँधेर-नगरी में विकट दुराचार था, लोग रातों में डांस-दारू पार्टी करते थे। फिर ऐसी कृपा बरसी कि पब्लिक चौबीस घंटे बिजली को तरसी। अँधेरे में कोई गतिविधि संभव न होने के कारण लोग शाम-रात को छत पर भजन करते थे।

कई शानदार गीत भी इस फिनोमिना पर लिखे गए, जैसे—छत पर किया करूँ हूँ भजन, साथ में रहवै हौट सजन। हौट से आशय यह कि गरमी से गरम, हौट हुए सजन के साथ छत पर भजन करने से मेरी बुद्धि शुद्ध हो गई है।

गायब बिजली ने सदाचार मचा दिया। दोपहर से रामायण की चौपाइयाँ गाते-गाते शाम-रात काटने लगे। अँधेरे में पढ़ना संभव नहीं था, इसलिए रामायण को पूरा कंठस्थ करने का दौर भी लौट आया। तरह-तरह के पुराणों को तलाश कर उन्हें कंठस्थ किया गया। इस तरह से रात काटने के इंतजाम हुए। प्राचीन संस्कृति यों गायब बिजली के जरिए लौटी।

बिजली कथा दो—नो क्राइम, नो चुगली, कब आवैगी बिजली

एक समय, सुविधा-संपन्न एयर-कंडीशंड मंदिरों में सासें पाँच मिनट पूजा में और पचास मिनट का एक एपिसोड बहुओं की चुगली-शिकायत पर लगाती थीं, ऐसे-ऐसे कई एपीसोड एयरकंडीशंड मंदिरों में चलते थे। बहुएँ सासों के खिलाफ चुगलीबाजी एयरकंडीशन रेस्तराँओं की किट्टी पार्टियों में करती थीं।

फिर ऐसी कृपा बरसी कि पब्लिक चौबीस घंटे बिजली को तरसी। सासें बिजली-

विहीन, एयरकंडीशनर-विहीन मंदिरों से एक मिनट में भागने लगीं, बहुओं ने बिजली-रहित, एयर-कंडीशन रहित रेस्तराँओं में जाना बंद कर दिया। सास-बहू परस्पर ही एक-दूसरे से प्रेम-पूर्वक सिर्फ यह बात पूछने लगीं कि कब आवैगी बिजली।

एयरकंडीशंड मालों में पर्स पार करनेवाले जेबकतरों का धंधा चौपट हुआ, क्योंकि बिजली-विहीन, एयरकंडीशन-विहीन शॉपिंग मालों में पब्लिक ने जाना वैसे ही छोड़ दिया था, जैसे चुनाव हारनेवाली किसी पार्टी के टॉप नेता का सम्मान करना तमाम जूनियर नेता छोड़ देते हैं।

चोरों का धंधा यों चौपट हुआ कि लोग रात भर घर की छतों पर रामायण की चौपाइयाँ गाते हुए जागते थे। जेबकट और चोर तक महात्मा गांधी राष्ट्रीय रोजगार गारंटी योजना यानी मनरेगा में काम करने लगे, यों मनरेगा में भी अलग तरह की जेबकटी, चोरी होती थी, पर वह अलग विषय है। चोर-उचक्के भी मनरेगा में काम करने लगे। उनसे काम करवानेवाले भी कई चोर-उचक्के ही थे। इस तरह से हमने देखा गायब बिजली ने चोर उचक्कों का समागम करवाया। ये सब मिलकर मनरेगा ही में बिजी रहे और गाँव-शहर दूसरी बड़ी वारदातों से बच गए।

बिजली कथा तीन—हड़प्पा-कालीन सभ्यता का लाइव शो

टूरिज्म को बतौर उद्योग बहुत तेजी से विकसित किए जाने की जरूरत थी। तमाम नेता बराबर कह चुके थे कि टूरिज्म को बढ़ावा दिया जाए। पर टूरिस्ट बहुत ही डिमांडिंग हो चुके थे, तरह-तरह की माँग किया करते थे। वह हर बात का लाइव शो चाहते थे, जैसे तमाम ग्लोबल टूरिस्ट पाकिस्तान जाते थे, आतंक का लाइव शो देखने। तमाम ग्लोबल टूरिस्ट लोगों ने आतंक के बारे में पढ़ा-सुना था, पर चौबीस घंटे इसे देखने के लिए वह पाकिस्तान में आते थे। पाकिस्तान में किसी एयरपोर्ट पर आतंकवादी हमला करके लौट रहे होते थे, या फिर हमला करने जा रहे होते थे। कराची की किसी सड़क पर आतंकवादी खुलेआम या तो बम धमाकों की तैयारी में लगे होते थे, या बम धमाके कर चुके होते थे। इसी तरह भारत ने भी टूरिज्म का लाइव शो रास्ता अपनाया और उत्तर भारत में हड़प्पा-कालीन सभ्यता के लाइव शो करना शुरू कर दिए। इस शो में तमाम शहरों में बिजली गायब कर दी जाती थी, फिर टूरिस्ट लोग देखते थे कि तमाम शहरों में नागरिक जो जैसा करते थे, वह हड़प्पा कालीन सभ्यता का ही शो होता था। बिना बिजली के पंखा झलते नागरिक, पेड़ों के नीचे भोजन करते नागरिक, तालाबों में भैंसों के साथ लेटे पड़े नागरिक, ऐसे शो से विदेशियों को समझ में आ जाता था कि आखिर हड़प्पा-काल में बिजली की अनुपस्थिति में सामान्य-जनजीवन कैसे चला करता था।

बोल अँधेर-नगरी के अँधेरे की जय।

□

बिजली-गीता का दर्शन

बिजली है तो जीवन है। बिजली है तो जीवन-दर्शन है। 'बिजली-गीता' नामक एक ग्रंथ इस खाकसार के हाथ लग गया है, जिसमें बिजली के सहारे जीवन का समूचा दर्शन समझाया गया है। कुछ खास बिंदु इस प्रकार हैं—

जैसे इनसान दुनिया में आया है तो उसे वापस जाना ही होता है। इस तरह से बिजली अगर आती है तो उसे भी वापस जाना होता है। बिजली अगर आई है तो उसे स्थायी न मानें। उसे अपनी ही परमानेंट मानने की भूल न करें। योगी-पुरुष बिजली आने और जाने में सम-भाव रखते हैं तब ही योगी-पुरुष कहलाते हैं। उत्तर प्रदेश और दिल्ली के कुछ हिस्सों के लोग इसलिए ही योगी नहीं बन पाते कि वे सम-भाव से परिचित नहीं हो पाते। क्योंकि इन इलाकों में बिजली जाती ही है, आती नहीं है। ये लोग बिजली जाने से तो परिचित होते हैं, पर बिजली आएगी, इस सवाल से कतई अनजान होते हैं।

कतिपय अपरिपक्व लोग बिजली आने पर बहुत खुशी जताते हैं, वह यह भूल जाते हैं कि जीवन क्षण-भंगुर है और बिजली तो क्षण के आधे में ही भंगुर साबित हो जाती है। जो बिजली आने से खुश नहीं होता, और जो बिजली जाने से दु:खी नहीं होता, वही इस संसार में योगी है और जैसा कि 'गीता' में कहा गया है कि योगी रात में जागते हैं। भारत भूमि और खास तौर पर उत्तर-भारत के कुछ हिस्सों को योगियों की भूमि के तौर पर चिह्नित किया जा सकता है। यहाँ तमाम लोग रात में जागते हैं, क्योंकि बिजली के अभाव में कूलर-पंखे नहीं चलते।

बिजली का आना और जाना तेरे हाथ में नहीं है। वह दरअसल किसी के हाथ में नहीं है। बिजली की ऐसी दशा और दिशा है। बिजली परम-शक्ति है, आदि-शक्ति है, उस पर किसी का बस नहीं है। उसका बस सब पर चलता है, गायब बिजली नेताओं को चुनाव में हरवा देती है। बिजली-अफसरों को पिटवा देती है।

बिजली कब आएगी, इस सवाल का जवाब देने में बड़े-बड़े बिजली अफसर

घबरा जाते हैं। किसी को पता नहीं है, कब मिलेगी, किसी को पता नहीं है कि बिजली है कहाँ। एक तरह से बिजली कुछ-कुछ ब्रह्म सरीखी प्रतीत होती है, जिसकी बातें तो सब करते हैं, पर जिसकी उपलब्धता, ठिकाने को लेकर सुनिश्चित कोई नहीं होता।

बिजली हमें जीवन के कई आयामों के बारे में बता देती है, जीवन के सुख-दुःख बिजली को समझने पर पता चल जाते हैं। दुःख क्या है, यह बिजली बता देती है। बिजली अगर नहीं आ रही है तो यह दुःख है। कोई बंदा घर के फ्लैट की बालकनी पर खड़ा होकर देखता है कि बिजली नहीं आ रही है, यह दुःख है। पर परम दुःख क्या है, परम दुःख यह है कि पूरे मुहल्ले की तो आ रही है, पर उसकी बिल्डिंग की नहीं आ रही है। उसकी बिल्डिंग के बारह फ्लैट हतभागी हैं कि बिजली उनमें नहीं है। और परम दारुण दुःख क्या है? परम दारुण दुःख यह है कि पूरे मुहल्ले की भी आ रही है, बिल्डिंग की भी आ रही है, बस अपने फ्लैट की नहीं आ रही है। यह दुःख का परम छोर है। इस दुःख की सांत्वना नहीं है, ज्ञानियों ने ऐसे दुःख को असांत्वनेय कहा है।

सुख की व्याख्या बिजली की संदर्भ में यों हो सकती है कि बिजली आ रही हो, यह सुख है। पूरे मुहल्ले की नहीं आ रही हो, पर अपनी बिल्डिंग की आ रही हो, यह परम सुख है। पर न पूरे मुहल्ले की आ रही हो, न पूरी बिल्डिंग की आ रही हो, सिर्फ और सिर्फ अपने घर की आ रही हो, यह परम-सुपर-डुपर सुख है। ऐसा सुख है, जिसे सँभालना हर किसी के बस में नहीं होता है।

पर ज्ञानी, हर सुख एवं दुःख को सँभालता है, परंतु बिजली आने तथा जाने की स्थितियों में योगीवत सम-भाव में ही रहता है।

□

चाय न पीनेवालों का ईमान

लगातार बार-बार चाय पीनेवालों को झेलने का तजुरबा तमाम गृहिणियों को है, पर चाय न पीनेवालों को भी झेलना कम मारू तजुरबा नहीं है। एक मीटिंग में था, एक चाय न पीनेवाले ने चेहरे पर तेजस्विता के भाव भरकर कहा कि मैं चाय नहीं पीता। सब लोग शांत रहे। फिर चाय न पीनेवाले ने कहा कि पचास सालों से नहीं पी। मीटिंगवाले सब बंदे शांत रहे। चाय न पीनेवाला उखड़ सा गया। किसी ने आगे न पूछा तो जैसे चाय न पीने का सारा पुण्य खत्म हो गया।

मैं बिजी था, इसलिए उसके चाय-पुराण पर ध्यान नहीं दे पाया, वरना अगर फुरसत होती तो चाय न पीनेवालों से संवाद यों होता है—

मैंने पचास सालों से चाय नहीं पी।

अच्छा, मतलब कैसे कर लेते हैं। कोई समस्या नहीं होती क्या।

इसके बाद चाय न पीनेवाला यह भी चाहता है कि उससे पूछा जाए कि फिर बिना चाय के सामाजिक जीवन में कैसे काम चल जाता है, सो पूछिए।

जी कहीं आफिस-घर किसी से मिलने गए, उसने चाय ऑफर की तो क्या करते हैं।

जी, मैं बता देता हूँ कि पचास साल से चाय नहीं पी, आप मुझे दूध पिलवा दीजिए, बोर्नविटा या हार्लिक्स डालकर। मुझे तो चाय के बगैर कोई समस्या नहीं होती।

चाय न पीने से चाय पीनेवालों को कोई समस्या नहीं होती, दरअसल समस्या सामनेवालों को होती है, जिन्हें चाय के विकल्प का जुगाड़ करना होता है। अब सामनेवाला बंदा दूध का जुगाड़ करे या जुगाड़ न कर पाए तो इस अपराधबोध में ग्रस्त रहे कि हाय कुछ न ऑफर कर पाए।

मैंने एक चाय न पीनेवाले से कहा कि आप सिंपल कह दिया कीजिए कि कुछ नहीं पीना, आप यह क्यों बताते हैं अलग से कि चाय नहीं पीता और पचास साल से नहीं पीता।

चाय न पीनेवाला उखड़ गया, ''चाय नहीं पीता मैं तो यह बात सबको जाननी चाहिए।''

उसके चेहरे के भाव से लगा मानो कोई तपस्वी कह रहा हो, तपस्या है मेरी तो सबको पता लगनी चाहिए। तपस्या बंदा अपने लिए करता है तो तपस्वी होता है, जब बंदा उसकी दाद वसूलना चाहे तो तपस्वी नहीं रहता, मदारी हो जाता है। मदारीगिरी का इन दिनों विकट सम्मान है।

चाय न पीनेवालों के लिए चाय न पीना कुछ-कुछ उस तरह की कलाकृति की तरह होता है, जिसके बारे में सबको तफतीश करनी चाहिए, पूछना चाहिए।

सर्दी में ठंडे पानी से नहाना भी कुछ-कुछ ऐसी ही कलाकृति की तरह होता है, जिसके बारे में सबको पूछताछ करनी चाहिए। आपको कुछ ऐसे लोग मिल जाएँगे, जो बताएँगे कि मैं सर्दियों में भी ठंडे पानी से नहाता हूँ ऐसों के चेहरों के गौरव-भाव देखकर मन होता है कि ओलंपिक के स्वर्ण-पदक विजेताओं से कह डालूँ कि तुम्हारे पास स्वर्ण-पदक हैं तो क्या है। हमारे पास न चाय पीने का रिकॉर्ड है। सर्दी में ठंडे पानी से नहाने का रिकॉर्ड है।

और रिकॉर्ड यह भी है कि गरमियों में सात दिनों से न नहाए, नल में पानी नहीं आता। जेब में इतने पैसे नहीं, कि बिसलेरी की बोतल खरीदकर नहा लिया जाए। कई रिकॉर्ड मजबूरियों में बन जाते हैं।

एक रिकॉर्डधारक मुझे पीडब्ल्यूडी में मिले, बोले कि रिकॉर्ड है, तीस साल की नौकरी में एक रुपए की रिश्वत ली हो तो। ईमानदार ईमान की विस्तृत कहानी सुनाता है, सुनने से इनकार करो तो खुद ही आत्म-ग्लानि होने लगती है कि हाय वह ईमानदार रहा, हम कहानी भी नहीं सुन रहे। बेईमान अपनी शॉपिंग और टूरिंग के किस्से सुनाता है, जो अवांछनीय होते हुए भी रोचक होते हैं और ईमानदार ईमान की कहानियाँ सुनाता है, जो वांछनीय होते हुए भी बोरिंग लगती है। जिंदगी सच में बहुत उलझी हुई है।

अभी एक सज्जन मिलने आए हैं, जो इनकम टैक्स में ईमानदार हैं, चाय नहीं पीते हैं और सर्दियों में भी ठंडे पानी से नहाते हैं। उनकी कहानियों से बेहोश होने से बच गया तो पूछूँगा प्रभो, पीडब्ल्यूडी में ईमानदारी कैसे चल गई।

ईमान को बचाने का एकमात्र तरीका मुझे यही लग रहा है कि ईमान की कहानियों को फुल सम्मान के साथ सुना जाए।

इस कहानी से हमें यह शिक्षा मिलती है कि ईमान अब कहानी भर का मसला हो गया है।

□

फास्ट दिन और धीमे दिन

थ्योरी ऑफ रिलेटिविटी जानने-समझने के लिए आइंस्टीन होना जरूरी नहीं है। अनपढ़ नेता तक सापेक्षता या रिलेटिविटी का सिद्धांत समझता है। जनता द्वारा खारिज हुई सरकार में शामिल एक मंत्री के चमचे से बात हो रही थी। उसकी बात का आशय था—दु:ख के दिन बीतत नाहीं। कुछेक महीने यों बीते, जैसे दो सदियाँ बीत गईं। उफ्फ, दारुण दु:ख।

मैंने निवेदन किया कि जी अभी तो कई साल तक आपकी सरकार का कोई सीन नहीं है। उसके आगे की बात आगे के हालात पर निर्भर होगी। आप कुछेक महीनों में ही इतना निराश, दु:खी टाइप हो गए।

वे गीत सा गाने लगे—तुम बिन जीवन कैसा जीवन।

तुम से आशय इस गीत में कुरसी से था।

कुरसी के बगैर कुछ महीने ही सदियाँ मालूम देते हैं। इसे थ्योरी ऑफ रिलेटिविटी, यानी सापेक्षता का सिद्धांत कहते हैं। कुरसी पर बैठे बंदे को दो सदियाँ भी यों मालूम दें कि हाय अभी तो बैठे थे, कित्ती जल्दी दिन बीत गए। यों लगा कि दो महीने भी न बैठे कुरसी पर। पर कुरसीविहीन जीवन दो महीने का भी दो सदियों का दिखता है, दु:ख के दिन बीतत नाहीं।

समय का मामला पेचीदा है। सॉफ्टवेयरवाले नौजवान तीन मिनट को बहुत लंबा टाइम मानते हैं। कोई फाइल इंटरनेट से डाउनलोड होने में अगर तीन मिनट लगाए तो कंप्यूटर-पोषित-चरित्रवाले नौजवान उसे अति ही दीर्घकालीन अवधि घोषित कर देते हैं। पाँच मिनट का वक्त तो उनके लिए अगला युग हो जाता है। एक टेलीकॉम कंपनी ने अपने एक इंटरनेट प्लान को प्लान फॉर इंपेशेंट, यानी बेसब्रों के लिए प्लान घोषित किया। सॉफ्टवेयर वाले सेकेंड्स में सोचते हैं। घंटे की बात उनके सामने यों लगती है, गोया अगले युग की बात की जा रही है।

पर समय का मामला पेचीदा है। इतिहास के एक प्रोफेसर से बात हो रही थी। महात्मा गांधी के संदर्भ की किसी घटना की कुछ चर्चा हो रही थी, इतिहास के प्रोफेसर बोले कि अरे यह तो अभी की ही बात है। बिलकुल अभी की।

मैंने निवेदन किया कि सर, महात्मा गांधी को स्वर्गवासी हुए ही पैंसठ साल से ऊपर का वक्त हो लिया है। आप कह रहे हैं कि गांधीजी से जुड़ी यह बात अभी की है।

इतिहास के प्रोफेसर ने मुझे उस निगाह से देखा, जैसे क्लासिकल सिंगर यो यो हन्नी सिंह को देखते हैं, क्या बेवकूफी है।

इतिहास के प्रोफेसर के एक शिष्य ने मुझे कोने में ले जाकर बताया कि हमारे गुरुवर मध्यकालीन इतिहास के एक्सपर्ट हैं। इनका वक्त मुगलकालीन है। बाबर, हुमायूँ, अकबर को ये अपने वक्त का मानते हैं। सौ-पचास साल पुरानी बात तो यों ही अभी की है। इतिहास के जिन प्रोफेसरों की विशेषज्ञता प्राचीन इतिहास में है, वे चौथी-पाँचवीं शताब्दी के आश्रमों में रमण करते हो सकते हैं। वे तो बहुत बाद के बाबर, अकबर को भी बहुत बाद के कल के छोकरे मान सकते हैं, चौथी शताब्दी में अटके बंदे को सोलहवीं शताब्दी कल की ही बात लग सकती है।

इतिहास के प्रोफेसर का टाइम-सेंस बहुत अलग होता है, वहाँ सौ-पचास साल पहले की बात अभी की बात लगती है।

कंप्यूटर-इंटरनेट का कोई नया प्रोफेसर तीन मिनट पहले की बात को अभी की बात नहीं मानता। सदियाँ बीतीं, युग बीते टाइप की फीलिंग से वह उस फाइल की बात करता है, जो अभी तक इंटरनेट से तीन मिनट में डाउनलोड न हो पाई।

सरकारी सेवा के निर्माण कामों में लगे इंजीनियरों के लिए दस-बीस साल अभी हाल की बात होते हैं। अरे अभी तो शुरू हुई थी, यह स्कीम, अभी निपट गई।

टाइम-सेंस हरेक का अलग है। जाँच-परख कर समझना चाहिए।

क्रिकेट टीम घटिया खेले तो पाँच दिन का टेस्ट मैच बहुत लंबा लगता है। तीन दिनों में तोड़-फैसला हो लेता है, हारने के बाद बाकी के दो दिन टीम के गालियाँ खाने में कटते हैं। इतनी गालियाँ पड़ती हैं कि दो दिन दो सदियाँ लगने लग जाते हैं। गालियाँ पड़ें तो दिन बहुत धीमे जाते दिखते हैं, मालाएँ पड़ें, बंदे को दो सदियाँ भी दो दिनों में जाती दिखती हैं।

थ्योरी ऑफ रिलेटिविटी क्रिकेट की हार-जीत में भी समझ में आती है।

□

चीन का एप्पल, चीन का टमाटर

दस में से नौ शहरी नौजवान एप्पल का मतलब इन दिनों मोबाइल फोन या आईपोड से लगाते हैं। एप्पल वह, जिसे अमेरिकन कंपनी बेचती है और उसकी स्टाइल पर चीनी कंपनी बेचती है। एप्पल वह नहीं, जो आदम और हव्वा ने जन्नत में खाया था।

एप्पल की सफल मार्केटिंग सुनिश्चित करेगी कि पाँच-सात सौ सालों बाद आदम और हव्वा की कहानी में किसी तरह मोबाइलवाला एप्पल आ जाए कि इस एप्पल को लेकर आदम और हव्वा में झगड़ा हो गया था। हव्वा ने आदम की पिटाई इस बात पर कर दी थी कि एप्पल पर उलटे-सीधे वीडियो देखने और फेसबुकबाजी-ट्विटरपंती करने के अलावा कोई और काम नहीं तुम्हें। या आदम हव्वा से इस बात पर नाराज हो गया था कि ओफ्फो, तुम्हारे एप्पल का बिल इतना आया है कि इतने में दो किलो टमाटर खरीद सकते थे हम। बदले में हव्वा हड़काती कि आदम, तुमसे न टमाटर का खर्च निकलता, न एप्पल का खर्च निकलता। कथा यों होती कि दोनों की काँय-काँय से परेशान होकर परमात्मा ने दोनों को जन्नत से निकाल बाहर कर दिया था, निकाले जाने की वजह वह वाला एप्पल नहीं, यह वाला एप्पल था।

खैर, चीन की एक मोबाइल कंपनी ने, जिसे चीन की एप्पल कंपनी कहा जाता है, कुछेक दिनों में भारत में सस्ते एप्पल फोन के लाख कस्टमर तैयार कर लिये। ऐसे नहीं मिलेगा, पहले से रजिस्ट्रेशन करवाओ एक ऑनलाइन स्टोर पर, फिर मिलेगा। चीनियों का जवाब नहीं है, भारतीय राशन की दुकान से मार्केटिंग की प्रेरणा ली है, सबको एक बार में माल मत दो। फिर कस्टमर आकर पूछे, फिर कब आएगा माल। तब माल आने से पहले ही कस्टमर लाइन लगा लेता है। चीनी एप्पल की मार्केटिंग का यह खालिस भारतीय राशन-दुकानी मॉडल है, ग्लोबाइलाइजेशन इसे ही कहते हैं।

ऐसे हुनरवान हैं चीनी कि मौका मिल जाए तो सस्ता चीनी नेता तक पेश कर दें, चीनी कलमाड़ी कुछेक लाख खाकर ही संतुष्ट, चीनी ए.के. राजा सिर्फ एक लाख रुपए

में ही पूरा टेलीकॉम घोटाला निपटवा लो। सस्ता, सुंदर, टिकाऊ हो या नहीं—चीनी आइटम।

खैर चीनी टमाटर की बुकिंग कब शुरू होगी।

चीनियो, इस देश को सस्ते एप्पल से ज्यादा सस्ते टमाटरों की जरूरत है।

□

ड्रोन पर कटिया

मानव-रहित बहुत छोटे विमान 'ड्रोन' के जरिए मुंबई में पिज्जा की डिलीवरी हुई। पाकिस्तान में अमरीकन ड्रोन बम डिलीवर करते हैं, धाँय-धाँय-भड़ाम-भड़ाम। पाकिस्तान माँगता है तो अमरीका डॉलर देता है, फिर बिना माँगे ड्रोन से बम देता है। भीख के एक आइटम के साथ एक आइटम जबरन फ्री मिलता है।

मैं यूपी का हूँ, सो ड्रोन पर पिज्जा को जाते हुए देखकर मुझे कटिया की याद आई। कटिया एक खास प्रविधि से तोड़-मोड़कर बनाया गया एक तार-नुमा यंत्र है, जिससे यहाँ-वहाँ या कहीं से भी बिजली पार की जाती है। यूपी में इन दिनों इतनी बिजली गायब रहती है कि कहीं कुछ भी हो, मुझे कटिया की याद आ जाती है। पिज्जा उड़ रहा हो ड्रोन पर, कटिया लगाओ और पिज्जा उतार लो। यह आइडिया मैंने एक नेता को बताया तो वह बोला कि सिर्फ पिज्जा क्यों उतारो, थोड़ी बड़ी कटिया लगाओ, पूरे ड्रोन को ही उतार लो।

मैं आम आदमी कटियागिरी भी छोटी सोचता हूँ। नेता की सोच बड़ी होती है, ड्रोन क्या, पूरे देश को कटिया से पार कर सकता है।

बिजली गायब, बिजली के सहारे चलनेवाली मोटर के सहारे आनेवाला पानी भी गायब था। बेटी को स्कूल से प्रोजेक्ट मिला था कि बताओ प्रागैतिहासिक काल में, जंगल-युग में मानव कैसे रहता था। तीन दिनों में हमारा जो हाल हो लिया, उसे बेटी ने फोटू समेत लिख मारा। प्रोजेक्ट पूरा हो गया। बिजली जाने का एक और फायदा मैंने महसूस किया। बिजली जब आती थी, तब मेरी माँ एक मराठी सीरियल के गोखले परिवार की बहुओं के लिए दुःखी-परेशान रहती थीं और पत्नी एक हिंदी सीरियल की अक्षरा और उसके बच्चे के लिए परेशान रहती थी। गायब बिजली के फुलटू अँधेरे में हम सारे के सारे सिर्फ और सिर्फ अपने परिवार के लिए चिंतित हुए, नो गोखले, नो अक्षरा।

वाह, क्या बात है! गायब बिजली अपने परिवार के कितना करीब ला देती है। है न।

□

गर्लफ्रेंड के सामने की महँगाई

अब मोबाइल फोन, पायजामे और स्कूल यूनिफॉर्म के भाव भी महँगाई नापने के सूचकांक में शामिल होंगे। वैसे महँगाई के सूचकांक ही सबके लिए अलग-अलग होने चाहिए, क्योंकि महँगाई सबके लिए अलग-अलग ही होती है। गुप्ता आंटी सिर धुनती हैं कि हाय आलू-टमाटर के बढ़ते हुए भाव। गुप्ताजी का बेटा प्रसन्न-मगन होता है कि स्मार्ट-फोन सस्ता हो रहा है। बेटों के लिए तो सस्ताई है, मम्मी के लिए महँगाई है।

महँगाई के आँकड़ों को अलग-अलग वक्त में लिया जाए तो ही फर्क दिख पाता है।

जैसे एक बंदा अपनी गर्ल-फ्रेंड के साथ किसी चकाचक मॉल के सिनेमा हॉल में है, कोल्ड-ड्रिंक सामान्य बाजार भाव से दोगुने भावों पर उसे बेची जा रही है।

फिर भी 100 में सौ नौजवान कहेंगे कि न कतई महँगी नहीं है।

वही बंदा अगर छह महीने बाद उसी मॉल के उसी हॉल में उसी गर्ल-फ्रेंड को पत्नी बनाकर आए तो दोगुने भाव पर बिकनेवाली कोल्ड-ड्रिंक पर सौ में से नब्बे नौजवान बतौर पति कहेंगे कि हाय कित्ती महँगाई है।

गर्ल-फ्रेंड के सामने नो महँगाई, पत्नी के सामने दुनिया भर की महँगाई है। महँगाई का यह सापेक्षता सिद्धांत जानने के लिए आइंस्टीन होना जरूरी नहीं है। मंत्रियों के बस में नहीं कि महँगाई कम कर दें, यह काम देश के बॉय-फ्रेंड्स ही कर सकते हैं। भारत नौजवानों का देश है। करीब पचास प्रतिशत आबादी पच्चीस साल की उम्र से नीचे की है, महँगाई कम दिखाने की अपार बॉय-फ्रेंडात्मक संभावनाएँ हैं।

पाँच सौ का पिज्जा बच्चों को सस्ता दिखता है, 38 रुपए का फुल एक किलो आटा मम्मी को महँगा दिखता है। अपनी जेब से खर्च करना पड़े तो 38 रुपए का एक किलो आटा महँगा लगता है, पापा की जेब से जाना हो तो 500 रुपए का पिज्जा सस्ता

लगता है। दादी तो पाँच सौ का पिज्जा सुनकर बेहोश हो जाएँ और बताने लगें कि कुल इतने के दहेज में चंदू की शादी हो गई थी, महँगाई के आँकड़े सबके लिए अलग-अलग हैं।

तो फिर किया क्या जाए, दो ही रास्ते हैं या तो बच्चों, नौजवानों को बहुत कम उम्र में अपनी कमाई के लिए प्रेरित किया जाए, या मम्मी-पापाओं से कहा जाए कि महँगाई को नौजवान नजरों से देखो न।

□

मार्केटिंग के यक्ष-प्रश्न

मार्केटिंग-प्रधान युग में हर ज्ञान को आखिर सेल और मुनाफे के तराजू पर ही तुलना है। कितना बेच लिया और कितना कमा लिया, हर तरह के ज्ञान के शीर्ष पर ये ही दो सवाल हैं। जिसकी सेल संभव नहीं, उसका खेल खत्म मान लिया जाता है। जैसा कि हमारे वक्त के बड़े कॉमेडियन-स्कॉलर कपिल शर्मा के कहने का आशय है कि बिकता है सब कुछ, बेचनेवाला चाहिए।

पुरानी महाभारत कथा में युधिष्ठिर के ज्ञान की परीक्षा एक यक्ष ने ली थी। अब तो सारा ज्ञान मार्केटिंग में ही निहित है।

अब यक्ष-युधिष्ठिर के बीच सवाल-जवाब कुछ यों होते—

सवाल—इस पृथ्वी का उद्देश्य क्या है? बच्चे क्यों जन्म लेते हैं?

युधिष्ठिर—ताकि वे बेबी सोप्स, बेबी पाऊडर, बेबी-डाइपर की कंपनियों के उत्पादों के टारगेट बनकर इन तमाम कंपनियों को लाभ पहुँचा सकें।

दूसरा सवाल—सृष्टि-चक्र में बच्चे जवान क्यों होते हैं?

युधिष्ठिर—ताकि वे वैलेंटाइन-डे कार्ड खरीद सकें, तमाम कंपनियों के मुनाफे बढ़ा सकें, ताकि वे बर्गर और कोला कंपनियों का वैलेंटाइन-पैकेज खरीद सकें।

तीसरा सवाल था—इनसान को मृत्यु का डर क्यों लगता है?

युधिष्ठिर—ताकि तमाम बीमा कंपनियाँ अपनी इंश्योरेंस पॉलिसी बेच सकें।

चौथा सवाल—इनसान बूढ़ा क्यों होता है?

युधिष्ठिर—ताकि तमाम मुचुअल फंड और बीमा कंपनियाँ अपने पेंशन प्लान बेच सकें, ताकि कंपनियाँ बुजुर्गों को सीनियर सिटीजन-डाइपर बेच सकें।

पाँचवाँ सवाल—इनसान पुनर्जन्म क्यों लेता है?

युधिष्ठिर—मोबाइल कंपनियाँ इतनी तरह के हैंड-सेट बना रही हैं कि बंदा एक ही जन्म में इन सारे हैंड-सेटों का उपभोग नहीं कर सकता। हर बड़ी मोबाइल कंपनी

हर छह महीने में एक नया मोबाइल लॉन्च कर देती है। एक जन्म में बंदा इन सारे मोबाइल हैंड-सेटों का उपभोग नहीं कर सकता। इसके लिए उसे कई जन्म लेने की आवश्यकता होती है, इसलिए पुनर्जन्म की जरूरत होती है।

अभी मार्केटिंग विरोधी एक प्रोफेसर मेरे पास आए हैं, तमाम तरह की मार्केटिंग-योजनाओं का सख्त विरोध करती हुई किताब लिखी है।

उनकी चिंता का तात्कालिक विषय है—इस किताब की सही-सेट मार्केटिंग कैसे की जाए।

□

शिष्टाचार की तारीफ रेखा

मोबाइल का नए शिष्टाचार के मुताबिक मित्र-परिचित द्वारा खरीदे गए नए मोबाइल पर यथोचित प्रतिक्रिया न देना कतई बदतमीजी है। कुछ समय पहले एक बंदा लेकर आया पचास हजार का मोबाइल, मैंने उसके मोबाइल का हाल न पूछकर सारा समय उसके परिवार के हाल पूछने में लगा दिया। उसने मुझे कई जगह बहुत बैकवर्ड बताया कि सिर्फ परिवार के बारे में पूछते हैं। लेटेस्ट मोबाइल के फीचर भी न पूछे। यह तक न पूछा कि किस डील में यह कितने का पड़ा।

परिवार के हाल पूछने में भले ही ढील दे दें, पर मोबाइल का डील जरूर पूछें। जो ऐसा नहीं करते, उन्हें शिष्टाचार की तारीफ रेखा से बहुत नीचे ही माना जाता है, तारीफ रेखा के गरीब।

पहले यह फंडा मकान पर लागू होता था।। कोई मकान खरीदे तो उसे यह बताना मकान देखनेवालों की नैतिक-सामाजिक जिम्मेदारी बनती थी कि यह मकान ब्रह्मांड का सर्वश्रेष्ठ मकान है, ईशान कोण से लेकर फ्रंड व्यू सब चकाचक है। अब यह बात मोबाइल पर भी लागू होती है।

जैसे आप किसी बंदे से मिल रहे हैं और उसका मोबाइल दृष्टिगोचर नहीं हो रहा है तो साफ है कि वह किसी काबिल-ए-शर्म पुराने घिसे मोबाइल का मालिक है। पचास हजार का मोबाइल आम तौर पर जेब में न रखा जाता।

पर कोई बंदा अगर मोबाइल निकाल टेबल पर रखे तो आपका यह कर्तव्य बनता है कि मोबाइल के बारे में पूछें और मोबाइल एकदम नया हो तो मोबाइल को लेकर उसकी संपन्नता, समझदारी, दूरदृष्टि, संतुलित-दृष्टि, शोधपरकता, मोबाइल-जागरूकता की यथोचित तारीफ करें। तारीफ-संहिता के कुछ बिंदु इस प्रकार हैं—

अगर मोबाइल पाँच सौ रुपए से दस हजार के बीच हो तो कहिए कि यह है समझदारी, काहे को रकम फूँकनी मोबाइल में।

अगर मोबाइल दस से तीस हजार के बीच हो तो कहिए कि ग्रेट क्या डील तलाशा है। आपके मोबाइल में वे सारी खूबियाँ हैं, जो दो लाख के लैपटाप में होती हैं। सामनेवाला आपके बयान का खंडन न करेगा, मुसकराकर मान लेगा।

अगर मोबाइल पचास हजार से ऊपर का हो तो कहिए कि आप जानते हैं जिंदगी का सही मतलब, अपने लाइफ–पार्टनर से भी ज्यादा हमारे साथ तो मोबाइल रहता है। इस पर खर्च की क्या फिक्र। ग्रेट च्वाइस।

□

स्टे-ऑर्डर विद बेबी-केयर

डिस्क्लेमर—करीब तीन-चार साल के दिल्लीवासी बच्चे और अमरीका के अट्ठाईस वर्षीय न्यूक्लियर फिजिक्स के छात्र के बीच की यह बातचीत कतई काल्पनिक नहीं है।

अमरीकी छात्र उर्फ अछा—थैंक गॉड दिल्ली-बेबी, तुम्हारे इंडिया में पेरेंट्स तीन-चार साल के बच्चे को नर्सरी एडमीशन के चक्कर में इतनी पढ़ाई करवा देते हैं कि वे न्यूक्लियर फिजिक्स से लेकर स्टेम सैल रिसर्च के सवालों पर हमारी हेल्प कर देते हैं। दिल्ली-बेबी तुम्हारे द्वारा दी गई गाइडेंस से मुझे अगले महीने पी-एच.डी. अवॉर्ड हो जाएगी।

दिल्लीवाला बेबी उर्फ दिबे—यू सी इधर में कुछ लीगल इशूज में फँसा हुआ हूँ।

अछा—क्या ब्रो, तुम क्या राष्ट्रपति के चुनावों में खड़े हो रहे हो, जो अभी से लीगल इशूज को समझने की कोशिश कर रहे हो। राष्ट्रपति चुनाव में यूएस में लीगल इशूज हुए थे, करीब चौदह साल पहले बुश बनाम गोरे केस में।

दिबे—नो डीयर, राष्ट्रपति बनने-बनाने के काम इंडिया में सीधे हैं, कोई लीगल पेंच नहीं हैं। पर मैं अलग मसलों में उलझा हुआ हूँ, दिशा-निर्देश, हेल्प-लाइन, हाई-कोर्ट बेंच, लेफ्टिनेंट गवर्नर के आर्डर, पाइंट्स जैसे इशूज में फँसा हूँ।

अछा—ओके, अब समझा ब्रो, तुम क्या पॉलिटिक्स में कूद रहे हो, इंडिया में क्राइम के हाई-वे पर पॉलिटिक्स की गाड़ी चकाचक स्पीड पर दौड़ती है। दिल्ली-बेबी क्या तुम पॉलिटिक्स के चक्कर में कुछ क्राइम के लीगल इशूज में उलझ रहे हो, बताओ।

दिबे—नो डीयर, मैं इन दिनों दिल्ली में अपने नर्सरी-एडमीशन में उलझा हुआ हूँ। दिल्ली में पेरेंट्स को बेबी-केयर के साथ स्टे-ऑर्डर का भी खयाल रखना होता है। एडमीशन के ऑर्डर, फिर स्टे-ऑर्डर, बित्ते भर के बच्चे को इत्ते प्वॉइंट्स, उत्ते प्वॉइंट्स।

यू सी हमारे पेरेंट्स नर्सरी में एडमीशन के लिए दुनिया-जहाँ की तमाम पढ़ाई करवा देते हैं। पर अभी नर्सरी के एडमीशनार्थी को लीगल एपटिट्यूड का परचा नहीं पढ़ाया जाता, जहाँ नर्सरी का बच्चा एडमीशन पर स्टे-ऑर्डर को समझ सके। बट मैं अब लॉ पढ़ रहा हूँ, तुम देखना अगले साल अमरीका के लॉ के स्टूडेंट्स को भी गाइड करने के काबिल हो जाऊँगा।

अछा—वाऊ, थैंक्स, तुम्हें अगले साल हार्वर्ड अमरीका में लॉ के गेस्ट लेक्चर के लिए बुलाया जाएगा, मैं जानता हूँ।

दिबे—इज्जत अफजाई के लिए थैंकू, चलूँ राइट टू एजुकेशन के लीगल प्रोवीजंस को देखना है।

□

फेसबुक पर मम्मी फ्रेंड

फेसबुक, व्हाट्सएप जनरेशन के लिए पेरेंट्स एसोसिएशन ने एक मार्मिक अपील जारी की है, फेसबुक जनरेशन गौर फरमाएँ—

हे फेसबुक बालक-बालिका, शर्म नहीं आती है कि जिन माँ-बाप ने तुम्हें जन्म दिया है, उन्हें ही फेसबुक की अपनी फ्रेंड-लिस्ट में तुम बतौर फ्रेंड जगह नहीं देते। कैलीफोर्निया की कैरीना और लंदन का डेनियल तुम्हारी फ्रेंड-लिस्ट में हो सकता है, पर अपने सगे माँ-बाप को अपनी फेसबुक फ्रेंड-लिस्ट में जगह देने से तुम ऐसे कतराते-हिचकिचाते हो, जैसे सन्नी लियोनी को पूरे कपड़े पहनने को कह दिया गया हो। जैसे राहुल गांधी से कह दिया गया हो कि वे सामने आकर, एकदम सामने से फुल जोरदारी से लीडरशिप दिखाएँ।

हे फेसबुक बालक-बालिका, तुम भी एक दिन माँ-बाप बनोगे, तब पता लगेगा कि बच्चों की फ्रेंड-लिस्ट से बाहर होना कितना दु:खदाई होता है।

हे फेसबुक बालक-बालिका, तुम्हें मम्मी और पापा को अपनी फ्रेंड-लिस्ट में रखने में शर्म क्या है, यद्यपि फेसबुक पर तुम अपने कुछ मित्रों-मित्रानियों को जो मैसेज-फोटू भेजते हो, उनमें से कई काबिले-शर्म ही होते हैं।

हे फेसबुक बालक-बालिका, तुम मम्मी-पापा को अपनी फ्रेंड-लिस्ट से इस कदर दूर रखना चाहते हो कि अपने फर्जी फेसबुक प्रोफाइल में भी तुम मम्मी-पापा को फ्रेंड-लिस्ट में न रखते। फर्जी फेसबुक प्रोफाइल तक में मम्मी-पापा के साथ फर्जीवाड़ा।

हे फेसबुक बालक-बालिका, तुम्हें पता नहीं कि तुम झूठ बोलने में कितने कच्चे हो, झूठ बोलने में मम्मी-पापा तुम्हारे बाप हैं। देखो होशियार पापा लोग जब बीमारी की छुट्टी लेकर कुल्लू-मनाली घूमने जाते हैं तो कुल्लू-मनाली की अपनी मस्ती की फोटू कतई फेसबुक पर पोस्ट न करते। फेसबुक पर वे वही फोटू लगाते है, जिसमें उन्हें तीन साल पहले ग्लूकोज चढ़ाया जा रहा था। पर बबली को देखो, वह फेसबुक झूठ में फँस

गई। कॉलेज से छुट्टी ली कि बहुत बीमार है, फिर शिमला चली गई। शिमला की मौज-मस्ती के फोटू फेसबुक पर पोस्ट कर दिए, प्रोफेसर ने पकड़ लिया और पूरी क्लास के सामने बबली की क्लास लगा दी। वह तो नई जनरेशन झूठ को व्यक्तित्व का गुण ही मानती है, वरना तो बबली की बहुत बेइज्जती हो जानी थी।

सो हे फेसबुक बालक-बालिका उचित मार्गदर्शन के लिए मम्मी और पापा को फेसबुक फ्रेंड-लिस्ट में रखो।

□

ट्विटर में यमराज

कथा यों है—यमराज नौजवान के प्राण हरने पहुँचे, नौजवान ने कहा महाराज बस कुछेक मैसेज चेक करने दो। यमराज ने कहा कि ओ.के.। नौजवान ने फेसबुक मैसेज चेक किए, करीब बीस मिनट निकले। यमराज बोले कि चलो। नौजवान बोला कि जी बात मैसेज चेक करने की हुई थी, अब ट्विटर के चेक करने हैं। ओ.के. आधा घंटा निकला। यमराज बोले कि अब तो चलो। नौजवान बोला कि जी बात तो मैसेज चेक करने की हुई थी, अभी तो लाइन के मैसेज चेक करने हैं। फिर आधा घंटा निकला। फिर व्हाट्सअप, फिर इंस्टाग्राम, फिर हाईक, फिर जीमेल, कुल तीन घंटे निकल गए।

यमराज ने सिर पीटा, हाय तेरी मौत का वक्त तो निकल गया।

इस तरह मौत के मुँह से नौजवान को तमाम मैसेज निकाल लाए। पर मौत के मुँह से जो जिंदगी निकली, वह भी मैसेज में ही गई। जब से होश सँभालता है नौजवान, उसके बाद की एज का बड़ा हिस्सा मैसेज में जाता है। मैसेज चेक करने में या मैसेज भेजने में। उफ्फ, कैसे-कैसे मैसेज। मेरी एक जानकार हैं, उनका पहला बालक एक साल का हुआ है। सुबह से ह्वाट्सअप पर फोटो भेजना शुरू करती हैं—शंकी इन बेड 5.40 फिर 5.45, शंकी सिटिंग ऑन पौटी 6.45, शंकी वाचिंग टीवी, शंकी नॉट वाचिंग टीवी। उफ्फ! मैंने परिचिता से कहा कि देख और सब तो ठीक है, पर यह शंकी ऑन पौटी का फोटू न भेजा कर। मतलब कुछ ठीक सा नहीं लगता। फिर एक महीने में शंकी ऑन पौटी के फोटू इतने हो गए हैं, सिर्फ इसी की अलबम बन जाए। परिचिता ने पलट कर डाँटा कि आप कायदे से ऑबजर्व नहीं करते, पौटी पर बैठे शंकी के चेहरे के भाव रोज अलग-अलग होते हैं, वह देखिए। गहरी महीन बात है। कोई क्या करे।

बात यहाँ खत्म नहीं है, लाइक करो। अब शंकी ऑन पौटी में रोज-रोज क्या लाइक किया जाए। यह सवाल पूछना डिजिटल शिष्टाचार के खिलाफ है।

मुझे कुछ सीन ऊपर के दिखाई दे रहे हैं कि इंद्र भगवान यमराज को डाँट रहे हैं—यमराज, नीचे से आत्माओं की डिलीवरी सही तरह से नहीं ला रहे हो।''

यमराज पलट जवाब दे रहे हैं कि महाराज ये चित्रगुप्त फँसा देते हैं। कैंडी क्रश सागा खेलने के इतने निमंत्रण भेजते हैं कि मजबूरन मुझे खेलना पड़ता है।

उफ्फ डिजीटल लाइफ-स्टाइल।

□

टमाटर टूरिज्म, प्याज विजिट

उस रेल-स्टेशन के पीले-पत्थर पर लिखा था—समुद्री सतह से 171 मीटर ऊपर, समुद्र यहाँ से दो हजार किलोमीटर दूर था, क्या करेंगे हम समुद्री सतह का, कोई काम की सूचना दो। महँगाई से त्रस्त होकर कोई समुद्र में कूदना चाहे तो जरूर यह सूचना काम की हो सकती है कि दो हजार किलोमीटर दूर जाकर समुद्र में कूदोगे तो भी समुद्र की सतह 171 मीटर बाद आएगी…।

ट्रेन में बैठी एक अम्माजी ने बेटे को कहा कि यहाँ आलू बहुत सस्ते मिलते हैं, देख स्टेशन पर मिल रहे हों तो ले-ले पाँच-दस किलो। उफ्फ, स्टेशन पर आलू न थे, स्टेशन पर वही सबकुछ था, लगभग हर स्टेशन पर होता है—खराब चाय, बहुत ही खराब समोसे, बोतलबंद पानी, खुले पानीविहीन नल। नई सरकार से निवेदन है कि रेलवे स्टेशनों पर कुछ नया हो। गोताखोरों के लिए उपयुक्त समुद्र-सतह की सूचना की बजाय हर स्टेशन पर यह लिखा जाए कि यहाँ आलू-प्याज-टमाटर दिल्ली, मुंबई, लखनऊ के मुकाबले कितना सस्ता है।

स्टेशन के नामवाले पीले-पत्थर हटाकर डिजिटल-बोर्ड लगाए जाएँ, जिनमें दर्ज हो—लखनऊ, नीचे लिखा हो, आलू के मामले में दिल्ली से 50 प्रतिशत सस्ता, टमाटर के मामले में दिल्ली से 70 प्रतिशत सस्ता, प्याज के मामले में दिल्ली से 60 प्रतिशत सस्ता, यह काम की सूचना है। शहर के भावों का अंदाज स्टेशन के डिजिटल-बोर्ड से लग जाएगा। किसी शहर में सस्ताई ज्यादा हो तो एक बंदा गाड़ी की चेन खेंच ले, दो-चार बंदे शहर की मंडी से आलू-प्याज लदवा के गाड़ी में डलवा दें। सस्ताई अगर ठीक-ठाक हो तो चेन खेंचने के फाइन को देकर भी बंदे बचत कर लेंगे, बल्कि मोदीजी के टूरिज्म डेवलपमेंट प्लान से भी इसे जोड़ा जा सकता है।

अब प्याज टूरिज्म और आलू विजिट को टूर के साथ जोड़ा जाए। नासिक स्टेशन के डिजिटल-बोर्ड पर लिखा हो—यहाँ पर प्याज दिल्ली के मुकाबले 1000 प्रतिशत

सस्ता है। यात्रीगण स्टेशन से बाहर उतरकर प्याज-तीर्थ, प्याज की थोकमंडी के लिए प्री-पेड टैक्सी या प्री-पेड ऑटो ले सकते हैं। अनजान यात्रियों से लिया गया प्याज न सूँघें।

आगरा के स्टेशन पर लिखा हो—यहाँ आलू दिल्ली के मुकाबले 500 प्रतिशत सस्ता है।

जल्दी ताज-टूरिस्टों से ज्यादा आलू-टूरिस्ट आगरा जाएँगे। वेलकम प्याज-आलू टूरिज्म।

□

लव में सिंगल

जनरेशन गैप है, तीस वर्ष का नौजवान बीस वर्ष की प्रेमिका को नहीं समझ पा रहा है। मेरे परिचित तीस वर्षीय नौजवान ने पुरानी परंपराओं के तहत एक लंबा सा लव-लेटर बीस वर्षीया को दिया तो उसने बताया, उफ्फ! अब कागज क्यों वेस्ट करते हो, ह्वाट्सअप या फेसबुक कर मैसेज कर देते, मेरे बाकी सारे प्रेमी तो ऐसे ही करते हैं।

तीस वर्षीय झटका खा गया, पूछा, उफ्फ! मेरा स्टेट्स तो तुम्हारे लव में सिंगल है।

बीस वर्षीया ने बताया, लव में सिंगल स्टेट्स अब नालायकों का होता है, अब कायदे के बंदों का लव स्टेट्स मल्टीपल होता है, मेरे पाँच एफबी पेज हैं, छह ह्वाट्सअप पर हैं। तीन नए अभी वैबचैट पर हैं। वक्त बदल गया है। जैसे एक ही नौकरी से बरसों-बरस चिपके रहनेवाले को अब वफादार नहीं, निकम्मा माना जाता है, वैसे एक ही प्यार से चिपके रहनेवाले को अब निहायत ही घोंचू माना जाता है। घोंचू, यू लूजर तुम मेरे लव नहीं हो सकते।

तीस वर्षीय बेहोश हो गया।

खैर वैलेंटाइन डे पर एक नौजवान द्वारा लिखा गया लव-लेटर देखें—

'डीयर,

लव यू, महँगाई से सब परेशान हैं। तुम कहो तो तुम्हारे बिजली के बिल पर 25 प्रतिशत की सब्सिडी देने को तैयार हूँ, मैं उस बिजली के बिल को जमा कराते वक्त उस पर यह सब्सिडी दे दूँगा। मैं तुम्हारे इश्क में सर्दी में तुम्हारे घर के सामने सोने के तैयार हूँ और अपने प्यार का इजहार मैं रामलीला मैदान अथवा स्टेडियम में करना चाहता हूँ, आवश्यक परमीशन का इंतजार है।'

खत का जवाब यह आया, 'अबे तू तो परमीशन का ही इंतजार करता रह जाएगा। मेरा तुझमें कोई इंटरेस्ट नहीं है, यह बता कि मुझे भेजा गया लव लेटर तूने कितनी

प्रेमिकाओं को फारवर्ड किया था। उनमें से किसी एक से सेटिंग कर लेना। लव में स्टेट्स मल्टीपल होना चाहिए, सिर्फ मुझ पर ध्यान लगाकर अगर लव में तेरा स्टेट्स सिंगल है तो बहुत बड़ा बेवकूफ है, इसलिए यों भी तू मेरे काबिल नहीं है।'

नौजवान फिर बेहोश है।

□

एयरपोर्ट स्तर के खतरे

मसले टेंशनात्मक हो रहे हैं, पूरे देश के रेल-स्टेशनों को एयरपोर्टों के स्तर पर लाने की तैयारी हो रही है। पर किस एयरपोर्ट के स्तर के स्टेशन बनाए जाएँगे, यह अभी साफ नहीं हुआ है। क्योंकि छोटे एयरपोर्टों का हाल तो खुद स्टेशनवाला हो रखा है। अभी कुछ दिन पहले मैं एक छोटे एयरपोर्ट पर बैठा हुआ था तो एक एयरलाइनवाले वहाँ बैठे हर यात्री से प्यार से पुचकार करके पूछ रहे थे कि जी आप मुंबईवाली फ्लाइट में ही जाएँगे न। यात्री जवाब देता कि नहीं, हमें तो दिल्लीवाली में जाना है। कतई छोटे स्टेशनवाला माहौल, सिक्यूरिटी चेक करनेवाले यात्री के घर के हाल-चाल पूछें टाइप माहौल। चेक इन क्लीयरेंस करनेवाले यात्री से पूछें कि बड़े दिनों बाद आए भैया, कहाँ को निकल गए थे। एकदम घरेलू छोटे स्टेशनवाला माहौल।

इन सबसे उलट उधर दिल्ली के एयरपोर्ट का हाल कुछ यों है कि गेट के अंदर घुसते ही बंदा ग्लोबल फील करने लगता है। मेरी तो ऐसी आदत हो गई है कि अगर दो घंटे लगातार बिजली आती दिखे तो मुझे शुबहा होने लगता है कि मैं जरूर न्यूयॉर्क में आ गया हूँ, हाय मैं भारतीय न रहा। खुद को गैर-भारतीय महसूस करने का कष्ट उतने समय तक झेलना पड़ता है, जितने समय मैं ऐसे एयरपोर्ट के अंदर रहता हूँ।

बिजलीविहीनता सिर्फ शरीर को ही कष्ट नहीं देती है, बल्कि मन को भी सतत-शंकाशील बना देती है—अच्छा, बिजली दो घंटे से आ रही है। अभी चली जाएगी, देखना। अरे नहीं गई। जरूर जनरेटर चल रहे होंगे, जनरेटर की बिजली के अलग चार्ज हमसे वसूले जाएँगे। हाय, हाय।

खैर, स्टेशन अगर कायदे के एयरपोर्टों जैसे हो जाएँगे तो और क्या होगा। अभी स्टेशनों पर घटिया चाय मिलती है, पर मिलती दस रुपए से नीचे के भाव पर है। स्टेशनों पर आइटमों के भाव अगर एयरपोर्ट के स्तर पर आ गए तो एयरपोर्ट जैसे स्टेशनों पर चाय मिलेगी चालीस रुपए की। हाँ, यह अलग बात है कि इतने रुपए खर्च करने के बाद

बंदा इसे घटिया कहने की हिम्मत न कर पाएगा।

स्टेशन पर चायवालों के जो स्वर हैं—चाय्य, चाय्य, चाय्य। अहा, कैसा क्लासिक, राष्ट्रीय एकता का भाव जगाते हैं, जम्मू से लेकर कन्या कुमारी के स्टेशन तक चाय्य एक अंदाज में बोली-बेची जाती है।

एयरपोर्ट पर सीन अलग है। कोट-सूट टाइप एकदम औपचारिक ड्रेस में कोई बंदा या बंदी एक बार भी आवाज न लगाता या लगाती—चाय्य, चाय्य, चाय्य। अरे एक बार तो बोल ले—चाय्य, क्लासिक सुहाने से भाव जग जाएँ।

मैंने एक एयरपोर्ट पर चाय की दुकान पर जाकर जिद की कि मैं दो कप चाय के पैसे दूँगा, पर प्लीज चाय-बेचनेवाला एक बार चाय्य, चाय्य गरम बोलकर दिखाए। मुझे भगा दिया गया। क्लासिक पुरानी चीजों की वैल्यू खत्म हो रही है।

स्टेशन एयरपोर्ट जैसे हो जाएँगे, इसका मतलब फुल एयरकंडीशंड हो जाएँगे। यह और भी बड़ी आफत है। इस मुल्क में एयरकंडीशनिंग हर बंदा अफोर्ड नहीं कर सकता, हर वक्त अफोर्ड न कर सकता। एक ही बंदा दफ्तर में एयरकंडीशंड होता है, घर में कतई बिजलीविहीन ग्राम का निवासी हो जाता है। बड़े आदमी और बड़े आदमी के दामाद आदि ही चौबीस घंटे एयरकंडीशंड हो सकते हैं।

मुल्क यह एयरकंडीशन की हालत वाला नहीं है, बंदा एयरकंडीशनर ले भी आए तो बिजलीघर कहाँ से लाएगा। मेरा निवेदन है कि मुल्क के एयरपोर्टों को एयकंडीशनविहीन करके उन्हें स्टेशनों के स्तर पर लाया जाएगा, तब वे भारत की आत्मा के ज्यादा करीब होंगे। एयरपोर्ट के सिर्फ उन हिस्सों को एयरकंडीशंड रखा जाए, जहाँ विदेशी यात्री उतरते हैं।

पर सबसे ज्यादा चिंता मुझे भिखारियों की है, एयरपोर्ट के स्तर पर पहुँचे स्टेशनों पर भिखारी किस तरह के होंगे। स्टेशन के वर्तमान भिखारियों को ही वहाँ रहने दिया जाएगा, या अपग्रेडेड स्तर के भिखारी वहाँ लाए जाएँगे।

इस सवाल पर मेरे एक अर्थशास्त्री मित्र ने कहा है कि चिंता मत करो, टमाटर-आलू के भाव जहाँ पहुँच रहे हैं, उन्हें खरीदकर तो इस मुल्क का उच्च वर्ग और उच्च मध्यम वर्ग ही जल्दी अपग्रेडेड भिखारी के लेवल पर पहुँच जाए।

वैसे वह गलत तो नहीं कह रहा है न।

□

राहजनों का रजिस्ट्रेशन

निम्नलिखित निबंध उस छात्र की कॉपी से लिया गया है, जिसे निबंध प्रतियोगिता में पहला स्थान मिला है। निबंध का विषय था—रजिस्ट्रेशन।

रजिस्ट्रेशन की हमारे जीवन में महत्त्वपूर्ण भूमिका है। जीवन और मृत्यु का पंजीकरण उर्फ रजिस्ट्रेशन अनिवार्य है। ऐसा तमाम इश्तिहारों में बताया जाता है। मौत का रजिस्ट्रेशन कितना जरूरी है, यह उन वारिसों से पूछिए, जो अपने अमीर बाप की संपत्ति के त्वरित बँटवारे में लगते हैं। मौत के रजिस्ट्रेशन के बाद जब तक मौत का सर्टिफिकेट न मिल जाए, तब तक संपत्ति का आधिकारिक बँटवारा संभव नहीं है। रजिस्ट्रेशन किसी काम के पक्के होने का सबूत है। उत्तर प्रदेश में कई ऐसे जिंदा घूम रहे हैं, जिनकी मौत का रजिस्ट्रेशन हो लिया है, पर वे मरे नहीं हैं। इनकी संपत्ति पर कब्जे के ख्वाहिश-बंदों ने इन्हें मारकर इनकी संपत्ति को बाँटने के इंतजाम कर लिये हैं। या यों कहा जा सकता है कि इनका मौत का सर्टिफिकेट पहले बन गया है, इन्हे मरने में देरी हो गई। काम में ऐसी चुस्ती सरकारी काम-काज में कम ही देखने को मिलती है। पर नोट मिलते की जुगाड़ हो तो सरकारी तंत्र भागने लगता है।

अगर कोई रकम खर्च करने को तैयार हो, कुतुबमीनार की रजिस्ट्री अपने नाम करवा सकता है। बंटी और बबली नामक फिल्म में ताजमहल की रजिस्ट्री तो एक पार्टी के नाम दिखाई गई है।

रजिस्ट्रेशन इस मुल्क के कई बड़े फर्जीवाड़ों में से एक है।

एक करोड़ की प्रॉपर्टी का रजिस्ट्री/रजिस्ट्रेशन बीस लाख का कराया जाता है। इस मुल्क की संपत्ति का सही आकलन अगर रजिस्ट्री की कीमत के आधार पर किया जाएगा तो यह देश युगांडा के आसपास का गरीब बैठेगा, जबकि इन संपत्तियों के मालिकों के लिए यह देश कम से कम दुबई जितना अमीर है।

रजिस्ट्रेशन के कई इस्तेमाल संभव हैं। जैसे पुलिस को हर इलाके में राहजनों,

चेन-स्नैचरों, जेबकटों का रजिस्ट्रेशन शुरू कर देना चाहिए। जैसे गांधीनगर में सौ राहजनों का रजिस्ट्रेशन करके उन्हें रजिस्टर्ड राहजन का रजिस्ट्रेशन प्रमाण-पत्र दे दिया जाए। गांधीनगर की जनता को बता दिया जाए कि देखिए आपको लूटना तो है ही, रजिस्टर्ड राहजन हर महीने इतनी रकम लूटेंगे आपसे। लुटने से पहले आप रजिस्ट्रेशन सर्टिफिकेट देखकर रजिस्टर्ड राहजनों से ही लुटें।

इसका सबसे बड़ा फायदा यह होगा कि सौ रजिस्टर्ड राहजन अपने इलाके में दूसरे नए अन-आथराइज्ड राहजनों को न आने देंगे। राहजनों में आपस में कंपटीशन हो जाएगा। एक राहजन अपने इलाके में बाकी के रजिस्टर्ड 99 राहजनों को ही काम करने देगा। मामला सौ में सिमट जाएगा। नए राहजन कम लूटने में राजी हो जाएँ तो नए राहजनों को रजिस्ट्रेशन सर्टिफिकेट दे दिया जाए। जो कम लूटे, वही बेहतर, नेता और राहजन दोनों पर यह बात लागू होती है।

रजिस्ट्रेशन के ऐसे सार्थक और नए प्रयोगों से कई समस्याएँ निपटाई जा सकती हैं। टमाटरों की महँगाई से निपटने के लिए जरूरी कर दिया जाए कि हर टमाटर का रजिस्ट्रेशन होगा। बिना रजिस्ट्रेशन के कोई भी टमाटर न खा पाएगा। फॉर्म भरो, टमाटर पर चिप्पी चिपकाओ एचपी 123, यानी हिमाचल प्रदेश से आया 123वाँ टमाटर है यह। टमाटरों के रजिस्ट्रेशन की बात भर से इसकी माँग गिर जाएगी, टमाटर सस्ता हो जाए। पब्लिक दहशत में आ जाएगी कि टमाटर का रजिस्ट्रेशन बगैर दलाल और बिचौलियों के न हो पाएगा। इस तरह से हम रजिस्ट्रेशन से देश की तमाम तरह की समस्याओं को निपटा सकते हैं।

□

सड़क-मुक्त गड्ढे

एक वीआईपी कंस्टूटेंसी में करीब पाँच किलोमीटर की कथित सड़क थी, जिसमें सड़क नाम की वह चीज नहीं थी, जो हमने किताबों पढ़ी थी। सड़क के दर्शन कुछ उस कहावत के तौर पर हो रहे थे—जहाँ चाह, वहाँ राह। चाह में राह निकल सकती है, पर सड़क-मुक्त गड्ढों से गाड़ी नहीं निकल सकती, सो गाड़ी फँस गई। गाड़ी फँस गई, फँसी ही रह गई। गाड़ी फँसी तो पीछे का ट्रेफिक फँसा, ट्रेफिक फँसा तो ट्रेफिक रुका। ट्रेफिक रुका तो मेला लग गया और देखते-ही-देखते पान मसाले से लेकर समोसे, चाय बेचने के ठेले आ गए।

सड़क बनने पर रोजगार-सृजन होता है, यह तो सुना था।

पर सड़क रुकने से किस तरह से और कितनी स्पीड से रोजगार पैदा होता है, यह मैं देख रहा था।

गाड़ी फँसी तो निकालने का जुगाड़ खोजना जरूरी था। गाड़ी का इंजन कुछ इस तरह से असहयोग कर रहा था, जिस तरह इन दिनों शरद पवार कांग्रेस नेतृत्ववाली सरकार के साथ करते हैं। कुछ से निवेदन-प्रार्थना की गई, कुछ ने तय रकम माँगी अपने सहयोग के लिए। पब्लिक ने हाथ लगाया और गाड़ी बाहर हुई फिर सड़क मुक्त गड्ढे पर चलने के लिए।

करीब पैंसठ साल हो गए है, सड़क देने के वादों को। इन वादों से उप-वादा निकला कि सिर्फ सड़क ही दी जाएगी, गड्ढे न दिए जाएँगे। गड्ढा मुक्त सड़क दी जाएगी, पर साहब हो नहीं पाया यह सब। हालात देखते हुए मुझे लगता है कि नेतागण अब आश्वस्त करें कि सिर्फ और सिर्फ सड़क-मुक्त गड्ढे दिए जाएँगे। सड़क-मुक्त गड्ढों का विकट महात्म्य मैं देख चुका हूँ। मेरा निवेदन है कि अब से सिर्फ और सिर्फ सड़क-मुक्त गड्ढों का ही वादा किया जाए।

सड़क-मुक्त गड्ढों का सबसे बड़ा फायदा यह है कि गाड़ी चलानेवाला बंदा

चाहे जितना ही एरोगेंट, बदतमीज, आत्मकेंद्रित क्यों न हो, उसके अंदर सहयोग भावना विकसित होने लगती है। गड्ढे में फँस जाएँ तो ओबामा तक को सहयोग की भावना से सबसे मदद माँगनी होती है। हजार किलोमीटर सड़क-मुक्त गड्ढों की यात्रा करके बंदा इतना मिलनसार बन सकता है कि लोकसभा का चुनाव लड़ने की क्षमता तक पैदा हो जाती है। इस तरह से हम देख सकते हैं कि सड़क-मुक्त गड्ढे बड़ी हद तक राजनीतिक शिक्षण में भी मदद करते हैं।

शहरी छोटे बच्चों को सड़क-मुक्त गड्ढों पर चलकर एडवेंचर का फील आता है। ग्रामीण पृष्ठभूमि का फील आता है। इस तरह से शहरी बालकों में ग्राम्य-चेतना विकसित करने में भी काम आते हैं सड़क-मुक्त गड्ढे।

आइए, निवेदन करें, हर पॉलिटिकल पार्टी से कि सड़क-मुक्त गड्ढों के लिए काम शुरू हो।

□□□